Rosemary Rogers
Intriga de Amor

Editado por Harlequin Ibérica.
Una división de HarperCollins Ibérica, S.A.
Núñez de Balboa, 56
28001 Madrid

© 2008 Rosemary Rogers. Todos los derechos reservados.
INTRIGA DE AMOR, N° 77 - 1.3.09
Título original: Scandalous Deception
Publicada originalmente por HQN Books.
Traducido por María Perea Peña

Todos los derechos están reservados incluidos los de reproducción, total o parcial. Esta edición ha sido publicada con permiso de Harlequin Enterprises II BV.
Todos los personajes de este libro son ficticios. Cualquier parecido con alguna persona, viva o muerta, es pura coincidencia.
™TOP NOVEL es marca registrada por Harlequin Enterprises Ltd.

® y ™ son marcas registradas por Harlequin Enterprises Limited y sus filiales, utilizadas con licencia. Las marcas que lleven ® están registradas en la Oficina Española de Patentes y Marcas y en otros países.

I.S.B.N.: 978-84-671-6946-1
Depósito legal: B-2930-2009

Para una nueva generación de lectores
y para mi bisnieto

CAPÍTULO 1

Rusia, 1820
Tsarskoye Selo

El trayecto desde San Petersburgo a Tsarskoye Selo no era arduo durante los meses de verano, cuando los caminos estaban más hermosos y corría una brisa suave que llevaba el perfume de las flores y de la tierra fértil.

Ése era el motivo por el cual el emperador había salido del Palacio de Verano dos días antes, después de afirmar que un tiempo tan bueno era demasiado efímero como para renunciar al disfrute de unos cuantos días lejos de las presiones de la corte.

Últimamente, Alexander Pavlovich se valía de cualquier excusa con tal de librarse de sus pesados deberes, pero en lo que a lord Edmond Summerville concernía, aquello era una molestia.

Después de dejar atrás una suave elevación en el camino, dirigió a su corcel negro hacia el Gran Palacio de Catalina, el más grande de los dos palacios que se erguían con una belleza majestuosa en el paisaje ruso.

La obra magna de Catalina la Grande era deslumbrante. Era un edificio de tres pisos, tenía más de mil metros de largo y estaba pintado de un color azul turquesa que contrastaba de una forma bella con el dorado de las cinco cúpulas de la capilla. Las ventanas eran altas y estrechas, y en la fachada tenía grandes figuras femeninas de bronce que brillaban bajo la luz del sol.

Edmond no aminoró el paso al entrar en el patio bajo la puerta dorada. Se detuvo directamente en la entrada.

Su llegada provocó que una docena de lacayos acudiera a atenderlo. Tomaron las riendas de su caballo y las de los caballos de sus escoltas. Edmond era el hijo menor de un duque, y estaba acostumbrado a la pompa y la ceremonia que rodeaba a la realeza. Apenas se daba cuenta de la presencia de los sirvientes mientras recorría los pasillos y subía las escaleras de mármol hacia el enorme vestíbulo.

Allí fue recibido por uno de los cortesanos de confianza de Alejandro. El noble iba vestido con una chaqueta dorada y un fajín de rayas que habría sido apropiado en el gabinete de cualquier residencia de Londres. Los aristócratas rusos se decantaban por la moda europea.

Herrick Gerhardt era de ascendencia prusiana, y había llegado a San Petersburgo cuando apenas tenía diecisiete años. Tenía una expresión adusta, el pelo plateado y espeso, unos ojos marrones que observaban con frialdad y una inteligencia despiadada.

Aquél era un hombre que no soportaba a los tontos, y que se había ganado muchos enemigos en la corte rusa por su habilidad para descubrir sus engaños y sus traiciones.

El amor y la lealtad que le profesaba al emperador eran incuestionables, pero su talento como diplomático era nulo.

—Edmond, ésta es una sorpresa inesperada —dijo en el francés perfecto que hablaban todos los nobles rusos, estudiando atentamente los rasgos marcados de Edmond, sus ojos azules y brillantes, su pelo negro, las cejas arqueadas y la boca amplia que, en aquel momento, no sonreía encantadoramente, como de costumbre.

Pese a ser el hijo de un duque inglés, Edmond tenía los pómulos altos eslavos de su madre rusa, así como una hendidura en la barbilla que volvía locas a las mujeres desde que había salido de la guardería. También amaba la tierra de su madre, algo que su hermano mayor nunca comprendería.

Edmond saludó asintiendo respetuosamente.

—Me temo que debo rogarte que me permitas hablar un instante con el emperador.

—¿Hay algún problema?

—Sólo uno de naturaleza personal —respondió Edmond. El miedo y la inquietud que lo habían angustiado desde que había recibido la última carta de su hermano le oprimieron el corazón—. Debo volver a Inglaterra sin dilación.

El otro hombre se puso rígido. Su semblante se endureció con una expresión de desagrado.

—Éste es un mal momento para que dejes a Su Alteza Imperial —respondió con severidad—. Debes viajar con él al Congreso de Troppau.

—Es una desafortunada necesidad.

—Mucho más que desafortunada. Los dos sabemos que la desconfianza de Metternich es cada vez mayor, así como su influencia en el emperador. Tu presencia sería de ayuda para mantener al príncipe a distancia.

Edmond se encogió de hombros. No era capaz de sentirse decepcionado por no poder asistir a la conferencia de la Santa Alianza que iba a celebrarse en Opava. Por mucho que adorara la política y las intrigas, despreciaba la formalidad asfixiante de las reuniones diplomáticas. ¿Había algo que pudiera ser más tedioso que observar a dignatarios engreídos paseándose por ahí y prendiendo condecoraciones en el pecho de otro?

Las negociaciones importantes se hacían detrás de las puertas cerradas, lejos del ojo público.

El hecho era que, sin la asistencia de Francia e Inglaterra, el congreso estaba destinado al fracaso.

Sin embargo, no iba a mencionar sus dudas delante de Gerhardt. El emperador estaba decidido a llevar a cabo su misión, y esperaba que sus súbditos leales recibieran con entusiasmo su decisión de aplastar la revolución de Nápoles.

—Creo que valoras en exceso mi influencia —murmuró.

—No, sé que eres una de las pocas personas en quienes confía Alexander Pavlovich —dijo Gerhardt, y miró a Edmond con un gesto ceñudo—. Estás en una posición privilegiada para ayudar a tu tierra materna.

—Tu confianza en mis escasas habilidades es halagadora, pero tu presencia junto al emperador bastará para echar por tierra la ambición de Metternich.

Gerhardt agitó la cabeza con frustración.

—Yo tengo que quedarme aquí.

Edmond arqueó una ceja. Era extraño que el consejero no estuviera al lado de su emperador en una reunión tan importante.

—¿Sospechas que habrá problemas?

—Siempre que Akartcheyeff quede al mando del país, existe ese peligro —murmuró, sin ocultar su desagrado por el hombre que había alcanzado un puesto tan elevado pese a su origen humilde—. Su devoción por el emperador está fuera de duda, pero tiene que aprender que no se puede ganar lealtad con el uso de la fuerza. Estamos sobre un polvorín, y Akartcheyeff puede ser la chispa que provoque el desastre.

Edmond no podía negar aquella afirmación. Él, mejor que nadie, entendía que la insatisfacción hacia el emperador había invadido no sólo al pueblo, sino también a algunos miembros de la aristocracia. No deseaba marcharse precisamente en aquel momento tan inestable, pero no tenía otra elección.

—Es... brutal en el trato con los demás —admitió Edmond—, pero también es uno de los pocos ministros que ha demostrado una integridad incorruptible.

Gerhardt bajó la voz para que no lo oyeran los dos lacayos que estaban en la puerta.

—Motivo por el que es tan importante que permanezcas

junto a Alexander Pavlovich. No sólo tienes la confianza del emperador, además, tu... equipo de trabajo tendrá noticias de un posible peligro mucho antes de que haya sobre mi mesa un informe oficial.

Aquella delicada mención de la red de ladrones, prostitutas, extranjeros, marinos y varios nobles hizo sonreír a Edmond. Durante los ocho años anteriores, había conseguido crear una conexión de espías que lo mantenía informado de la gestación de cualquier problema antes de que se produjera. Aquella red cumplía una labor muy valiosa para Alexander Pavlovich, la de preservar su seguridad.

—Me aseguraré de que mis colaboradores se mantengan en contacto contigo —le prometió a su interlocutor con una expresión sombría—, pero no puedo posponer mi regreso a Inglaterra.

Al darse cuenta de que Edmond no iba a ceder, Gerhardt frunció el ceño con preocupación.

—¿Debo ofrecerte mis condolencias?
—No si puedo evitarlo, amigo mío.
—Entonces, que Dios te acompañe.

Con una inclinación de la cabeza, Edmond se despidió y se encaminó rápidamente hacia la escalinata principal, una maravillosa escalera de mármol que recorría los tres pisos de la edificación. Para la mayoría de los invitados, el palacio era una gran colección de jarrones y vajillas de porcelana china que se exponían en vitrinas alineadas contra las paredes, pero Edmond siempre se había sentido cautivado por el brillo cálido de la luz del sol que se reflejaba en el mármol. Un verdadero arquitecto podía infundirle vida a un edificio sin necesidad de ornamentación.

Después de atravesar la Sala de los Retratos, en la que la pintura de la emperatriz Catalina I ocupaba el lugar más importante, Edmond recorrió un largo pasillo hasta que, por fin, llegó al estudio privado de Alexander Pavlovich.

En contraste con las lujosas estancias públicas, Alexander había elegido una habitación pequeña y cómoda con vistas a los maravillosos jardines. Edmond hizo caso omiso de los guardias que custodiaban la puerta del estudio y entró. Acto seguido, hizo una profunda reverencia.

—Señor.

Alexander Pavlovich, alteza imperial, zar de todas las Rusias, estaba sentado detrás de un escritorio perfectamente ordenado. Alzó la cabeza y esbozó aquella sonrisa tan singularmente dulce, que siempre recordaba a quien la veía la cara de un ángel.

—Edmond, acercaos —le dijo a Edmond en francés.

Edmond caminó hasta una de las sillas de caoba que había ante el escritorio y tomó asiento mientras observaba con disimulo al hombre que se había ganado su amor y su lealtad desde las batallas contra Napoleón, en mil ochocientos doce.

El emperador poseía la misma planta impresionante de sus antepasados rusos, y los rasgos faciales elegantes y proporcionados de su madre. Había comenzado a perder el pelo, de color rubio, pero sus ojos azules conservaban la misma mirada clara e inteligente de su juventud.

Sin embargo, lo que Edmond estudió en silencio fue su actitud melancólica. Estaba empeorando. Cada año que pasaba, el hombre entusiasta, idealista y poco práctico que de joven estaba decidido a cambiar el futuro de Rusia se iba convirtiendo en un hombre retraído y derrotado, tan dominado por la desconfianza en sí mismo y en los demás que se había retirado paulatinamente de la corte.

—Perdonad mi intromisión —dijo Edmond con gentileza.

—Vos nunca molestáis, amigo —respondió el zar, y señaló con la mano una bandeja que había sobre su escritorio—. ¿Té?

—Gracias, no, no deseo distraeros de vuestro trabajo.

—Siempre trabajo. Trabajo y deber. Algunas veces sueño que me alejo de este palacio y desaparezco entre la gente.

—La responsabilidad siempre tiene un precio alto —dijo Edmond.

—Es una pena que yo no fuera como vos, Edmond. Creo

que me hubiera gustado ser un hijo menor para poder decidir mi destino. En un tiempo, incluso consideré abdicar y llevar una existencia tranquila junto al Rin —explicó Alexander con una sonrisa melancólica—. Era imposible, por supuesto. Un sueño de juventud. Al contrario que Constantine, yo no tuve más remedio que aceptar mi deber.

—Ser hijo menor también conlleva una serie de problemas, señor. Yo no le desearía mi vida a nadie.

—Sí, vos escondéis bien vuestras dificultades, Edmond, y siempre he tenido la sensación de que vuestro corazón no está en paz —dijo Alexander Pavlovich, y Edmond se quedó asombrado al oírlo—. Quizá algún día queráis hablar de los demonios que os obsesionan.

Edmond luchó por mantener el semblante impasible. Había jurado que nunca hablaría de la herida en carne viva que todavía tenía en el corazón. Con nadie.

—Quizá —dijo de manera evasiva—. Pero me temo que hoy no. He venido a rogaros que me perdonéis.

—¿Qué ocurre?

—Debo volver a Inglaterra.

—¿Ha ocurrido algo?

—Llevo preocupado una temporada, señor —confesó Edmond—. En sus cartas, mi hermano ha estado mencionando algunos... incidentes que han ocurrido durante estos últimos meses, y que hacen que sospeche que alguien está intentando hacerle daño.

Alexander se inclinó bruscamente hacia delante.

—Explicadme cuáles son esos incidentes.

—Ha habido disparos desde el bosque cercano; mi hermano consideró que eran de cazadores furtivos. Uno de los puentes de la finca se derrumbó justo cuando el carruaje de mi hermano lo atravesaba. Y, más recientemente, hubo un incendio en un ala de Meadowland, justamente el ala en la que están situadas las habitaciones de mi hermano. Un sirviente que estaba alerta impidió que la cosa no pasara de unas cuantas paredes quemadas a una tragedia.

El emperador no se sorprendió de que alguien tan poderoso como el duque de Huntley pudiera estar en peligro. El zar anterior había sido asesinado, y no pasaba un mes sin que hubiera alguna amenaza al trono.

–Es comprensible que estéis preocupado, pero seguramente vuestro hermano habrá tomado medidas para fortalecer su seguridad, ¿no es así?

Edmond hizo un gesto de frustración. Pese a que no había más de unos minutos de diferencia entre sus nacimientos, los dos hermanos no podían ser más distintos.

–Stefan es un duque brillante –dijo–. Se ocupa de sus tierras con pasión y dedicación, ha triplicado los ingresos de la familia con sus negocios, y protege a todos aquéllos que dependen de él, ya sea su temerario hermano menor o el sirviente más humilde –explicó Edmond con una sonrisa de afecto. Por muy diferentes que fueran, los dos hermanos siempre se habían querido, e incluso más desde la trágica muerte de sus padres unos años antes–. Sin embargo, como hombre de mundo, es muy ingenuo, confiado e incapaz de recurrir al engaño.

Alexander asintió.

–Empiezo a comprender.

–Deseo algo más que asegurarme de que mi hermano está seguro –dijo entonces Edmond en un tono letal–. Deseo tener en mis manos al responsable de los intentos de asesinato para poder estrangularlo personalmente.

–¿Y sabéis quién es?

Edmond sintió una furia que apenas pudo contener. Junto a la reticente mención que había hecho su hermano de aquellos extraños incidentes, había una referencia pasajera a la visita de su primo Howard Summerville a su madre, que vivía a pocos kilómetros de la residencia Huntley.

Howard era su primo mayor y ocupaba el tercer puesto en la sucesión del ducado, que heredaría si les ocurriera algo a Stefan y a Edmond. También era un personaje patético que no perdía oportunidad de informar a todo el mundo de que su familia había sido maltratada por los duques de Huntley.

¿Quién tenía más probabilidad de desear acabar con Stefan?

—Tengo mis sospechas.

—Entiendo. Entonces, debéis proteger a vuestro hermano —dijo Alexander.

—Sé que no es el mejor momento para marcharme, pero... —sus palabras se vieron interrumpidas cuando el emperador se puso en pie de repente.

—Edmond, marchad con vuestra familia —le mandó—. Cuando todo esté resuelto, podréis volver a mi lado.

Edmond se levantó e hizo una reverencia.

—Gracias, señor.

—Edmond.

—¿Sí?

—Regresad —ordenó el emperador—. El duque le ha otorgado su lealtad a Inglaterra, pero vuestra familia le debe a Rusia uno de sus hijos.

Edmond se limitó a asentir, reprimiendo una sonrisa al pensar en lo que opinaría el rey Jorge IV sobre aquella orden real.

—Por supuesto.

Edmond dejó atrás al carruaje y a los sirvientes y mantuvo el caballo a galope desde Londres a Surrey, donde estaba su hogar de infancia.

Quizá Stefan fuera minucioso escribiendo cartas, pero le dedicaba demasiada atención a la rotación de cultivos y al nuevo equipamiento de cultivo. Edmond conocía los detalles exactos de las plantaciones del campo norte, y muy pocos detalles de cómo estaba en realidad su hermano.

Sin embargo, por mucha prisa que tuviera Edmond, no pudo contener el deseo de ralentizar su ritmo agotador al entrar en las tierras de su familia.

Todo, por supuesto, estaba en perfecto orden. Desde los setos perfectamente podados hasta los campos recientemente cosechados. Las casitas de campo estaban encaladas y tenían los techos de paja nuevos. Stefan no aceptaría nada que no fuera la perfección. Por eso se le consideraba uno de los mejores terratenientes de todo el reino.

Edmond estaba sorprendido, sin embargo, por el hecho de que pudiera recordar con nitidez todas las curvas de la carretera, los pequeños riachuelos que discurrían por los pastos, y todos los altísimos robles que flanqueaban el camino de entrada a su casa. Se acordaba de cómo jugaba a los piratas con Stefan en el lago, que brillaba bajo el sol en la distancia, y de las comidas campestres con sus padres en la Gruta, y de las muchas veces que se había escondido de su tutor en el enorme invernadero.

Se le encogió el corazón y tuvo una sensación agridulce mientras pasaba por la puerta de mármol de la torre, y vio la vieja casona de piedra que llevaba en pie en aquella parte del campo doscientos cincuenta años.

Tenía doce impresionantes ventanas en saliente, y balaustradas de piedra que recorrían todo el peto de la cubierta. El duque anterior había construido una Galería de Pintura y había ampliado los jardines para poder incluir varias fuentes que habían diseñado para su madre artistas rusos. Sin embargo, la imagen general seguía siendo la de la antigua y sólida belleza inglesa.

Detrás de la casa principal había un establo magnífico que antiguamente había servido de refugio a los campesinos en tiempos de la peste. Sin embargo, en la actualidad albergaba los caballos Huntley, que cosechaban las alabanzas de la revista *Sporting Magazine* y que eran muy apreciados por los cazadores de zorros de toda Inglaterra.

De joven, a Edmond le encantaba el olor de los establos, y a menudo se escondía entre el heno fresco para librarse de las clases tediosas. Cuando fue creciendo, también recurría a aquel escondite para disfrutar de los encantos de alguna sirvienta bien dispuesta.

Edmond respiró profundamente y se apartó de la cabeza con severidad todos aquellos recuerdos abrumadores. No había vuelto a Inglaterra para desenterrar un pasado feo, ni para obsesionarse pensando en cómo podrían haber sido las cosas.

Estaba allí por Stefan.

Nada más.

Edmond dirigió al caballo hacia la entrada lateral con la esperanza de evitar el alboroto que siempre se producía cuando él aparecía en su casa familiar. Más tarde saludaría a los empleados, a los que ya consideraba más de la familia que sirvientes, pero por el momento quería asegurarse de que Stefan estaba bien. Después necesitaba encontrar a un aliado de confianza que pudiera contarle lo que estaba sucediendo en Surrey.

Entró a la pequeña habitación que su hermano había confiscado para convertirla en su estudio de pintura. Los muebles estaban movidos hacia un rincón, y sobre la alfombra persa había un montón de lienzos y un trípode de madera. Incluso las cortinas de color verde y marfil que entonaban perfectamente con el color de las paredes estaban dobladas y colocadas sobre el escritorio de su madre. Edmond sonrió. Era un gasto de espacio absurdo, teniendo en cuenta que Stefan no había conseguido pintar otra cosa que unos cuantos paisajes espantosos durante los últimos veinte años.

Sacudiendo suavemente la cabeza, atravesó la sala de música anexa al estudio y se encontró con el mayordomo, un hombre delgado de pelo blanco que estaba vacilante junto a la escalera, como si notara que alguien había invadido sus dominios.

Durante un breve momento, la confusión se reflejó en el rostro del sirviente, como si se preguntara por qué andaba escabulléndose por los pasillos el duque de Huntley, como si fuera un ladrón, antes de darse cuenta de lo que ocurría.

—Milord —dijo, asombrado, acercándose a él con una sonrisa en los labios—. Qué espléndida sorpresa.

Edmond le devolvió la sonrisa de buena gana. Goodson era un gran mayordomo, siempre eficiente, bien organizado y con un control férreo de la servidumbre. Su verdadero talento, sin embargo, era la habilidad para mantener la calma que tanto complacía a Stefan.

Nunca había nada que alterara la tranquilidad de Meadowland. Ni discusiones entre criados ni visitas indeseadas, a las que Goodson siempre despedía firme pero diplomáticamente en la puerta, ni tampoco incidentes desagradables en los pocos eventos sociales que se celebraban en la gran casa.

Era el mayordomo perfecto.

—Gracias, Goodson —respondió Edmond—. Me alegro muchísimo de estar aquí.

—Siempre es bueno volver a casa —respondió Goodson, aunque disimuló el más mínimo reproche por la larga ausencia de Edmond.

—Sí, supongo que sí. ¿Está en casa el duque?

—Está en su estudio. ¿Desea que lo anuncie?

Por supuesto que Stefan estaba en su estudio. Si su diligente hermano no estaba supervisando el trabajo en los campos, siempre estaba en su estudio.

—No, pese a mi avanzada edad, creo que todavía me acuerdo del camino.

Goodson asintió.

—Le diré a la señora Slater que le envíe una bandeja allí.

A Edmond se le hizo la boca agua con sólo pensarlo. Había comido manjares preparados por los mejores chefs del mundo, pero nada podía compararse a los sencillos guisos ingleses de la señora Slater.

—Por favor, Goodson, ¿podría decirle que ponga unos cuantos panecillos de cereales? No he comido uno bueno desde hace años.

—No tengo que decírselo —replicó Goodson—. Esa mujer

se pondrá tan contenta de que haya vuelto que no se quedará satisfecha hasta que prepare todos sus platos preferidos.

—En este momento creo que podría comérmelos todos —respondió Edmond—. Goodson.

—¿Sí, milord?

—Mi hermano me ha comentado en una de sus cartas que el señor Howard Summerville estaba visitando a su madre.

—Creo que su familia y él se quedaron varias semanas con la señora Summerville, señor.

No había nada que detectar en aquel tono neutro, pero Edmond no dudaba que el mayordomo sabía exactamente qué día había llegado Howard a Surrey, y el día de su partida. Después de todo, seguramente el mayordomo había tenido el desagradable deber de impedir que el gorrón pasara a la casa y molestara al duque con sus tediosas peticiones de dinero.

—¿Cuántas semanas?

—Llegó seis días antes de Navidad y no se marchó hasta el doce de septiembre.

—El hecho de permanecer tanto tiempo en el campo es bastante raro para un caballero que adora la vida en la ciudad, ¿no te parece, Goodson?

—Bastante raro, a menos que uno crea los chismorreos del pueblo.

—¿Y cuáles son esos chismorreos?

—Que el señor Summerville se vio obligado a cerrar la casa de Londres y a retirarse. Al parecer, no podía salir por la puerta sin verse rodeado de acreedores.

—Parece que mi primo se las ha arreglado para ser más tonto de lo que yo hubiera pensado.

—Sí, milord.

—Cuando hable con mi hermano, me gustaría tener una conversación con su ayuda de cámara.

Goodson se sorprendió ligeramente.

—Muy bien, milord, James lo esperará en la biblioteca.

—En realidad, preferiría que viniera a verme a mi salón personal, siempre y cuando no se haya convertido en un vivero o esté lleno de manuales de cultivos de Stefan.

—Sus habitaciones están tal y como las dejó —respondió el sirviente con gravedad—. Su Excelencia insiste en que siempre estén preparadas para cuando vuelva.

Edmond sonrió irónicamente. Aquello era propio de su hermano. Sin embargo, había algo muy reconfortante en el hecho de saber que siempre había un lugar esperándolo a uno.

—Muy bien. Que James me espere en la biblioteca dentro de una hora.

Goodson asintió, y después de despedirse, Edmond continuó su camino hacia el segundo piso. Recorrió las habitaciones privadas de la enorme casa y llegó hasta el gran estudio de su hermano. Abrió la puerta silenciosamente y vio que, como de costumbre, la estancia estaba abarrotada de libros. Sólo estaba libre el pesado escritorio de roble, y Stefan estaba sentado tras él, pluma en mano.

—¿Sabes, Stefan? Es asombroso comprobar que en Meadowlands nada cambia nunca, incluido tú —murmuró suavemente—. Creo que estabas ahí sentado, escribiendo los mismos informes quincenales con la misma chaqueta azul el día que me marché.

Stefan alzó la cabeza y lo miró con perplejidad durante unos instantes.

—¿Edmond?

—El mismo que viste y calza.

Con un sonido ahogado, entre carcajada y sollozo, Stefan se levantó rápidamente y se lanzó hacia Edmond para abrazarlo con fuerza.

—Dios Santo, cómo me alegro de verte.

Edmond le devolvió el abrazo a su hermano. Sus sentimientos por Stefan nunca habían sido complicados. Era la única persona del mundo a la que quería de verdad.

—Y yo a ti, Stefan.

Stefan se apartó y sonrió con la misma expresión de Edmond.

Quizá unos ojos con la mirada muy aguda pudieran descubrir que Stefan estaba un poco más moreno que Edmond debido a las horas que pasaba supervisando a los granjeros, y que sus brillantes ojos azules tenían una confianza y una dulzura que nunca se percibía en los de Edmond. Sin embargo, el pelo negro se les ensortijaba de la misma manera, y sus rasgos marcados tenían la misma belleza eslava. Incluso sus cuerpos esbeltos y atléticos eran idénticos.

—Mi chaqueta es de hace dos o tres estaciones solamente —le aseguró Stefan mientras se pasaba las manos por las solapas.

Edmond se rió.

—Me apuesto lo que quieras a que tu ayuda de cámara me dice otra cosa.

Stefan arrugó la nariz y miró el elegante atuendo de Edmond.

—Bueno, yo nunca fui tan pulcro como tú.

—Gracias a Dios —dijo Edmond con total sinceridad—. Al contrario que el irresponsable de tu hermano, tienes cosas más importantes con las que ocupar tus días que el corte de la chaqueta o el brillo de las botas.

—Yo no diría que ser el ángel de la guardia del emperador es ser irresponsable —replicó Stefan—. Más bien, al contrario.

—¿Ángel de la guardia? —Edmond se rió—. Soy un pecador, un granuja y un aventurero que ha evitado la horca sólo porque es hermano de un duque.

Su hermano lo miró con los ojos entrecerrados.

—Podrás engañar a otros, Edmond, pero a mí no.

—Porque tú siempre estás decidido a creer lo mejor de todo el mundo, incluso del inútil de tu hermano.

Edmond se sentó en un sillón que había junto al escritorio, deseando terminar con aquella conversación.

—Espero que la señora Slater esté preparándome la comida, pero lo que de verdad necesito es un trago de ese whisky irlandés que tienes escondido en el cajón.

—Claro —dijo Stefan, y con una sonrisa de complicidad, se acercó al escritorio y sirvió dos vasos. Después le entregó uno a Edmond y tomó el otro—. Salud.

Edmond se bebió el licor de un trago y saboreó aquel calor tan delicioso.

—Ah... perfecto.

Colocó el vaso en la mesilla más cercana, se acomodó en el sillón y respiró profundamente. Después sonrió a su hermano.

—Esta habitación huele a Inglaterra.

—¿Y a qué huele Inglaterra?

—A madera encerada, a cuero viejo, a aire húmedo. Nunca cambia.

Stefan terminó su copa.

—Quizá no cambie, pero a mí esa familiaridad me resulta reconfortante. No soy como tú, Edmond, que siempre estás en busca de una nueva aventura. Prefiero tener una existencia más aburrida.

—La familiaridad tiene muchas cosas buenas. Me alegro de que no hayas cambiado nada en Meadowland. Me gusta saber que, cuando vuelva, todo estará tal y como yo lo recordaba —afirmó Edmond, y después añadió con un brillo de picardía en los ojos—: Claro que, cuando te cases, sin duda te verás arrastrado a hacer reformas constantes. Tal vez nosotros adoremos este caserón destartalado con sus chimeneas humeantes, los marcos de las ventanas mal ajustados y los muebles pasados de moda, pero dudo que una mujer de buena educación sea feliz así.

Como siempre, Stefan se negó a morder el anzuelo.

—Sin duda, ésa es la razón por la que todavía no me he casado. No soporto la idea de que alguien quiera alterar mi adorada casa.

—Pues yo creo que lo que pasa es que estás esperando a enamorarte, y cuando eso suceda, predigo que perderás la cabeza por una señorita que te manejará como quiera.

Stefan arqueó una ceja.

—En realidad, siempre he pensado que serías tú el que se enamorara como un burro de una dama enérgica que te tendrá dominado. Sería lo justo, por todos los estragos que tú le has causado al género femenino.

Edmond no tuvo que fingir el escalofrío. Él deseaba a las mujeres bellas, pero nunca había querido tener algo más que una aventura pasajera.

Estaba dispuesto a compartir su cuerpo y su riqueza, pero nada más.

—Dios Santo, ni siquiera yo merezco un destino tan horrible —murmuró.

Stefan se rió, pero no parecía que estuviera muy convencido.

—Bueno, ahora, cuéntame las noticias de Rusia. Ya sabes que aquí en el campo no me entero de nada.

Edmond se inclinó hacia delante mientras la sonrisa se le borraba de los labios.

—En realidad, Stefan, estoy mucho más interesado en enterarme de lo que ha estado pasando en Meadowland.

Un rato más tarde, Edmond entró en su salón privado. Estaba decorado en color crema y azul, y poseía una elegancia sencilla. Los muebles eran de estilo inglés, de caoba, y las tapicerías eran de satén. De las paredes colgaban algunas obras maestras flamencas que habían sido coleccionadas por algún antepasado. El suelo estaba cubierto por una magnífica alfombra oriental.

Fueron los troncos que estaban apilados en el hogar y las flores frescas dispuestas en un jarrón sobre la repisa de la chimenea lo que le hizo sonreír.

Claramente, Goodson no había mentido. La habitación estaba como si él nunca se hubiera marchado.

Entonces miró a su alrededor y vio al ayuda de cámara de su hermano, que estaba junto a una de las ventanas observando la preciosa vista del lago que se divisaba desde allí.

El sirviente llevaba un uniforme negro y tenía una expresión de paciencia estoica.

—James, gracias por venir.

—Milord, me alegro de que estéis en casa —dijo el criado, que llevaba con Stefan diez años, e hizo una reverencia. Cuando se incorporó de nuevo, en sus ojos había una mirada de reproche—: Su hermano suspira por su compañía cuando no está.

—Bueno, ya he vuelto.

—Sí, señor —dijo James, y miró disimuladamente el elegante traje de Edmond—. Estaré muy complacido de ayudarlo en vuestra cámara cuando mis deberes con su hermano...

—No, mi ayuda de cámara llegará antes del anochecer con el resto del equipaje —lo interrumpió Edmond—. Lo que necesito de ti es información.

James frunció el ceño.

—¿Información?

—Quiero conocer todos los incidentes, por muy triviales que parezcan, que hayan podido suceder durante el año pasado.

—Oh... gracias a Dios —dijo James, y sin previo aviso, cayó de rodillas ante el asombrado Edmond—. He intentado convencer a Su Excelencia de que está en peligro, pero él se niega a creer que alguien pueda querer hacerle daño.

—Ya lo había supuesto, y por eso he vuelto. Al contrario que Stefan, yo no soy tan ingenuo como para pasar por alto unos intentos de asesinato tan evidentes. Y puedo asegurarte que no descansaré hasta que haya descubierto quién está detrás de esos ataques.

CAPÍTULO 2

La casa adosada de Curzon Street era un edificio estrecho con rejas de hierro forjado y una fachada común y corriente. Antiguamente, el interior era elegante, tenía un salón delantero muy agradable y un comedor largo, formal. En la actualidad, sin embargo, sólo había una colección vulgar de muebles de estilo egipcio con sarcófagos e incluso una momia que había provocado el horror y el desmayo de más de una visita.

Era de una opulencia rimbombante que denotaba al propietario como poseedor de mucho dinero pero de ninguna cultura.

Al menos, la casa tenía un jardín trasero muy bonito con una gruta en la que era posible ocultarse de las miradas curiosas.

Junto a la estrecha ventana de la gruta, desde la que se veía la puerta trasera, una mujer joven se puso la mano sobre la cintura. Tenía un duro nudo de nervios en el estómago.

Oculta entre las sombras, con los rizos brillantes del pelo recogidos en un severo moño y vestida con un grueso vestido negro que ocultaba la belleza de su cuerpo delicado y que era más apropiado para un día de invierno que para aquel agradable día de octubre, aquella muchacha hubiera podido parecer un adefesio. Ésa era su intención cuando había salido de su habitación aquella mañana.

Por desgracia, no había nada que pudiera afear sus rasgos exquisitos, sus ojos verdes y rasgados y su boca carnosa. Y nada podría ocultar la belleza de su pelo caoba, con reflejos rojos y dorados.

Tenía la nariz delicada y las cejas elegantemente arqueadas, y el cutis perfecto, de color marfil.

Aquella mujer tenía todo el atractivo de la primera Eva. Podía conseguir que un hombre le ofreciera el alma.

Sin embargo, en aquel momento habría dado su considerable dote con tal de ser invisible para los hombres.

Al menos, para un hombre en concreto.

El chirrido familiar de la puerta trasera terminó con sus negros pensamientos. Se inclinó hacia delante y silbó en voz baja para llamar la atención de la sirvienta.

—Janet —dijo suavemente. La muchacha regordeta, vestida con un traje de sirvienta y con una cofia blanca que cubría sus rizos negros, miró hacia el jardín—. Estoy en la gruta.

La doncella entró en la gruta apresuradamente y se apretó el pecho con una mano.

—Por Dios, señorita, me ha dado un buen susto.

—El señor Wade ha vuelto pronto del club, y no podía arriesgarme a que nos oyera —dijo Brianna Quinn.

Janet hizo un gesto de desagrado. Era la expresión de casi todas las mujeres cuando oían hablar del señor Thomas Wade.

—Sí, siempre está acechando, observándola como un gato hambriento observa a un ratón.

Brianna se estremeció, pero alzó la barbilla y respiró profundamente. No, no podía dejarse vencer por el pánico. Lo único que podía hacer era concentrarse en escapar.

—Pues va a descubrir que no soy ningún ratón —dijo con vehemencia—. No me importa lo que tenga que hacer, pero me libraré de mi padrastro antes de finales de semana.

—En cuanto a eso...

Janet bajó la cabeza mientras metía la mano en el bolsillo de su delantal y sacaba un sobre que Brianna le había dado aquella mañana temprano.

Brianna frunció el ceño con incredulidad. Durante aquella semana había enviado varias cartas a la casa de la ciudad de Stefan. Al enterarse de que el duque estaba en la ciudad, había pensado que él sería su salvador.

Sin embargo, a medida que pasaban los días y no tenía noticias de su amigo de la infancia, había enviado a su doncella para que le llevara el mensaje. Las cartas debían de estar perdiéndose por el camino, o quizá Stefan no tuviera tiempo de leerlas. Ella no podía creer que estuviera haciendo caso omiso de sus peticiones de ayuda.

—¿No has podido hablar con el duque? —le preguntó a Janet.

—No sólo no he podido hablar con él, sino que tampoco he podido dejarle la nota.

—¿Y por qué no?

—Abrió la puerta un criado muy grande. Me miró como si fuera una porquería que se había caído al escalón, y me dijo que me marchara.

Janet sacudió la cabeza con disgusto. Pese a que tenía la misma edad que Brianna, veintidós años, tenía una voluntad férrea que casi nunca se doblegaba, ni ante el más formidable de los oponentes. Brianna la había visto golpear a un marinero borracho con la sombrilla, casi hasta la muerte, por haberle pellizcado el trasero.

—Ese hombre ni siquiera quiso tomar la carta que usted le había escrito a Su Excelencia. Dijo que su amo estaba en la ciudad por negocios y que no recibía visitas. Después me cerró la puerta en las narices.

Brianna estaba francamente perpleja. Conocía a los sirvientes de Huntley House, porque la mayoría de ellos ya trabajaba con la familia desde mucho antes de que hubiera muerto el padre de Brianna, y no recordaba a un hombre tan intimidante.

—Descríbeme al criado.

Janet se encogió de hombros.

—Como he dicho, era muy grande, corpulento, con la cara curtida y el pelo rubio. Supongo que podría ser guapo si no fuera tan grande como un buey. Ah, y tenía un acento raro. No era inglés.

—Qué raro. Ése no es Goodson.

—¿Quién?

—El mayordomo del duque —dijo Brianna distraídamente—. De hecho, que yo sepa, los duques nunca han tenido empleados extranjeros. Sus criados llevan años con ellos.

—A mí me ha parecido más un criminal que un criado.

—No lo entiendo, Janet. Stefan nunca rechazaría una petición mía, a menos que haya cambiado mucho durante estos últimos años. Mi padre lo nombró tutor mío, por Dios.

—¿Y qué va a hacer? Si no puede hablar con el duque...

Brianna se interrumpió y apretó los puños.

—Oh, hablaré con él. Aunque tenga que ir a las puertas de esa casa yo misma.

—No puede hacer eso, señorita. Causaría un gran escándalo.

—¿Y crees que no prefiero el escándalo a que mi padrastro me lleve a una casa apartada del mundo? —le preguntó Brianna, y al hacerlo, notó que su cuerpo entero se rebelaba ante lo que ocurriría una vez que Thomas la tuviera atrapada en aquella casa.

—Sin embargo... ¡ah! —dijo Janet—. ¡Acabo de recordar una cosa!

—¿Qué?

—Cuando estaba intentando entrar en la casa, llegó un chico con un paquete para Su Excelencia.

—¿Y?

—El paquete era una máscara que el amo había encargado.

Brianna entendió lo que Janet quería decir, y recuperó la esperanza.

—Entonces, Stefan va a ir a un baile de máscaras.
—Y pronto. El sirviente reprendió al chico por la tardanza, y dijo que sería mejor que la máscara fuera del agrado de su amo, porque de lo contrario no habría tiempo para retocarla.
—Entonces, debe de ser esta noche —dijo Brianna, y agarrándose las faldas, se encaminó hacia la entrada de la gruta—. Tengo que hablar con la señora Grant. Ella siempre sabe qué eventos sociales van a tener lugar en la ciudad.

Eran casi las once de la noche cuando la casa quedó en silencio y Brianna pudo escabullirse por la puerta trasera. Recorrió las calles oscuras de Londres hasta que estuvo ante la pretenciosa casa donde iba a celebrarse el baile de máscaras.

La señora Grant la había informado de que el único baile que iba a celebrarse aquella noche era la fiesta anual de lord Blackwell.

Brianna agitó la cabeza con desaprobación al ver la larga fila de carruajes aparcados en la calle, y la cantidad de caballeros enmascarados que se dirigían hacia la puerta. Aquél era el lugar perfecto para que los aristócratas de la alta sociedad se mezclaran con cortesanas, prostitutas y damas de poca virtud.

—No me gusta esto, señorita —le dijo Janet en voz baja—. Creo que debería quedarme con usted por si hay problemas.

Brianna se tiró de la capa para envolverse mejor en ella y contuvo un estremecimiento. Cuando había encontrado la capa de terciopelo negra, ribeteada de plata, junto a una máscara de plumas a juego en la buhardilla, entre las cosas de su madre, se había sentido como si el destino la estuviera animando a que se arriesgara. Había incluso un traje de baile de satén rosa claro con escote. Era exactamente el tipo de vestimenta frívola que podía esperarse en una mascarada.

Sin embargo, en aquel momento tenía las palmas de las manos húmedas y le temblaban las rodillas al pensar en que tenía que entrar en una casa extraña llena de caballeros lujuriosos y prostitutas. ¿Y si la reconocían? O, peor aún, ¿y si la abordaban antes de que pudiera encontrar a Stefan, suponiendo que estuviera allí?

Tuvo que hacer acopio de valor para tomarle la mano fría a Janet y apretársela.

—Tonterías. Necesito que estés en casa para que te asegures de que Thomas no se da cuenta de que no estoy en mi habitación.

—Éste no es lugar para una dama. Sólo las prostitutas vienen a estos bailes.

—Pero no me va a ver nadie, y además, he oído que hay damas que asisten a estos eventos. De incógnito, claro.

Janet dio un respingo. Los sirvientes tenían una visión muy rígida de cómo debía comportarse un noble. A veces, incluso, más rígida que los propios nobles.

—Las damas decentes no.

—No puedo permitirme más el lujo de ser decente, Janet —dijo ella con amargura—. Si no puedo convencer a Stefan de que me tome como pupila, tendré que huir y buscarme un camino en el mundo. En ese caso, dudo que un baile subido de tono sea mi mayor preocupación.

Janet se mordió el labio inferior, porque no podía negar lo que acababa de decir su señora. Sólo quedaban tres días para que su padrastro se la llevara a los bosques de Norfolk. Una vez que estuvieran allí, no habría forma de impedir que la forzara.

—Pero prométame que tendrá cuidado —le pidió Janet con un suspiro de resignación—. Es probable que los caballeros estén borrachos y que tengan ganas de problemas.

—Tendré muchísimo cuidado, te lo prometo —le dijo Brianna a la doncella—. Pero, Janet, dependo de ti. Nadie puede enterarse de que no estoy durmiendo en mi cama.

Janet irguió los hombros.

—Nadie pasará por la puerta de su habitación, se lo prometo.
—Yo volveré en cuanto haya hablado con Stefan.
—Buena suerte, señorita.
Brianna asintió y miró hacia la casa.
—Esperemos que no la necesite.
Brianna esperó hasta que su doncella se alejó antes de obligarse a cruzar la calle abarrotada.
Sintiéndose tan expuesta como si estuviera desnuda, se acercó a un grupo de caballeros que comenzaban a subir las escaleras. La lógica le decía que era imposible que la reconocieran, puesto que llevaba la capa y la máscara de plumas, y además, ella no había frecuentado los eventos de sociedad. Sin embargo, se sentía como si todos los ojos la estuvieran mirando.
Y así era, en realidad.
Aunque se había recogido el pelo en una trenza y se la había sujetado en la nuca, el color de su cabello brillaba con una belleza vibrante bajo la luz de las antorchas. Y ningún antifaz podría ocultar el exótico rasgado de sus ojos verdes y la curva de su atractiva boca.
Mantuvo la cabeza baja mientras avanzaba, y consiguió atravesar la entrada, pero de repente una mano la agarró por el brazo y la obligó a detenerse.
—¿Dónde te crees que vas? —le preguntó un hombre.
Ella alzó la vista y vio a un lacayo uniformado. A Brianna se le formó un nudo en la garganta.
—Yo... voy al baile.
El sirviente arrugó los labios con desprecio.
—Ah, sí, ¿y te crees que puedes entrar por aquí, como si fueras de la realeza? A lo mejor también quieres que te anuncie el mayordomo.
—Yo...
El lacayo no se molestó en escuchar su disculpa. Se limitó a empujarla de vuelta a las escaleras y les hizo sitio a los caballeros.

—Entra por la puerta de atrás, muchacha. Por la puerta principal sólo entran los caballeros.

Brianna se tambaleó ligeramente y, cuando pudo recuperar el equilibrio, rodeó la casa apresuradamente y encontró la estrecha entrada, donde un ama de llaves adusta le mostró la escalera de servicio y la guió hasta un salón grande y lujoso, iluminado por enormes arañas de cristal. Junto a una de las paredes se habían dispuesto largas mesas con el bufé y numerosas botellas de champán.

Por fin había llegado a su objetivo, pero se dio cuenta de que encontrar a Stefan no iba a ser tan fácil como ella había pensado.

Había más de cien invitados apretujados en aquella estancia, todos ellos disfrazados y enmascarados. Se movían por entre la multitud, o se acomodaban en los pequeños sofás y en las sillas que había por todos los rincones. En algún sitio estaba tocando un cuarteto, pero era imposible oír la música; Brianna supuso que era Mozart por encima de las carcajadas, los gritos y las risas agudas.

En circunstancias normales, quizá se hubiera sentido horrorizada al ver a algunas mujeres que se habían abierto las capas y habían revelado que no llevaban más que los corsés de encaje, y al ver cómo los hombres palpaban sin reparo lo que se les ofrecía. No era lo que una doncella inocente estaba acostumbrada a ver.

Sin embargo, estaba demasiado ansiosa por localizar al duque de Huntley como para sentirse impresionada, y también como para preguntarse por qué un hombre tan bueno y elegante como Stefan iba a querer asistir a un evento tan vulgar.

Con determinación, se abrió paso hacia el centro de la habitación, hasta que la detuvo una mujerona que tenía todas las curvas que a Brianna le faltaban.

—Eh, nada de empujar, que hay muchos caballeros para todas —le dijo la señora, que tenía la cara marcada de viruela y estaba muy pintada.

—Estoy buscando al duque de Huntley —dijo Brianna sin ambages.

La mujer arqueó las cejas.

—Ah, claro. ¿Crees que con ese acento tan bonito vas a impresionar a un tipo tan fino?

—¿Sabe dónde puedo encontrarlo?

La mujer se encogió de hombros.

—Me parece que está en la sala de cartas. Parece que prefiere apostar a estar con las damas.

—Gracias a Dios —susurró Brianna.

—¿Cómo? —preguntó la mujer desconfiadamente.

—He preguntado dónde puedo encontrar la sala de cartas.

Hubo una pausa, pero finalmente la mujer le señaló hacia un pasillo con la cabeza.

—Por allí. Es la última puerta a la izquierda.

—Gracias.

Brianna comenzó de nuevo la batalla por llegar a la puerta, y cuando lo consiguió, recorrió apresuradamente el pasillo hacia su salvación.

CAPÍTULO 3

Allí de pie en la sala de cartas, Edmond luchaba por controlar su impaciencia.

Como era de esperar, no había sido fácil convencer a su hermano de que estaba en peligro. Aunque Stefan era muy inteligente, no era capaz de aceptar que alguien pudiera desearle la muerte, y mucho menos su primo.

Después, por supuesto, había tenido lugar la batalla por conseguir que Edmond pudiera asumir la identidad de Stefan para atraer el peligro a Londres y alejarlo de Meadowland, y también para descubrir al villano. No importaba cuántas veces le hubiera explicado Edmond que él estaba mucho más capacitado para descubrir cuál era la verdad sobre aquellos ataques, y que sólo él podía convertir al cazador en la presa.

Finalmente, Edmond se había visto obligado a decirle a su hermano que, con su obstinación, lo único que conseguía era poner en peligro a los empleados y a los granjeros de Meadowland, porque un hombre que quería asesinar a un duque no titubearía en matar a cualquier plebeyo que se interpusiera en su camino. Fue entonces cuando Stefan se rindió a lo inevitable.

De todos modos pasó una quincena hasta que Edmond pudo marcharse de Meadowland disfrazado de su propio hermano, y después de llegar a la casa de Londres, tardó otra semana en reemplazar a la servidumbre leal de Stefan por la suya. Si había ido allí a servir de cebo para un asesino, tenía intención de rodearse de aquellos que estaban entrenados para protegerlo.

No le costó mucho dar con Howard Summerville. Lo único que había tenido que hacer era descubrir la fiesta más lasciva y ofensiva de toda la temporada: el Baile de Máscaras de lord Blackwell.

Y no había quedado decepcionado. En poco tiempo había encontrado a Howard en la sala de cartas. Ya sólo necesitaba que su primo se diera cuenta de que él estaba allí también.

Durante los últimos minutos, había pasado varias veces cerca de la silla de aquel hombre estúpido con la esperanza de que lo reconociera. Después de todo, no había muchos en su círculo social que tuvieran la estatura de Edmond y su hermano, y ningún otro que llevara el emblema de Huntley en un sello.

El resto de los presentes en aquella sala llena de humo habían inclinado la cabeza para saludarlo y le habían cedido el paso discretamente tal y como se hacía solamente cuando se aproximaba un duque.

Justo cuando Edmond estaba empezando a pensar que tendría que ceder a sus impulsos y levantar al hombre de la mesa tomándolo por el cuello, Howard tiró las cartas y se puso de pie inestablemente.

Era preferible que el encuentro pareciera casual, porque lo último que quería Edmond era alertar a su primo. Howard Summerville era libertino, depravado y detestable, pero no era idiota. Iba a sentir curiosidad al ver al duque de Huntley en una fiesta como aquélla.

Al abrirse paso hacia la puerta, su primo, un hombre delgado, de tez morena, ojos saltones y aspecto desmejorado estuvo a punto de chocarse con Edmond antes de detenerse en seco.

Lo miró durante unos instantes, hasta que sus ojos enrojecidos consiguieron enfocarse. Finalmente, se quedó estupefacto.

—Dios Santo, ¿eres tú, Huntley?

Edmond asintió rígidamente, como si aquel encuentro fuera una sorpresa desagradable. Así habría reaccionado Stefan.

—Howard.

—¿Qué estás haciendo aquí? —le preguntó su primo mientras se pasaba una mano por el pelo negro y enredado. Tenía muy mala cara. Se había quitado la máscara y la capa, y su palidez era evidente, además de tener unas marcadas ojeras. Su traje, claramente de buena calidad, estaba arrugado como si lo hubiera llevado durante días—. Éste no es lugar para uno de los grandes señores del reino.

Edmond se tragó una respuesta mordaz. Por el momento se suponía que era el duque de Huntley, y Stefan nunca hubiera permitido que su compostura ducal se alterara, aunque su actitud fuera glacial cuando se enfadaba.

—Yo diría que hay varios señores del reino en este evento —dijo, y miró hacia un par de condes y un barón que en aquel momento estaban sentados en las mesas de juego.

—Oh, sí, supongo que sí —dijo Howard malhumoradamente—. Sin embargo, nunca te había visto disfrutando de los placeres que ofrece Londres. De hecho, nunca te había visto disfrutando de ningún placer.

—Por eso estoy aquí, precisamente.

—¿Qué significa eso?

—Edmond está en Meadowland de visita, y me ha exigido que viniera a Londres a descansar y disfrutar mientras él se hacía cargo de los deberes de la finca. Insistió en que me estaba convirtiendo en un aburrido, y cuando a Edmond se le mete algo en la cabeza, no hay forma de sacárselo.

—Me lo imagino. Ese hermano tuyo es una amenaza. Maldita sea, la última vez que nos vimos, me atacó. Rusia es un buen lugar para él. Tiene el corazón tan frío como Siberia. Por supuesto, ahora que lo pienso, tu hermano ha hecho bien en enviarte a la ciudad, Huntley. Siempre he pensado que trabajas demasiado. Lo que necesitas es un poco de diversión. Se lo he dicho muchas veces a la señora Summerville.

—¿De veras?

—Sí —dijo Howard, y sonrió de una manera espantosa—. Y ahora que estás aquí, me doy cuenta de que esto es un golpe de fortuna. Casi asombroso.

Edmond se cruzó de brazos. Ya sabía lo que iba a decir a continuación.

—¿Y cuál es ese golpe de fortuna?

—Bueno, intenté visitarte en Meadowland. De hecho, lo intenté en varias ocasiones, pero el estúpido de tu mayordomo no me permitió pasar el umbral.

—¿De veras?

—Sí. Yo... bueno, últimamente tengo algunos problemas con los acreedores.

—¿Ha habido algún momento en el que no hayas tenido problemas con los acreedores?

—Eran asuntos sin importancia —dijo Howard, tirándose de la corbata—. Sin embargo, en esta ocasión me temo que estoy en una situación muy difícil. De hecho, si mi situación no mejora, quizá tenga que marcharme al continente.

La expresión de Edmond siguió siendo de indiferencia, aunque los músculos se le tensaron. El hecho de que Howard se viera acosado por los acreedores era predecible. Sin embargo, en aquella ocasión estaba claramente desesperado.

—Y de todos modos, aquí estás, dilapidando tu dinero inexistente en las cartas y las prostitutas —le dijo Edmond, sabiendo que era lo que habría dicho su hermano.

—Esperaba poder recuperar algunas de mis pérdidas en el juego.

—Ah, claro. Eso siempre es una idea sensata.

Howard hizo caso omiso de aquellas palabras irónicas y prosiguió.

—Sí tú pudieras prestarme un poco de ayuda...

—Deja que me asegure de que no hay un malentendido, primo. ¿Me estás pidiendo dinero?

—Sólo lo suficiente como para cubrir mis gastos más apremiantes.

—Dime, Howard, ¿a cuánto ascienden tus deudas?

La esperanza se reflejó en sus ojos negros, pero rápidamente fue sustituida por la desconfianza. Ni siquiera el bueno de Stefan estaba dispuesto a darle dinero a aquel individuo, porque sabía que él lo malgastaría en el primer tugurio de apuestas que encontrara.

—¿Por qué quieres saberlo?

Al darse cuenta de que había forzado demasiado la conversación, Edmond miró con desinterés por la habitación.

—No era más que curiosidad.

Howard exhaló un suspiro de disgusto.

—Tenía que haber sabido que sería una pérdida de esfuerzo pedirte ayuda a ti. Tu familia siempre se ha regodeado con las dificultades de la mía.

—Y tú siempre nos has culpado de tus propios fracasos —le dijo Edmond, con un deje helado en la voz.

—No eran fracasos. Sólo he tenido muy mala suerte. Eso podría ocurrirle a cualquiera... —los lloriqueos de Howard terminaron abruptamente cuando dirigió la mirada hacia alguien que se aproximaba por detrás de Edmond—. Vaya, vaya, ¿qué tenemos aquí?

Infinitamente molesto por la interrupción, Edmond no se molestó en darse la vuelta, con la esperanza de que quien hubiera osado inmiscuirse en su conversación se diera cuenta de que su presencia no era bien acogida.

—Excelencia, debo hablaros —dijo una voz muy educada en tono bajo mientras alguien le tiraba suavemente de la manga.

Edmond le clavó una mirada asesina a la mujer, que llevaba un antifaz de plumas y una capa.

—Váyase. No me interesa.

La muchacha no se dejó intimidar, y contra su voluntad, Edmond se dio cuenta de que era una belleza impresionante. Incluso debajo de la máscara, él distinguió unos rasgos perfectos y unos maravillosos ojos verdes. Y aquel pelo... aquel glorioso cabello del color del otoño... no podía ser real.

—Pero es muy importante que me concedáis unos minutos de vuestro tiempo —continuó ella.

Edmond ignoró la respuesta instintiva de su cuerpo al percibir la esencia dulce a lavanda de aquella mujer.

—He dicho que se vaya —le espetó—. Hay muchos que le darán la compañía que está buscando.

—Yo, para empezar —dijo Howard, con una expresión de lujuria en el rostro—. Al contrario que mi primo, que es un mojigato, yo sé apreciar la belleza de una mujer.

Ella hizo caso omiso de aquella oferta y se encaró con Edmond.

—Por favor, Stefan, no puedo esperar. Yo... —entonces, entornó los ojos, unos ojos verdes que a Edmond le resultaron extrañamente familiares—. Dios Santo, tú no eres Ste...

—*Mon dieu* —dijo él; la tomó entre los brazos, la levantó en el aire y le cubrió la boca con un duro beso.

El beso no era otra cosa que un medio para cerrarle la boca a la mujer. Por algún motivo, sabía que él no era Stefan, y hasta que consiguiera saber quién demonios era ella, Edmond necesitaba mantenerla ocupada de otro modo.

Sin embargo, se dio cuenta de que aquella necesidad era también un placer mientras probaba sus labios llenos y sensuales y percibía su respiración con sabor a menta y a pura magia. Abrazándola con fuerza, Edmond la levantó del suelo por completo y se apretó aquel cuerpo pequeño, delicado, que no dejaba de retorcerse, contra el suyo.

—Vamos, Huntley, has dicho que no estabas interesado —protestó su primo—. ¿Adónde vas?

Edmond lo ignoró de la misma manera que ignoró los silbidos de los borrachos mientras se encaminaba hacia la puerta más cercana. Continuó con aquel beso profundo e inflexible mientras la multitud se abría para cederle paso. Salió al pasillo y se dirigió hacia la escalera para buscar uno de los dormitorios de arriba.

Entró por la primera puerta que encontró y cerró de una patada. Después, lentamente, dejó a la mujer en el suelo sin separar los labios de su boca mientras seguía disfrutando de aquella dulzura que lo había excitado al instante, pese a su fastidio por la interrupción en la conversación con su primo.

Merecería la pena tener que buscar a Howard más tarde si conseguía separar las piernas de aquella muchacha y hundirse en su calor. Edmond presentía que ella podía ofrecerle la clase de intensa satisfacción que cualquier caballero desearía.

Levantó la cabeza de mala gana y se quitó la ridícula máscara. Miró a su alrededor por la habitación y se dio cuenta de que era uno de los numerosos dormitorios. Las paredes estaban revestidas de madera de palisandro y había una chimenea de mármol cerca de la recámara interior. Sin duda, estaba muy bien decorado, pero él no tenía más interés que la cama con dosel que era visible a la suave luz del fuego. Ah, sí. Aquello valdría perfectamente.

Estaba a punto de llevarse a su acompañante hasta aquel extremo de la habitación cuando ella frustró sus intenciones al empezar a luchar en serio contra él.

—¡Basta! —le dijo ella en un silbido, y comenzó a empujarle el torso—. Maldita sea, Edmond, suéltame.

Edmond se quedó rígido al oír aquella voz. La conocía.

Con un brusco movimiento, le quitó el antifaz de plumas y entrecerró los ojos al ver aquella masa de rizos brillantes que se derramaba por sus hombros como un río de fuego.

¡Brianna Quinn!

Debería haberla reconocido en cuanto se había acercado

a él. Habían sido vecinos durante muchos años, hasta que su madre se había vuelto a casar y se habían mudado a Londres. Habían pasado diez años desde entonces, pero no podía haber otros ojos verdes felinos y otros rizos asombrosos como aquellos.

Por supuesto, él también recordaba un cuerpo pequeño, demasiado delgado, y los rasgos infantiles de una niña. Normalmente, ella estaba sucia y tenía el vestido roto por una docena de sitios de haber trepado por los árboles o haber pasado toda la mañana pescando con Stefan.

No obstante, en aquel momento tenía ante sí a toda una mujer, con la piel tan suave como la seda y unos labios que pedían los besos de un hombre. Era una tentación que iba a dejarlo excitado y dolorido, con una frustración que no servía para mejorar su humor.

—Brianna Quinn —gruñó—. Debería haberme dado cuenta. Tú siempre apareces en el momento más inoportuno.

Ella se ruborizó, porque, sin duda, recordaba las muchas veces que lo había interrumpido en mitad de una seducción, cuando estaba subiéndose por el heno del establo o fisgando en el invernadero.

—Quizá ésa sea tu opinión, Edmond, porque tú siempre estabas dedicado a algún pasatiempo vil, pero no creo que Stefan opine lo mismo —replicó ella.

Con aquella respuesta dejó claro que había cambiado en más sentidos que en el físico. De niña siempre había tenido miedo de él, siempre salía corriendo cuando él la miraba y siempre tartamudeaba cuando intentaba hablar. Él la llamaba *ma souris*, mi ratón.

—¿Dónde está Stefan? —preguntó ella con una expresión obstinada.

Edmond se cruzó de brazos. Ni siquiera se planteó intentar mentirle. Brianna siempre había sido una de las pocas personas que podía distinguir a los dos gemelos.

—Supongo que estará acostado —respondió él—. Ya sabes que sigue los horarios del campo.

Ella se quedó helada al oírlo, y palideció.
–¿Todavía está en Meadowland?
–Sí.
–Pero... –Brianna frunció el ceño. Era evidente que no estaba nada complacida por haber descubierto que Stefan no estaba en Londres–. Tú te estás haciendo pasar por el duque. ¿Por qué?

Él entornó la mirada. Aquella mujer se las había arreglado para estropear el interrogatorio que le estaba haciendo a su repugnante primo. Además, había estado a punto de destrozarle la charada, y por si eso fuera poco, había encendido su deseo hasta extremos inconcebibles. Era hora de que ella explicara el motivo de su presencia en un evento tan indigno.

–En realidad, creo que la mejor pregunta es qué demonios está haciendo una jovencita supuestamente respetable en un baile como éste.

Ella no se amedrentó tal y como él había pensado. En vez de eso, se puso las manos en las caderas y lo miró fijamente.

–No voy a responder a tus preguntas hasta que sepa por qué te estás haciendo pasar por el duque de Huntley.

–Estás confundida, *ma souris* –respondió él. Con su considerable altura y tamaño, Edmond acorraló a la mujer contra la pared con una dura expresión de advertencia–. Vas a responder a todas mis preguntas y lo vas a hacer en este momento.

–No puedes obligarme –dijo ella entre dientes.

–No se te habrá olvidado lo peligroso que es desafiarme, ¿verdad? –susurró él, apretando los duros músculos de sus muslos contra ella. Al sentir su cuerpo delicado de curvas perfectas bajo la pesada capa, Edmond tuvo que reprimir un gruñido–. Nunca he podido resistirme a un desafío.

Ella se estremeció.

–Suéltame, Edmond.

En los labios de Edmond se dibujó una sonrisa provocativa mientras, deliberadamente, seguía apretándola contra su cuerpo. Se había dado cuenta de que ella no era indiferente a su contacto, y eso intensificó el deseo que sentía.

–Dime lo que estás haciendo aquí o abriré esa puerta y le diré a todo el mundo que estás en el baile.

Como esperaba que ella flaqueara ante su amenaza, Edmond no estaba preparado cuando Brianna lo empujó. Él no sintió más que el roce de una mariposa, pero fue suficiente para distraerlo y ella pudo deslizarse por la pared y escapar hacia la puerta.

–Muy bien, paséame por delante de la multitud si quieres. Ya no me queda nada que perder –dijo ella. Se abrió la capa de un manotazo y mostró el vestido de baile rosa, cuyo escote dejaba a la vista la suave curva de su pecho. Con aparente indiferencia hacia la mirada ardiente de Edmond, abrió la puerta de la habitación de par en par y se volvió a mirar a su captor–. Pero ten por seguro que, en cuanto me delates, yo gritaré bien claro que no eres más que un impostor.

Era un farol. Tenía que serlo, se dijo Edmond mientras se acercaba rápidamente a ella y le señalaba la puerta con la mano. Ninguna mujer era tan tonta como para arruinar su futuro con semejante despreocupación.

–Vamos a probar, ¿de acuerdo? –le dijo suavemente.

Ella elevó la barbilla y salió al pasillo.

–De acuerdo.

Al oír que se acercaban unos pasos, Edmond no tuvo más remedio que tomarla por el brazo y tirar de ella hacia la habitación. Él cerró la puerta y echó el pestillo, antes de volverse hacia Brianna con cara de furia.

–¿Es que has perdido la cabeza? Sería tu deshonra –masculló.

Brianna se abrazó por la cintura, con la cara muy pálida.

–A menos que pueda convencer a Stefan de que me ayude, ya estoy deshonrada.

–¿De qué demonios estás hablando?

—Primero exijo que me digas por qué te estás haciendo pasar por el duque de Huntley.

Él soltó una maldición.

—Brianna, no me hagas perder la paciencia. Confiesa por qué quieres ver a Stefan.

—¿O qué? —preguntó ella—. ¿Me vas a golpear?

Edmond entrecerró los ojos lentamente. Él era un caballero que había desarrollado ciertas habilidades para obtener la información que deseaba, ya fuera de un asesino, de un político corrupto o de la bella esposa de un embajador extranjero.

Si un método no funcionaba, no tenía inconveniente en cambiar de táctica.

Los dedos con los que la estaba agarrando por el brazo dibujaron un camino íntimo hacia arriba, y se detuvieron en su cuello, allí donde latía el pulso de su sangre. El calor explotó por el cuerpo de Edmond al sentir la piel suave y sedosa de Brianna. Era lo que la vista prometía: marfil caliente.

—¿Y estropear esta preciosa piel? —le preguntó.

Después cedió al impulso que lo había estado dominando desde que había besado aquellos labios. Con un movimiento ágil, la tomó en brazos y se la llevó hasta la cama. Sin hacer caso de sus forcejeos, la tiró sobre el colchón de plumas y la siguió rápidamente, cubriendo su cuerpo ligero y femenino con el de él, mucho más grande.

—Tengo métodos mucho mejores para conseguir lo que quiero.

Ella tenía los ojos muy abiertos, brillantes como esmeraldas a la luz del fuego, y su pelo estaba extendido por la almohada como una llama de otoño.

—Edmond, ¿qué estás haciendo?

Él sacudió la cabeza con desconcierto.

—¿Cuándo te has convertido en semejante belleza, *ma souris*?

Con un gesto ceñudo, Brianna intentó inútilmente zafarse de él.

—Maldita sea, esto no es divertido.

Edmond inhaló bruscamente al sentirla retorciéndose bajo sus músculos tensos. Aquella muchacha lo estaba volviendo loco. ¿Cómo iba a recordar que ella era una enemiga en aquel momento, si su cuerpo ardía?

Incapaz de resistir la tentación, Edmond bajó la cabeza y enterró la cara en la curva de su cuello. Percibió su esencia de lavanda y se estremeció cuando aquel aroma seductor se apoderó de sus sentidos.

Así era como debía oler una mujer, pensó con asombro y placer. Dulce y femenina, en vez de empaparse en perfumes empalagosos como hacían muchas damas.

—Dime por qué has venido, Brianna —le susurró, mientras le acariciaba con los labios el hueco que había debajo de su oreja.

Ella emitió un suave gemido y su cuerpo dio un respingo como reacción a aquella caricia.

—Edmond, detén esto ahora mismo —le pidió, agarrándolo por las solapas.

Edmond cerró los ojos para saborear mejor su gusto exquisito y le pasó los labios por la línea de la mandíbula.

—Dímelo.

—No.

Él le mordisqueó la barbilla mientras le pasaba las manos por la cintura y después, lentamente, volvía hacia arriba, hacia la deliciosa curva de sus pechos.

—Brianna, no voy a para hasta que sepa la verdad.

Los ojos verdes brillaron con furia, y con un deseo que no podía disimular por completo.

—He venido a hablar con Stefan.

Él le robó un beso breve, posesivo, antes de retirar la cara de mala gana para mirarla con los ojos entornados.

—¿Sobre qué?

—Stefan es mi tutor legal. Necesito que haga valer sus derechos y me saque de casa del señor Wade.

—¿De tu padrastro?

Edmond no había llegado a conocer al hombre con quien se había casado la madre de Brianna, Sylvia. Sabía poco de él, salvo que era hijo de un carnicero, y que había hecho fortuna en las Indias. La mayoría de los miembros de su círculo social no lo aceptaba, pero Edmond supuso que Sylvia estaría desesperada por encontrar la manera de pagar sus deudas de juego, y seguramente se habría casado con Belcebú si se lo hubiera pedido.

—¿Por qué?

—Eso es algo de lo que prefiero hablar con Stefan.

—No te he preguntado lo que preferías, *ma souris*. Respóndeme.

—Thomas quiere llevarme a Norfolk el viernes.

Edmond emitió un sonido de desagrado. Qué típico. ¿Había alguna mujer que no se dejara dominar por los caprichos en vez de regirse por el sentido común?

—¿Y te has arriesgado a perder el honor porque no quieres alejarte de la sociedad de Londres? —preguntó, sacudiendo la cabeza.

Sin aviso, ella le golpeó en el pecho. Estaba congestionada de la rabia.

—A mí no me importa un comino la sociedad de Londres, idiota —dijo entre dientes—. De hecho, si no tuviera que pasar ni una noche más en esta horrible ciudad estaría encantada.

—Entonces, ¿por qué estás tan desesperada por tener que ir a Norfolk?

Ella cerró los ojos con fuerza.

—Por favor, no me hagas esto, Edmond —susurró.

Edmond se quedó inmóvil al darse cuenta de que aquello era mucho más que un capricho femenino.

—¿Brianna?

Ella se estremeció.

—Mi padre quiere llevarme a su casa de caza para... para poder... hacer lo que quiera conmigo.

—¿Hacer lo que quiera contigo?

—Quiere violarme —dijo ella—. ¿Estás contento?

—Dios Santo, Brianna —dijo Edmond con horror—. ¿Por qué piensas algo semejante?

—Porque intentó meterse en mi cama hace tres meses. Le advertí que me pondría en contacto con Stefan y que le revelaría lo que quería hacer si me tocaba. Pensé que esa amenaza sería suficiente, pero hace dos semanas me informó de que ha comprado una nueva casa de caza en Norfolk y que piensa llevarme allí. También me ha dejado claro que los sirvientes que ha contratado son muy leales a él. Tan leales que harán la vista gorda si Thomas decide encerrarme en una habitación.

Edmond se puso furioso. Aquel hombre era un canalla.

—¿Y por qué no te habías puesto en contacto con Stefan antes de ahora?

Sin apartar la mirada de él, Brianna se bajó de la cama y se abrazó la cintura.

—Le envié una carta en cuanto conocí los planes de Thomas, pero Stefan no respondió. Después de enterarme de que había venido a Londres, tuve la esperanza de que hubiera venido a ayudarme. Sin embargo, no vino a visitarme, así que le envié casi una docena de mensajes a su casa de la ciudad. Incluso mandé a mi doncella con una misiva, pero un enorme bruto la echó sin permitirle cruzar el umbral.

—No contraté a Boris por su talento para la etiqueta londinense —dijo él con ironía.

—Bueno, pues por culpa de Boris me he visto obligada a venir a este espantoso baile para intentar hablar con Stefan. Y ahora, tú lo has estropeado todo.

Edmond no era un caballero a quienes los demás reprendieran. Ni siquiera Alexander Pavlovich se atrevería a hacerle más que un ligero reproche. Y, sin embargo, aquella pequeña mujer lo acababa de regañar como si fuera un niño desobediente.

Sin embargo, asombrosamente, Edmond no tuvo resentimiento, sino fascinación hacia ella.

Brianna Quinn tenía un carácter raro entre las damas de la buena sociedad. Cualquier otra mujer habría estado al borde de la histeria después de que su padrastro la hubiera amenazado con la violación. Brianna no; había decidido que se salvaría y se había atrevido a asistir al baile más depravado de todo Londres.

—Me pondré en contacto con Stefan para asegurarme de que se entera de tus problemas —le dijo él, sin molestarse en informarla de que tenía intención de tratar con Thomas Wade en persona, aunque actuando como duque de Huntley—. Hasta entonces, debes alojarte en casa de alguna amiga. Conocerás a alguien en Londres.

Brianna frunció los labios al escuchar aquella orden.

—Conozco a varias personas en Londres, pero ninguna está en posición de impedir a Thomas que me lleve consigo. Sólo Stefan...

Edmond arrugó la frente cuando ella se interrumpió bruscamente y entrecerró los ojos como si hubiera tenido una buenísima idea.

—Sólo Stefan ¿qué? —preguntó con impaciencia por volver al baile a hablar con Howard Summerville.

—Sólo Stefan puede protegerme —dijo ella, y alzó la barbilla con una sonrisa en los labios—. Y es precisamente lo que va a hacer.

—Estoy seguro de que lo hará, en cuanto descubra que...

—No. Yo no puedo esperar a que Stefan se decida a rescatarme. Tú ya estás aquí, después de todo, fingiendo que eres Stefan. No hay razón por la que no pueda mudarme a Huntley House. Esta noche.

CAPÍTULO 4

La admiración que Edmond había sentido por el coraje de Brianna se convirtió en ira.

¿Acaso pensaba aquella mujer que él era el bondadoso Stefan, a quien podía manipular cualquier ser abandonado que se cruzara en su camino?

¿O pensaba que la lujuria que sentía por ella, y que no podía disimular, le otorgaba poder sobre él?

—Supongo que hablas en broma —dijo él, en un tono cortante, mientras se acercaba a Brianna de una manera amenazante.

Ella no se amedrentó.

—En absoluto. Todo Londres cree que el duque de Huntley está en este momento en su casa de la ciudad. ¿Por qué no iba a invitar a su pupila a pasar una temporada con él?

—Ni siquiera una pupila puede quedarse sola en el hogar de un soltero. Perderías la honra.

—No si contratas a una acompañante —replicó ella con obstinación.

Él se rió.

—¿Así que no sólo tengo que dejar que una pupila latosa invada mi privacidad, sino también un ogro de mediana edad? Está claro que te has vuelto loca si piensas que voy a permitirlo.

—¿Prefieres que mi padrastro me viole?

Edmond ignoró el desdén con que ella le hablaba. Pronto, Thomas Wade no sería nada más que un cadáver olvidado. Por el momento, Edmond estaba mucho más preocupado por aquella descarada que estaba ante él.

—Te aseguro que ese asunto será resuelto.

—Perdóname si no creo completamente una promesa tan ambigua —respondió ella con amargura.

—Tendrás que creerla.

Ella permaneció en silencio durante un breve momento, como si estuviera librando una lucha interna. Después respiró profundamente y lo miró a los ojos.

—No, no tengo por qué creerla. Parece que se te olvida que tengo modos de obligarte a que me lleves a tu casa.

Edmond la tomó por los hombros y la atrajo hacia sí, lo suficiente como para verse envuelto en su aroma de lavanda.

—Ten cuidado, Brianna, no respondo bien al chantaje.

Ella tragó saliva.

—No me has dejado otra alternativa. O me tomas bajo tu tutela, o volveré al salón y le diré a todo el mundo que tú no eres Stefan.

—Eres una inconsciente por amenazarme, *ma souris*.

—No soy inconsciente, sino que estoy desesperada. No quiero pasar otra noche bajo el techo de mi padrastro.

Con un gesto brusco, él la aprisionó contra la puerta, y apoyó el cuerpo en las formas esbeltas de Brianna para hacerle una advertencia inconfundible.

—¿Y crees que estarás a salvo bajo mi techo?

Mientras hablaba, sintió un calor muy familiar fluyéndole por la sangre. Quizá Brianna Quinn fuera una muchacha obstinada y difícil de controlar, pero estaba encendiendo sus pasiones hasta provocarle fiebre. El hecho de tenerla durmiendo unas puertas más allá terminaría con su inocencia, sin duda.

Ella se echó a temblar, pero no de miedo. Tal vez fuera virgen, pero era perfectamente consciente del calor que chisporroteaba entre ellos.

—No hace falta que me recuerdes que siempre has sido un canalla.

Él arqueó una ceja.

—Bien, ¿y entonces?

—No podré acceder a mi herencia hasta mi cumpleaños, en la primavera, pero tengo varias joyas...

La risa ronca de Edmond llenó la habitación en penumbra.

—No necesito ni tu dinero ni tus joyas.

En su rostro se reflejó una expresión de confusión que reveló lo inocente que era en realidad.

—Entonces, ¿qué tipo de compensación quieres?

Edmond le pasó la mirada por los rasgos de marfil, descendió por el cuello y se detuvo en la ligera curva de sus pechos.

—Es evidente que no puedes ofrecer otra cosa que tus encantos femeninos.

Ella intentó manifestar su indignación, pero a Edmond no se le escapó la forma en que se oscurecieron sus maravillosos ojos. Ella nunca lo admitiría, pero no era totalmente reacia a que él probara aquellos encantos.

—No eres mejor que Thomas —le dijo Brianna con la voz temblorosa.

Edmond sonrió con frialdad, y de repente, se retiró y la soltó.

—Entonces, te sugiero que te quedes con tu padrastro, que es el sitio en el que tienes que estar, o que encuentres otro alojamiento —respondió él, y abrió la puerta.

—Maldito seas.

Edmond se detuvo y le lanzó una mirada burlona por encima del hombro.

—Llegas tarde, *ma souris*. Llevo maldito muchos años.

Eran más de las tres de la madrugada cuando Brianna y su doncella entraron furtivamente por la puerta trasera de Huntley House y se dirigieron hacia la entrada de la cocina.

Aunque sólo estaba a unas manzanas de la casa de su padrastro, los dos edificios no podían compararse.

Aquella zona había pertenecido, en el pasado, a la Abadía de Westminster, y después había pasado a manos de Enrique VIII. Más tarde fue urbanizada por la familia Curzon, que bautizó el barrio con el nombre de Mayfair por la feria anual que se celebraba allí cuando era campo abierto.

Al contrario que muchas de las casas más lujosas, Huntley House había sido erigida por James Stuart, que se decantaba por un exterior sencillo de piedra clara y verjas de hierro forjado, en vez de seguir el estilo más recargado de Robert Adam. El elegante interior, sin embargo, era una exhibición de riqueza.

Brianna recordaba que, de niña, se maravillaba al entrar en la casa y ver la doble escalinata que conducía al vestíbulo principal, donde había gruesas columnas de mármol y estatuas griegas. Un escenario perfecto para que el duque y la duquesa recibieran a sus invitados.

La joya de la casa era el salón, de estilo neoclásico, con las ventanas altas que tenían vistas a Hyde Park. A Brianna, aquella habitación le había resultado abrumadora de niña. Se sentía aterrorizada por si destruía alguna obra de arte muy valiosa.

Y en aquel momento, estaba a punto de entrar en la casa como una ladrona.

Brianna sentía más nervios de lo que quería admitir. Dejó las pesadas bolsas que había sacado de casa de su padrastro y observó a su doncella, que estaba inclinada sobre el pomo de la puerta, estudiando la cerradura a la luz de la luna.

—¿Sabrás hacerlo, Janet? —susurró.

Janet se incorporó con una expresión sombría en el rostro.

—Sí, creo que es una cerradura sencilla.

—Entonces, ¿a qué esperas?

—¿Está segura de que esto es una buena idea, señorita

Quinn? –preguntó la doncella–. Por cómo habla de este caballero, me da miedo de estar pasando de la sartén a las brasas.

Brianna contuvo un escalofrío. Después de que Edmond la dejara en aquella habitación en medio del baile de máscaras, se había quedado paralizada de miedo.

Había tenido la sensación de que estaba condenada. Sin embargo, había reunido valor, había vuelto a casa de su padre y había despertado a Janet, que estaba durmiendo en una silla junto a la cama vacía de Brianna. A la doncella no le había hecho gracia aquella idea tan temeraria, pero aunque había rezongado, había ayudado a Brianna a hacer las maletas.

En menos de una hora, las dos salían de la casa y recorrían las calles oscuras hacia su destino. Si Edmond no la ayudaba voluntariamente, tendría que hacerlo involuntariamente.

–Sé que Edmond no es una joya, pero es preferible a Thomas Wade –le dijo a Janet.

–Pero si este hombre ha prometido que se pondría en contacto con el duque, entonces...

–No puedo correr el riesgo de esperar –le dijo Brianna–. Si Thomas sospecha que tengo intención de huir, me llevará a rastras a Norfolk antes de que pueda hacer nada por impedirlo.

Janet suspiró.

–Supongo que eso es cierto.

–Vendería mi alma al demonio con tal de evitar que suceda eso.

–Quizá es lo que está a punto de hacer –murmuró Janet.

Después, sacó una horquilla de metal del bolsillo y comenzó a hurgar en la cerradura.

Janet apenas hablaba de su niñez, pero Brianna sabía que era hija de uno de los ladrones más célebres de Londres, y que hasta que había huido de aquel mundo, había aprendido muchos trucos del oficio. Esos conocimientos habían resultado útiles más de una vez.

Hubo un suave clic y se oyó la vuelta de la cerradura antes de que la puerta se abriera. Brianna dejó escapar una exhalación de alivio. Sabía que Edmond volvería en cualquier momento del baile de máscaras, y prefería estar instalada en la casa antes de que eso ocurriera.

Brianna levantó el equipaje y pasó a la cocina por delante de Janet. Si había alguien esperando para disparar al intruso que estaba entrando en la casa, lo justo era que ella recibiera la bala.

Afortunadamente, no se oyó ningún disparo. Brianna miró a su alrededor para cerciorarse de que la cocina estaba desierta, y después le hizo un gesto a Janet para que entrara. Recorrieron la estancia con la vista fija en la puerta de servicio. Debían llegar a la habitación de invitados antes de que las sorprendieran.

En el estrecho tramo de escaleras reinaba la oscuridad, y Brianna maldijo suavemente al tener que ralentizar el paso. Por mucha prisa que tuviera, no podía correr el riesgo de romperse el cuello en aquellas escaleras desiguales. Posó la mano en la pared de piedra y, apoyándose, siguió ascendiendo trabajosamente. Cuando llegó al tercer piso, tenía el aliento entrecortado y le dolía la espalda debido a la tensión de acarrear las pesadas maletas. Se detuvo para abrir la puerta, y notó que se le subía el corazón a la garganta cuando las bisagras rechinaron.

Tuvo la sensación de que el sonido se oía por todo Londres.

¿Habría alertado a toda la casa de su presencia?

Con Janet apretada nerviosamente a su espalda, Brianna se obligó a contar hasta diez. Al no oír a ningún sirviente, ni gritos de alarma, ella tomó aire para tranquilizarse y entró al pasillo.

El ancho corredor estaba suavemente iluminado por la luz de las velas de unos candelabros. Tenía el techo abovedado y estaba pintado de color crema. El suelo estaba cubierto por ricas alfombras persas en tonos rojos, azules y dorados.

Brianna estaba intentando recordar cuál de las numerosas puertas era la de una habitación de invitados cuando una gigantesca sombra se separó de la pared y apareció un hombre enorme con una expresión dura y un par de feroces ojos azules. Brianna se quedó helada. Aunque el hombre llevaba la librea de los Huntley, ella no creyó ni por un instante que fuera un simple sirviente. Parecía un soldado.

O un asesino.

—¿Qué es esto? —gruñó, con un inconfundible y marcado acento ruso—. ¿Qué creen que están haciendo?

Aquél tenía que ser el bruto con quien Janet se había enfrentado antes, y con su acento, tenía que ser uno de los hombres de Edmond.

Maldición. No podía hacer otra cosa que enfrentarse a él con valentía.

—Permítame que me presente —dijo Brianna. Dejó las maletas en el suelo una vez más e hizo una graciosa reverencia—. Soy la señorita Quinn, la pupila legal del duque de Huntley. Me quedaré aquí durante unos días, con mi doncella.

El hombre arqueó las cejas, que eran rubias, como su espeso cabello, y la miró con incredulidad.

—No me han dicho nada de una pupila. Se va a marchar ahora mismo.

Brianna alzó la barbilla con altanería.

—De ninguna manera voy a marcharme. Ahora, ésta es mi casa.

—O se marcha, o la echo.

—¿Va a atreverse a ponerle la mano encima a la pupila del duque? —le preguntó ella en un tono glacial.

—Me han dicho que no entre nadie en la casa —dijo el hombre, mientras comenzaba a andar hacia ella—, y eso es lo que voy a hacer.

Brianna estaba convencida de que aquel hombre iba a echarlas de la casa. Claramente, era hora de mostrar su única arma.

—Antes de que dé otro paso más, debo advertirle que he entregado una nota a una amiga con instrucciones de que, a menos que tenga noticias mías a primera hora de la mañana, la envíe al *London Times* —dijo, con tanto coraje como pudo.

—¿Y a mí que me importa esa nota?

—La nota informará a todo Londres de que quien está en la casa de la ciudad no es el duque de Huntley, sino su hermano gemelo, Edmond. Dudo que su amo quiera que eso sea del dominio público.

—¿Cómo...?

Para no perder la pequeña ventaja que había conseguido, Brianna tomó las maletas y se dirigió a la habitación más próxima.

—Vamos, Janet. Tendremos que esperar hasta mañana para hablar con Edmond.

Después de pasar al dormitorio, Brianna cerró la puerta firmemente en las narices del criado, dejó las maletas y cerró con llave.

—Va a conseguir que nos estrangulen mientras dormimos —murmuró Janet.

—Tonterías —replicó Brianna—. Puede que Edmond sea un canalla, pero Stefan nunca le perdonaría que me asesinara.

Janet suspiró.

—Dormiría un poco mejor si su voz no sonara como si estuviera intentando convencerse a sí misma y no a mí.

Edmond se apoyó en el quicio de la puerta y, en silencio, observó a la mujer que estaba acurrucada en medio de la gran cama con dosel. El aliento se le cortó al ver la luz del sol de la mañana arrancándole brillos del pelo y calentándole los delicados rasgos de marfil. Él creía que la imagen que tenía en la mente de la noche anterior se empañaría por la mañana. Ninguna mujer podía ser tan exquisita como él había imaginado.

Sin embargo, estaba equivocado.

Dios, era incluso más bella.

Tuvo que hacer un esfuerzo para no tomarla de debajo de las mantas y llevársela a su cama, donde debía estar. ¿Qué demonios le ocurría? Quizá Brianna Quinn fuera una belleza, pero él no estaba dispuesto a tolerar aquella descarada intrusión en su casa.

Cuando había vuelto a casa la madrugada anterior, después de haber hecho esfuerzos inútiles para localizar a Howard Summerville, se había quedado asombrado; Boris le había dicho que dos mujeres se habían encerrado en una de las habitaciones de invitados, y que una de ellas le había amenazado con enviar una nota al *London Times* desvelando que él era Edmond.

Su primer pensamiento había sido el de irrumpir en el dormitorio y echar a Brianna a la calle. Aquella mocosa era una distracción que él no podía permitirse. Sin embargo, aunque no había creído su amenaza, no podía estar seguro de que no se pusiera a gritar y despertara a todo Londres si intentaba sacarla de casa.

Brianna Quinn había sido lo suficientemente inteligente como para burlarlo por el momento, pero eso no significaba que tuviera la sartén por el mango.

Él tenía la intención de hacerle pagar muy caro el hecho de haberse atrevido a desafiarlo.

Edmond entró en la habitación con la llave que le había entregado el ama de llaves. Después volvió a cerrar y se aproximó a la cama. Estaba descalzo y únicamente llevaba una bata. No hizo ruido mientras atravesaba la alfombra persa.

Durante un instante, se detuvo a saborear sus delicados rasgos. La línea recta de su nariz, sus labios carnosos, sus pestañas espesas que descansaban contra su piel blanca.

Una Afrodita dormida.

Como si tuviera voluntad propia, su mano se acercó a ella y le acarició la mejilla. Edmond la apartó como si se hubiera quemado. Había ido allí a librarse de aquella pestilente mujer, no a enredarse más en su fascinante telaraña.

Con un movimiento brusco, tiró de la manta y la apartó, dejando a la vista su pequeña silueta, cubierta sólo con una fina camisola.

Brianna abrió los ojos de golpe y emitió un grito de alarma. Al ver a Edmond se quedó estupefacta.

–Edmond.

Él sonrió con frialdad.

–Bueno, bueno, veo que Boris no se había equivocado. Unos ratoncillos han invadido mi casa durante la noche.

Ella quiso tirar de la manta para cubrirse, pero él no se lo permitió.

–Por Dios, ¿es que quieres provocarme un ataque cardíaco?

–Un ataque cardíaco es la menor de tus preocupaciones –respondió él. Sin poder resistir la tentación, se deslizó entre las sábanas de seda detrás del cuerpo de Brianna, y la atrajo hacia sí hasta que estuvieron acoplados de forma muy íntima–. Te advertí lo que ocurriría si te quedabas en mi casa.

Ella se puso rígida del asombro cuando notó que sus manos la acariciaban, que exploraban sus curvas esbeltas con la confianza de un seductor experimentado.

–¿Qué estás haciendo? –le preguntó.

Él bajó la cabeza y le acarició la piel del hombro con los labios, apartando el estrecho lazo que le sujetaba la camisola, para poder saborear su piel con olor a lavanda.

–Tomar mi recompensa –murmuró él, mientras le mordisqueaba la curva del labio y después se la besaba.

–Déjalo ya. Edmond... –su voz se acalló bruscamente cuando notó cómo él le acariciaba la curva de los pechos y pasaba los pulgares por sus picos más sensibles–. Dios Santo.

–¿Te gusta así, *ma souris*? –susurró él al oído, y le lamió delicadamente la oreja.

–No, no puedes hacer esto –gruñó ella. Alzó las manos y

las posó sobre las de él, aunque no hizo ningún esfuerzo por detener las caricias.

—Quizá prefieras esto —dijo Edmond, y siguió acariciándole los pezones hasta que se le endurecieron. Mientras ella gemía de placer, él se sentía cada vez más excitado—. Sí, canta esa canción tan dulce para mí.

Dejando un rastro de besos por su cuello, Edmond inhaló profundamente su esencia embriagadora, y deslizó la palma de la mano por su vientre liso para presionar su erección dolorosa contra su trasero.

Había comenzado aquello para asustar a la mocosa y que se fuera de su casa, para demostrarle que no conseguiría convencerlo, ni amenazarlo, ni manipularlo para que la acogiera. Su propósito había cambiado al instante, sin embargo, con el ardiente deseo que se había adueñado de su cuerpo.

Se volvería loco si no la tomaba pronto.

Sin dejar de acariciarle el pecho con una mano, Edmond bajó la otra por su vientre hasta que llegó al delicioso calor de entre sus muslos. Silbó de placer al sentir la humedad en la fina tela de la camisola.

Ella lo deseaba. Su cuerpo no podía mentir.

Estaba pensando en si le alzaba la pierna y se la colocaba en la cadera para poder penetrarla en aquella postura, o si colocarla tumbada boca arriba para poder verle la cara cuando ella lo recogiera en su cuerpo, cuando, de repente, ella comenzó a retorcerse contra él.

—No.

Con decisión, consiguió darse la vuelta para enfrentarse a él, aunque Edmond no la soltó. Sus ojos verdes ardían con una mezcla de ira y deseo.

—Maldito seas, Edmond. Lo único que te he pedido es protección hasta que Stefan pueda convertirse en mi tutor legal. ¿Es una carga demasiado pesada para ti?

Él gruñó de frustración.

—No tienes idea de cuánto.

—Prometo que no te molestaré. Ni siquiera te enterarás de que estoy aquí...
—*Mon dieu* —susurró él—. No puedes ser tan inocente.
—¿Qué quieres decir?
—Esto.
Sin ningún reparo, Edmond le tomó la mano y la metió bajo su bata. Brianna emitió una exclamación de asombro cuando él hizo que le rodeara el miembro erecto con los dedos.
—Dios Santo —susurró ella, con la mirada atrapada en el calor de los ojos de Edmond.
—Esto es lo que me haces tan sólo con estar cerca de mí —le gruñó él—. Si te quedas aquí, te tomaré.
—Ni siquiera te caigo bien —protestó ella con la voz extrañamente entrecortada.
Él mantuvo la mano alrededor de la de Brianna, pero fue ella quien comenzó a acariciarlo lentamente hacia abajo, como si sintiera curiosidad, pese a todo, al sentir su erección palpitante. Ella alcanzó la pesada bolsa antes de volver hacia la punta, y con el pulgar borró la gota de humedad que había surgido. Edmond gimió, abrumado por las exquisitas sensaciones que explotaban por su cuerpo. Él no tenía nada más que sus dedos sobre la piel, pero Brianna le estaba proporcionando más placer que ninguna de las mujeres con las que se hubiera acostado.
—Eres una mujer deseable, y yo soy un hombre que aprecia la belleza —consiguió murmurar, con la voz ronca, mientras la presión comenzaba a intensificarse rápidamente—. Dios... sí... es estupendo —dijo, y le cubrió de besos la cara a la perpleja Brianna—. Aprieta con más fuerza.
Ella se estremeció al notar sus besos, e inhaló profundamente.
—Edmond, no pienso que...
—Precisamente.
—¿Qué?
—No pienses.

Él atrapó sus labios en un beso y cerró los ojos, mientras se abandonaba a la sensación del contacto de sus dedos alrededor de su miembro. En el momento en que había visto aquellos maravillosos ojos verdes, había sabido que sería así. Un deseo cegador que despojaba a un hombre del barniz de la civilización.

La próxima vez que experimentara aquello, estaría dentro de su cuerpo, mientras ella alcanzaba el clímax entre gemidos.

Edmond hundió la lengua en el calor húmedo de la boca de Brianna mientras jugueteaba con sus pechos, saboreando su dulzura, y sus músculos se apretaron súbitamente en una cúspide de placer.

–Brianna.

Con un gruñido desgarrador, se tumbó sobre el estómago y liberó su simiente en las sábanas.

CAPÍTULO 5

Brianna era una doncella inocente y bien educada a quien habían enseñado que una intimidad de aquella clase sólo debía producirse entre marido y mujer. Sabía que debería estar horrorizada por lo que acababa de ocurrir.

Sin embargo, no podía negar que sentía fascinación al observar los preciosos rasgos de Edmond tensos por lo que parecía un inmenso placer, un placer que ella había probado brevemente mientras él exploraba su cuerpo con las manos y los labios.

Durante un momento salvaje, ella había querido permitir que sus caricias experimentadas continuaran para descubrir exactamente adónde podían llevarla aquellas sensaciones. Sólo el miedo, y una obstinada negativa a permitir que aquel hombre se saliera con la suya, le había hecho recuperar el sentido común.

En aquel momento sentía una especie de frustración, como si su cuerpo estuviera decidido a castigarla por negarle la satisfacción que Edmond le estaba ofreciendo.

Dios Santo, ¿qué le ocurría?

Había pasado meses esquivando los roces repulsivos de Thomas. El mero hecho de pensar que pudiera tocarla la ponía enferma.

Sin embargo, con Edmond... no era repulsión lo que sentía.

Muy al contrario.

Con una risa suave, ronca, Edmond rodó por la cama para mirarla a la cara, con el pelo negro revuelto y su rostro pecaminosamente guapo a la luz de la mañana.

—Vaya, ésta es una manera perfecta de empezar el día, *ma souris* —murmuró, mientras levantaba una mano para juguetear perezosamente con un rizo caoba que descansaba en la mejilla de Brianna—. Claro que habría preferido estar entre tus muslos. La próxima vez estaré muy dentro de tu cuerpo cuando llegue a las cimas del placer.

Al oír aquellas palabras despreocupadas, Brianna notó una descarga eléctrica. La imagen de Edmond encima de ella mientras le enseñaba el goce de la pasión fue demasiado vívida.

—No habrá próxima vez.

Él le tiró del rizo.

—Entonces, ¿piensas marcharte?

Algo que podría ser dolor le encogió el corazón brevemente. Ridículo, por supuesto. Aquel hombre, sin duda, había disfrutado del favor de muchas mujeres, seguramente con más minuciosidad que con ella. ¿Por qué iban a cambiar unos pocos momentos insignificantes su deseo de librarse de ella?

—Has... has obtenido el placer que querías, y seguramente con eso he podido ganar unos días —replicó ella.

Sin previo aviso, Brianna se vio boca arriba, con Edmond encima, apretándola contra el colchón. Tuvo que reprimir un gruñido mientras él le atrapaba las manos y se las sujetaba por encima de la cabeza mientras le cubría de besos el cuello.

—Mientras estés cerca, te desearé. Y si no huyes, seré tu amante. *Mon dieu*. Quizá sea demasiado tarde para huir.

—Edmond... —las palabras se le atragantaron en la garganta cuando él encontró un pezón con la boca a través de la tela de la camisola—. Oh.

Brianna cerró los ojos cuando todo su cuerpo vibró.

¿Era aquello el cielo? Ella nunca hubiera pensado que existían aquellas sensaciones tan deliciosas. Era suficiente como para hacer que cualquier mujer inteligente perdiera la cabeza.

Él rodeó con la lengua el pezón y consiguió que ella emitiera gemidos desde la garganta. Al mismo tiempo, comenzó a apretar con la pierna entre las de ella para separárselas lo suficiente como para apoyar las caderas entre sus muslos.

Brianna jadeó cuando la camisa se le subió hasta las caderas y sintió el vello de las piernas de Edmond frotándose contra su piel. Después, él se apoyó más en ella, y la dureza de su erección le presionó la carne sensible que había entre sus muslos.

Oh, aquello era... escandaloso. Y maravilloso. Y peligroso.

Edmond respiró profundamente, como si se sintiera tan asombrado por el placer que estaba sintiendo como ella.

—Maldición —jadeó, y sus ojos azules tenían una mirada tormentosa que hablaba de sus emociones tumultuosas.

Sin saber por qué se había enfurecido, Brianna abrió la boca para pedirle que se lo explicara, pero, en aquel momento, alguien llamó a la puerta y ambos se quedaron inmóviles.

—Señor —dijo una voz desde el otro lado del pasillo.

—Vete, Boris —gruñó Edmond, sin apartar la vista de los ojos de Brianna.

—Tenemos un intruso —respondió el sirviente.

—Deshazte de él —le ordenó Edmond, en un tono que prometía un castigo por la interrupción.

—Es el padrastro de la señorita Quinn —insistió Boris—. Ha amenazado con llamar a los agentes de policía si no se le permite ver a su hija.

—Dios Santo —susurró Brianna, aterrorizada—. ¿Cómo me ha encontrado tan rápidamente? ¿Cómo me ha encontrado?

Murmurando algo que a Brianna le parecieron imprecaciones en ruso, Edmond se levantó y se ató el cinturón de la bata.

—Vístete.

—No. Nunca volveré con él —dijo Brianna. Se levantó de la cama y se apretó contra la pared, sacudiendo la cabeza con horror—. Me tiraré por la ventana, te lo prometo.

—Es demasiado temprano para tanto drama, *ma souris* —replicó él—. Cuando estés vestida, baja.

—¿Vas a entregarme a él?

—O eso, o te tiraré yo mismo por la ventana —dijo él—. Eres una complicación que no me conviene.

—Si lo haces, todo Londres sabrá que no eres Stefan —le advirtió ella—. Parece que se te olvida que he dejado una nota en donde revelo tu verdadera identidad, con instrucciones de que la envíen al *London Times* en mi nombre.

Él esbozó una sonrisa.

—Tu doncella está encerrada en una habitación y no tiene posibilidad de escapar hasta que yo lo decida. Y como dudo que tú tuvieras la oportunidad de enviarle una nota a nadie en el tiempo que transcurrió desde que saliste del baile hasta que llegaste aquí, creo que mi secreto está a salvo.

—Eres un... desgraciado. No sé cómo puedes ser hermano de Stefan.

—Vístete y baja —le ordenó nuevamente—. Boris te esperará. Si intentas huir, le ordenaré que te ate, te amordace y te lleve abajo.

Sin esperar su respuesta, él atravesó la habitación y abrió la puerta. Habló brevemente con el gigante que esperaba en el pasillo y después se volvió por última vez hacia ella para lanzarle una mirada de advertencia.

Edmond estaba lívido cuando volvió a sus habitaciones a prepararse para la entrevista con su visitante.

Mientras su ayuda de cámara lo afeitaba y lo peinaba al estilo de su hermano, y lo ayudaba a vestirse con ropa de

Stefan, él no podía pensar en otra cosa que en la señorita Brianna Quinn.

Maldición. Aquella mujer amenazaba con echarlo todo a perder. Primero, diciéndole que revelaría su identidad, y después, llevando sus problemas a Huntley House.

De muy mal humor, Edmond bajó las escaleras y se dirigió hacia la sala donde estaba esperando Thomas Wade. Se detuvo en la puerta y observó al hombre en cuestión. Era alto, grande, con las mejillas caídas de sus antepasados. Pese a ir adecuadamente vestido con una chaqueta oscura y un fajín blanco, Wade seguía pareciendo más un carnicero que un caballero sentado en una delicada silla Luis XIV.

Edmond sintió una oleada de furia asesina al imaginarse a aquel hombre poniéndole las manos encima a Brianna. Antes vería a Thomas Wade en el fondo del Támesis.

Al darse cuenta de que ya no estaba solo, Wade se levantó con indignación.

—Ya era hora de que os dignarais a aparecer, Huntley —gruñó—. Por fortuna, soy un hombre paciente. De lo contrario, ya tendríais aquí a la policía.

Edmond atravesó el umbral y miró al hombre con repulsa.

—Sois un idiota si pensáis que un policía vendría a la casa de un duque.

Wade apretó los puños al oír las palabras provocadoras y frías de Edmond.

—Entonces, ¿pensáis que estáis por encima de la ley?

—Pues, en realidad, sí. Pero ésa no es la cuestión. Si alguien está violando la ley aquí sois vos, Wade. ¿Con qué derecho habéis entrado en mi casa?

—Con el derecho de un padre que viene a recoger a su única hija.

Edmond entrecerró los ojos.

—¿Y por qué sabéis que está aquí?

—Tengo mis medios.

—¿Acaso la tenéis vigilada?

Wade miró a Edmond con cautela, como si estuviera intentando sopesar lo que podía saber el duque de Huntley sobre sus abominables planes para Brianna.

—¿Qué padre no desea proteger a su hija? Londres es un lugar peligroso para una doncella —gruñó.

—Pero ella no es vuestra hija, ¿verdad? —señaló Edmond—. Es sólo vuestra hijastra.

—Está a mi cuidado.

—Y al mío. Según recuerdo, su tutela es compartida.

Wade se quedó boquiabierto.

—Nunca os habéis molestado ni lo más mínimo por la muchacha —dijo.

—Un desafortunado error que voy a remediar inmediatamente —respondió Edmond—. Fui un ingenuo al pensar que vos podríais velar por el bienestar de una joven dama.

La cautela se hizo mayor.

—¿Estáis poniendo en duda mi honor?

—¿Qué honor, enfermo y patético gusano? —preguntó Edmond, esforzándose para no agarrarlo por el cuello—. Debería hacerle un favor al mundo y mataros.

—Maldita sea, Huntley, ¿qué os ha dicho la chica? Fuera lo que fuera, es mentira.

—Entonces, ¿no pensáis llevarla a Norfolk en dos días?

—Yo... me pareció que era mejor dejar la ciudad durante una corta temporada. Brianna no se ha recuperado totalmente de la muerte de su madre, y el aire del campo le vendrá bien —dijo Wade, y emitió una risa forzada que irritó más a Edmond—. Claro que, como cualquier chica joven, está enfadada porque no quiere alejarse de sus amigas y sus pretendientes. Es natural que haga todo lo posible por permanecer aquí.

—Entonces, ¿este viaje es por el bien de Brianna?

—Por supuesto.

—Desgraciado —dijo Edmond, y bruscamente agarró al hombre por las solapas y lo zarandeó—. Os la lleváis de Londres para poder obligarla a aceptar vuestras repulsivas intenciones.

—No...

—No intentéis mentirme. Sé la verdad, y también la sabrá todo Londres muy pronto si no os marcháis de esta casa y olvidáis el nombre de Brianna Quinn.

Wade gimió de desesperación al darse cuenta de que quizá hubiera perdido a Brianna para siempre.

—Por Dios, es mi hija —gimoteó—. No podéis arrebatármela.

—Ya lo he hecho.

—Pediré su regreso ante los tribunales —gritó Wade—. Su madre la dejó bajo mi tutela.

—Su madre era una débil de carácter que no se preocupaba de otra cosa que de las mesas de juego. Habría vendido a Brianna al demonio para conseguir algo de dinero. Y os advierto que no llaméis la atención de la gente sobre el cambio de residencia de Brianna. No lo hagáis, a menos que queráis que le cuente a todo el mundo lo que pretendíais hacer con Brianna.

Wade emitió una imprecación ronca que se oyó por toda la habitación.

—Sería su palabra contra la mía.

—No. Sería la palabra del duque de Huntley contra la del hijo de un carnicero. ¿A quién van a creer?

Wade se puso de color púrpura al oír aquel insulto.

—Yo tengo contactos. El dinero proporciona ciertos beneficios.

—Entonces, dejad que eleve la apuesta —le dijo Edmond con una sonrisa heladora—. Si intentáis alejar a Brianna de mi tutela, os castraré.

Wade se estremeció de miedo, pero, en aquel momento, dirigió la mirada hacia la puerta y sus ojos se llenaron de deseo. Edmond no tuvo que mirar hacia atrás para saber que Brianna había entrado en la habitación.

De repente, se arrepintió de haberle pedido que bajara a enfrentarse a su padrastro.

—Brianna... —Wade intentó dar un paso hacia ella, pero

Edmond lo empujó contra la pared—. Maldita sea... querida, dile a este loco que me suelte.

Hubo una ligera vacilación antes de que Brianna se pusiera junto a Edmond. Era toda una tentación; se había puesto un vestido de muselina con pequeños ramilletes bordados con hilo de oro, y llevaba lazos a juego entre los rizos caoba. Incluso sin joyas ni adornos, era tan joven y fresca como una brisa de primavera.

—Da la casualidad de que este loco es mi tutor, y el duque de Huntley —replicó ella.

Wade luchó inútilmente contra Edmond, desesperado por alcanzar a Brianna.

—Por favor, tienes que escucharme, querida. Todo esto ha sido un terrible malentendido. Si volvemos a casa, resolveremos todo esto en privado.

Edmond notó que Brianna se estremecía de horror.

—Ésta es mi casa ahora.

—Brianna, no seas tonta —prosiguió Wade—. Este hombre es un extraño para ti. Nunca había hecho ningún esfuerzo por hacerse con tu tutela. Sin duda, te casará con el primer sinvergüenza que encuentre con tal de librarse de ti.

—Será preferible a seguir contigo.

—¿Cómo puedes decir eso, con todo lo que he hecho por tu madre y por ti?

Brianna se apretó contra Edmond. Parecía que su presencia la reconfortaba.

—Destruiste cualquier lealtad que yo pudiera sentir hacia ti cuando intentaste violarme —respondió ella.

—Creo que éste es un final apropiado para esta conversación tan desagradable —intervino Edmond, y tiró de Wade hacia la puerta—. Es hora de que os marchéis —le dijo.

Luchando contra su destino inevitable, Thomas Wade miró hacia atrás frenéticamente para ver a Brianna.

—No, maldito seáis. Brianna, tú me perteneces, y no permitiré que nadie se interponga entre nosotros.

Con un violento empujón, Edmond echó al hombre hacia el vestíbulo y avisó a su criado.

—Boris, vigila a este desgraciado —ordenó mientras se daba la vuelta.

Wade comenzó a bajar las escaleras tambaleándose, seguido por el enorme ruso.

Edmond se detuvo ante un espejo y se ajustó calmadamente la corbata. Se había librado de una rata, pero aún tenía que decidir lo que hacía con la preciosa ratoncita.

Ante una de las altísimas ventanas, Brianna observó con aturdimiento cómo Thomas subía temblorosamente a su carruaje y se alejaba.

En parte, quería sentir alivio por el hecho de estar a salvo de su padrastro, a quien Edmond había vencido de manera aplastante. ¿Qué hombre iba a volver después de semejante humillación?

Su parte más sensata, sin embargo, sabía que lo que hubiera empujado a Edmond a echar a Thomas con tanto desprecio no tenía nada que ver con ayudarla. Él sólo se preocupaba de sus misteriosos motivos para estar en Londres, y si ella amenazaba aquellos planes, recibiría el mismo tratamiento que su padrastro.

O peor.

—¿Por qué no me has mandado con él? —le preguntó cuando sintió que Edmond había regresado. No necesitó darse la vuelta para saberlo; parecía que todos los nervios de su cuerpo estaban en sintonía con él.

Oyó el sonido de sus pasos, que se aproximaban, y notó que él se detenía justo detrás de ella. Un cosquilleo de excitación le recorrió la espina dorsal y, conteniendo un suspiro, se volvió hacia él.

Aquello, por supuesto, sólo sirvió para empeorar las cosas. Él era tan... guapo. Sus rasgos masculinos y elegantes, la perfección de sus ojos azules, su pelo negro como el ébano... todo combinado conformaba una obra de arte.

Edmond la observó atentamente, con una expresión inquietante.

—Porque todavía no he terminado contigo, *ma souris*.

Brianna frunció el ceño, sin saber qué pensar de aquellas palabras, y después se encogió ligeramente de hombros e insistió sobre la mayor de sus preocupaciones.

—¿Crees que se ha ido para siempre?

—No creo que vuelva a intentar entrar en esta casa, pero me sorprendería que hubiera abandonado su obsesión por ti —dijo él, y su expresión se endureció—. El hecho de que te hayas hecho inaccesible sólo servirá para avivar su locura.

Brianna se apretó el estómago con una mano. Maldito fuera Thomas Wade. Y maldita su madre por haberla dejado con él.

—Debo marcharme de Londres.

—¿Y adónde vas a ir?

—Podrías enviarme a Meadowland en tu carruaje. Si tus sirvientes me protegieran, estaría a salvo.

—¿Por qué no fuiste a pedirle ayuda a Stefan antes? Le preguntó él.

—Porque me habría visto obligada a tomar la diligencia, y Thomas me habría atrapado antes de que llegara a Meadowland. Además, Stefan no respondió a mis cartas. No sabía si él iba a estar en la finca cuando yo llegara, y de estar ausente, ¿qué iba a hacer yo?

—No dudo que se te hubiera ocurrido algo. Eres una... mujer con muchos recursos.

—Ahora, sin embargo —prosiguió ella, haciendo caso omiso de su comentario—, estoy segura de que Stefan está allí, y si puedo irme en tu coche...

—No.

—¿Por qué no? Tú no quieres que esté aquí, y yo prefiero estar con Stefan. Es la solución perfecta.

—Salvo que, para todos los demás, Stefan está aquí en

Londres, mientras que Edmond está a cargo de los asuntos de Meadowland. ¿No crees que la gente sentiría curiosidad al enterarse de que envío a mi pupila a la finca con mi hermano, que es un conocido mujeriego?

—Podrías alegar que yo necesitaba tomar el aire del campo —dijo ella.

—Entonces la gente diría que te he dejado embarazada y que te he enviado a Meadowland hasta que nazca el bebé.

—Eso es absurdo —dijo ella—. Acabas de llegar a Londres, ¿cómo ibas a haberme dejado embarazada?

—Stefan viene a Londres a cumplir con sus obligaciones en la Cámara de los Lores, aunque rara vez abre la casa. Además, los cotilleos no tienen por qué tener sentido.

Aquello era cierto. Ella llevaba en Londres el tiempo suficiente como para saber que el pasatiempo favorito de los miembros de su círculo social era extender rumores. Y, cuanto más indignante y excitante fuera el escándalo, más disfrutaban de él.

Sin embargo, a Brianna le pareció ridículo suponer que alguien creyera a Stefan capaz de seducir y abandonar a su pupila.

—Suponiendo que algunos chismosos despreciables hablaran, no tendría importancia.

—Sí la tendría —replicó él, y se acercó lo suficiente a ella como para que Brianna notara el calor de su cuerpo a través de la tela de muselina del vestido—. Estoy intentando evitar cualquier atención innecesaria dirigida a mi visita a Londres, algo que se ha hecho muy difícil gracias a tu interferencia.

—De todos modos, tendrás que decirme por qué estás haciéndote pasar por Stefan.

—Nunca revelaría mis secretos a una chantajista.

Molesta por aquel comentario, Brianna arqueó una ceja.

—¿Pero estarías dispuesto a convertirte en su amante?

—¿Es que necesitas más pruebas, *ma souris*? —le preguntó él, e hizo que se diera la vuelta para atraerla contra su pecho—. ¿Quieres que te tome aquí mismo, ahora mismo?

—Por favor, Edmond —susurró Brianna, sacudiendo débilmente la cabeza.
—Por favor, ¿qué?
—Por favor, envíame con Stefan.
Edmond dio un paso atrás con una expresión que podría haber sido de ira.
—No.
—Pero...
—Ya está bien.
Él se dio la vuelta y se encaminó hacia la puerta. En la salida, la miró con un gesto ceñudo.
—Fuiste lo suficientemente tonta como para entrar en esta casa por la fuerza. Ahora tendrás que aceptar las consecuencias.

CAPÍTULO 6

La estancia preferida de Huntley House era, para Edmond, la gran biblioteca.

Era una habitación de forma rectangular, con altísimas ventanas que ofrecían una preciosa vista del jardín. Tenía una magnífica chimenea de mármol negro y dorado, y unas puertas talladas y doradas que habían sido un regalo del rey anterior. Junto a las ventanas había un elegante escritorio de nogal que llevaba en la familia más de doscientos años. Además, las paredes estaban adornadas por varias pinturas de Gainsborough que su padre había coleccionado durante años.

Sin embargo, no era todo aquello lo que conmovía a Edmond. Era el rico olor a cuero de las tapas de los libros, y la esencia de la madera encerada lo que le recordaba las veladas con su padre, leyendo sobre viajes o jugando al ajedrez. Días en los que la vida sólo ofrecía felicidad y despreocupación, y la promesa de un futuro glorioso.

Días que habían pasado mucho tiempo atrás.

Después de separarse de Brianna Quinn y de su inquietante presencia, Edmond se dirigió hacia aquella estancia, a la que siempre acudía cuando necesitaba tener una sensación de calma o de refugio.

O quizá fuera el buen whisky que sabía que iba a encontrar en el último cajón del escritorio.

Edmond se sentó en la butaca de cuero, sacó la botella y bebió directamente de ella.

Maldita muchacha.

Acababa de rescatarla de aquel animal al que llamaba padrastro, pero, ¿se había lanzado ella a sus pies con gratitud? ¿Se había molestado en darle las gracias?

No. Lo único en lo que podía pensar era en su precioso Stefan, y en lo rápidamente que podía marcharse para disfrutar de su compañía reconfortante.

Bien, pues él no iba a prescindir de un puñado de sirvientes y del coche sólo para que ella pudiera ir a Meadowland. Y menos cuando estaba empezando a darse cuenta de que su presencia en aquella casa podía ser muy beneficiosa.

Sin dejar de tomar largos tragos de whisky, Edmond siguió pensando en la mejor manera de sacar provecho de aquella circunstancia hasta que lo interrumpió la llegada de Boris.

Su sirviente, que había nacido en Rusia, provenía de un antiguo linaje de soldados y llevaba su herencia grabada en todas las líneas de su enorme figura. Sin embargo, aunque tenía el pelo de un rubio dorado y los rasgos faciales de su padre eslavo, sus ojos eran del color castaño de los de su madre inglesa.

Boris poseía una asombrosa inteligencia que había llamado la atención de Edmond desde que se habían visto por primera vez, seis años antes. Edmond había tenido que hacer un esfuerzo para convencer a Alexander Pavlovich de que le cediera a uno de sus soldados más prometedores para que lo ayudara en sus actividades encubiertas, pero al final lo había conseguido.

Cuando la puerta estuvo cerrada con llave, Boris dejó de fingir que era un sirviente extranjero y se comportó como el soldado bien entrenado que era.

Edmond dejó la botella en el escritorio y se recostó en el respaldo de la butaca.

—¿Y bien?

Boris se encogió de hombros y sonrió.

—El cobarde ha ido a una casa de Curzon Street —dijo Boris. Sin embargo, no hablaba con el marcado acento ruso que adoptaba cuando estaba representando su papel de sirviente. Con una madre inglesa, hablaba el idioma exactamente igual de bien que Edmond.

—¿Y qué es lo que te resulta tan divertido?

—El muy idiota se cayó dos veces mientras corría hacia su puerta. Parecía que lo perseguía el demonio —dijo Boris con un resoplido.

—Quizá sea idiota, pero es un idiota peligroso —Edmond se levantó y se acercó a la ventana. Sólo tardó un instante en divisar a un hombre delgado que intentaba pasar desapercibido mientras paseaba por la calle empedrada—. Ha dejado a un hombre de guardia para que vigile la casa.

—Bien —dijo Boris, mientras se acercaba a Edmond—. Lo mataré.

—No, Boris —dijo Edmond—. Todavía no. Cuando haya descubierto quién está intentando hacerle daño a Stefan, me ocuparé de Thomas Wade y de sus sirvientes ineptos. Hasta entonces, no debemos llamar la atención.

—Entonces, ¿por qué no le has devuelto a la muchacha? Con eso pondrías fin al interés de ese bastardo, y podríamos concentrarnos en los asuntos importantes.

Edmond se volvió bruscamente y se acercó a la chimenea con una expresión indescifrable.

—Porque he decidido que puede sernos útil.

—¿Útil? —Boris hizo una mueca de desagrado—. ¿En qué es útil una mujer?

—Has pasado mucho tiempo en el campo de batalla, Boris, si se te ha olvidado que las mujeres tienen, como mínimo, un uso.

Boris masculló una palabrota.

—Pero eso puedes encontrarlo en el callejón más cercano. No hay que molestarse en traer una chica a casa.

—En esta ocasión, es su presencia lo que necesito, por muy molesta que pueda ser.

—¿Por qué?
—Se me ha ocurrido que mi presencia en Londres como Stefan ha alejado el peligro de mi hermano, y que Howard sea más reticente a atacar. Después de todo, es más fácil planear un supuesto accidente en el campo que en mitad de Londres.
—Creía que ésa era la razón por la que querías buscarlo. Para provocarlo y que se delatara a sí mismo.
—He encontrado una manera mejor de provocarlo.
—¿Con la mujer?
—Sí.
—¿Y por qué iba a importarle a él que la señorita Quinn esté aquí?
—No le importará nada —dijo Edmond con una sonrisa—, hasta que se extienda el rumor de que va a convertirse en mi esposa.
—En tu... ¿esposa?
—Exactamente.
—¿Te has dado un golpe en la cabeza, o es que esa muchacha te ha hechizado?
La expresión de Edmond se endureció.
—Yo nunca me dejaré hechizar por ninguna mujer para que me lleve al altar, viejo amigo —respondió de mal humor, aunque sin saber por qué.
—Entonces, ¿te has dado un golpe en la cabeza?
Edmond tomó aire para calmarse. Claramente, estaba más nervioso de lo que había creído durante aquellas últimas horas.
—Piénsalo, Boris. Por ahora, Howard sólo tiene que librarse de Stefan y de mí para acceder a la fortuna y el título. No es completamente imposible, si tiene paciencia y espera las oportunidades idóneas. Sin embargo, si se da cuenta de que el duque de Huntley está a punto de casarse, se verá obligado a tomar medidas más expeditivas para impedir que Stefan tenga un heredero.
Boris reflexionó unos instantes y después asintió de mala gana.

—Supongo que eso podría provocarle, sí.
—¿Supones? Es una buena idea.
—Y una idea que te permite tener cerca a la señorita Quinn.

En aquella ocasión, Edmond se limitó a sonreír.
—¿Qué quieres decir?
—Quiero decir —respondió Boris—, que no es propio de ti dejarte distraer una vez que has tomado un camino. Y menos por una simple mujer.

Edmond se rió.
—Brianna Quinn no es una simple mujer, Boris. Es una fuerza de la naturaleza. Y yo no me he distraído. Como todos los buenos estrategas, me he limitado a alterar mis planes para aprovechar las oportunidades inesperadas que se me han presentado.
—¿Eso es ella? ¿Una oportunidad inesperada?
—Ya está bien —dijo Edmond. No iba a hablar de su deseo por Brianna con nadie.

Boris suspiró y aceptó la derrota.
—Bien. ¿Qué deseas que haga?
—Deseo que vigiles bien a la señorita Quinn.
—¿Temes que revele la verdad, como ha dicho que iba a hacer?
—No, pero creo que todavía está en peligro. Thomas Wade no la va a dejar escapar con tanta facilidad.
—Maldita sea, Edmond, yo no soy una niñera. Debería estar vigilando a tu primo. Si tu plan tiene éxito y Summerville decide atacar rápidamente, entonces estarás en peligro.
—Sí, y por eso ninguno de los dos es capaz de vigilar de cerca a Howard, tan de cerca como sería necesario.

Boris se enfadó.
—Entonces, no sólo me veo rebajado al puesto de niñera, sino que insultas mis capacidades.

Edmond contuvo una sonrisa. No había nadie menos adecuado para hacer de niñera, pero no había nadie más adecuado para proteger a Brianna que Boris.

—No, nada de eso —le dijo a su amigo—. Pero yo no puedo seguir a un hombre que me conoce bien y tú, Boris, no te confundes con los londinenses precisamente bien. Ni siquiera Howard es tan tonto como para no ver a un hombre tan alto como tú caminando por Londres. Lo que menos quiero es poner a ese desgraciado sobre aviso antes de que intente matarme —explicó. Después levantó una mano al ver que Boris fruncía los labios en desacuerdo—. Y, antes de que protestes, te aseguro que esto no tiene nada que ver con Brianna Quinn. Había tomado la decisión de contratar a un profesional antes de que saliéramos de Surrey. De hecho, tengo una entrevista con un candidato esta misma tarde.

Boris sacó la barbilla hacia delante. Claramente, quería discutir, pero la expresión del rostro de Edmond detuvo las palabras antes de que salieran de sus labios.

—Entonces, ¿voy a tener que seguir a esa chica durante las próximas semanas?

Edmond se rió mientras se acercaba al escritorio y tomaba la botella de whisky. Se la ofreció a Boris.

—En realidad, tengo una tarea mucho más peligrosa.

Boris dio un trago a la botella.

—¿Y cuál es?

—Necesito que liberes a la doncella de Brianna de la habitación donde la encerré esta mañana.

Pese a que debería estar agradecida a Edmond por haberla ayudado a escapar de las garras de Thomas Wade, Brianna se había puesto de mal humor a medida que pasaba la mañana.

Maldito Edmond. ¿Cómo se atrevía a salir de la habitación y a desaparecer durante horas? Él tenía que darse cuenta de que ella estaba muy preocupada acerca de su futuro. Se había negado a enviarla a Meadowland, pero también había dejado bien claro que no era bienvenida en Huntley House, así que, ¿qué demonios tenía que hacer ella?

Y lo peor era que no había podido encontrar a Janet por ningún lugar de la casa. Su leal doncella nunca la habría dejado a menos que la hubieran obligado.

¿Quién sabía lo que le había ocurrido a la pobre mujer?

Finalmente, Brianna no pudo soportarlo más. Salió de su dormitorio y recorrió la mansión; sin embargo, al no encontrar ni rastro de Edmond en las estancias públicas, supo que debía de estar escondido en la biblioteca. Se encaminó hacia allí y, sin titubeos, abrió la puerta y pasó a la hermosa habitación. Instintivamente, miró hacia el gran escritorio que había junto a los ventanales, y no se sorprendió al ver a Edmond sentado tras él.

Se le encogió el corazón al ver que Edmond elevaba la cabeza morena. Tenía unos rasgos perfectos. No parecía justo que un hombre que había sido bendecido con tanta riqueza y tanto poder también poseyera el rostro y el cuerpo de Adonis.

Sin embargo, la vida no era justa.

Brianna encontró su mirada azul y feroz, y notó en ella algo peligroso, casi posesivo. Sin embargo, fue algo tan fugaz que se preguntó si solamente habría sido su imaginación.

—Brianna —dijo él—. ¿Qué quieres?

Ella alzó la barbilla al percibir cierta reprimenda en su voz.

—Te he esperado a la hora de comer, pero no te has reunido conmigo.

—No, porque estoy ocupado. Si no te importa, cierra la puerta cuando salgas...

—Oh, no, no me vas a despedir con tanta facilidad. Quiero saber lo que has hecho con Janet.

—¿Janet?

—No seas deliberadamente obtuso, Edmond. Sabes muy bien que Janet es mi doncella, al igual que sabes que ha desaparecido. ¿Dónde está?

—Ah, ¿acaso temes que la haya asesinado y la haya arrojado al Támesis?

—No me extrañaría.

—Qué imaginación tan activa la tuya, *ma souris*.

Ella dio un paso adelante, con ganas de borrarle la sonrisa petulante de un bofetón. Su vida había sido un infierno desde la muerte de su madre, y lo único que la había hecho seguir adelante había sido la compañía de su doncella. No tenía intención de permitir que aquel hombre despreciara su preocupación por Janet.

—No has respondido a mi pregunta.

Edmond la miró con una expresión tensa, pero después se suavizó.

—Te aseguro que se encuentra bien. La he enviado a que haga algunos recados para ti. ¿Eso era todo?

Aliviada, aunque lejos de estar satisfecha, Brianna se negó a ceder.

—No, no es todo. Quiero saber lo que vas a hacer conmigo.

—Brianna, no estoy acostumbrado a que se desobedezcan mis órdenes. Hablaremos más tarde de esto.

—No. Hablaremos ahora. No puedes esperar que me quede en mi habitación mientras tú decides si me vas a echar de esta casa o me vas a entregar a mi horrendo padrastro.

Edmond se levantó de la butaca y rodeó el escritorio lentamente. Sin darse cuenta, Brianna se fue retirando poco a poco de su figura imponente, hasta que se dio de espaldas contra la librería más cercana.

Edmond se acercó a centímetros de su cuerpo rígido y la observó con los ojos entornados.

—En realidad, puedo esperar de ti cualquier cosa que me apetezca, y tú no puedes hacer nada por evitarlo.

Ella inhaló bruscamente y el olor limpio y cálido de Edmond le invadió los sentidos de una manera seductora.

—Supongo que ésta es tu manera de castigarme. Tienes intención de mantenerme constantemente asustada. Ojalá Stefan estuviera aquí. Él nunca sería tan cruel.

Pareció que aquellas palabras le molestaban mucho, y

con una maldición entre dientes, Edmond dio un paso atrás y la observó con irritación.

—Muy bien —gruñó—. Para que lo sepas, tengo planes para tu futuro.

—¿Y cuáles son esos planes?

Él le señaló el escritorio.

—Léelo tú misma.

Brianna rodeó con cautela a Edmond y se acercó al gran escritorio. Allí, tomó una hoja de papel y leyó lo que había escrito en ella.

Leyó una y otra vez la elegante nota, preguntándose si no estaba entendiendo mal su significado.

Stefan Edward Summerville, sexto duque de Huntley, anuncia su compromiso con la señorita Brianna Quinn, la hija del difunto señor Fredrick Quinn.

Finalmente, Brianna se dejó caer sobre la butaca de cuero y sacudió la cabeza.

—¿Es una broma?

—¿Te parece que soy de los que gastan bromas? —le preguntó él, cruzándose de brazos.

—No, pero estaba intentando ser amable.

—¿Amable?

—Bueno, sólo hay dos razones por las que anunciarías el compromiso de Stefan conmigo. O es una broma horrible, o te estás volviendo loco.

—No es el compromiso de Stefan —replicó él—. Es el anuncio del compromiso del actual duque de Huntley, que, casualmente, en este momento soy yo.

—Ahora sé que te has vuelto loco.

Con un visible esfuerzo, Edmond intentó relajarse y sonrió burlonamente.

—No sé si estoy en desacuerdo contigo.

—Esto es absurdo —dijo Brianna, poniéndose en pie. Tiró la hoja de papel al escritorio y se encaró con aquel hombre.

Al menos, Thomas Wade era predecible, aunque fuera una compañía espantosa; Edmond la estaba hundiendo en la confusión–. ¿Por qué vas a anunciar nuestro compromiso?
—Porque es beneficioso para mi propósito.
—¿Y ésa es tu explicación?
—Sí.
—Pues da la casualidad de que no es beneficioso para mí.
—Debería.
—¿Por qué? ¿Por qué crees que todas las mujeres están desesperadas por ser tu esposa?
—La mayoría de ellas sí.
—Sapo engreído —murmuró ella, negándose a revelar su inseguridad–. No me casaría contigo ni aunque...
—No te preocupes, yo tampoco voy a casarme —dijo él, y la interrumpió con frialdad–. Esto no es más que una inconveniencia temporal con la que terminaré en cuanto sea posible.
—Entonces, ¿por qué dices que este compromiso debería ser beneficioso para mí?
—Porque es la única manera de asegurarnos de que, cuando te marches de esta casa, tu reputación no esté hecha jirones.
—No hay necesidad de llegar a tanto. Puedes mandarme a Meadowland...
—No.
Ella frunció el ceño ante aquella contestación tan rotunda. ¿Por qué demonios no quería enviarla a Meadowland? Brianna no acertaba a comprenderlo.
—Entonces, contrata a una acompañante femenina.
Edmond se encogió de hombros.
—Voy a invitar a mi tía para que venga a visitarnos durante tu estancia. Aunque seas mi prometida, no puedes permanecer aquí sin la compañía de una mujer.
—¿A tu tía?
Brianna se quedó asombrada. Era bien sabido que Edmond desdeñaba a la mayoría de su familia. Sólo Stefan se libraba de su desagrado universal.

—Dios Santo. No puedo creer que te tomes tantas molestias para no manchar mi reputación.

—Lo hago más por la reputación de Stefan —la corrigió él con suavidad—. A él no le gustaría que lo consideraran como el tipo de aristócrata que seduciría a su pupila bajo su techo.

—Eso es porque él es un caballero. Algo de lo que tú no sabes nada.

—Ten cuidado, *ma souris*. Si me molestas, te encerraré en tu habitación hasta que termine con mis asuntos en Londres.

Con sabiduría, Brianna hizo caso omiso de aquella amenaza. Si él decidía encerrarla, ella no podría evitar que lo hiciera.

—¿Has pensado en el hecho de que, cuando este compromiso se rompa, de todos modos yo quedaré deshonrada? —le dijo, y alzó una mano para silenciarlo cuando él iba a responder—. Aunque estoy dispuesta a cambiar mi reputación por librarme de Thomas Wade, un hombre puede romper un compromiso sin problemas, pero las mujeres no tenemos tanta suerte. Habrá muchos rumores y especulaciones sobre la razón por la que Stefan me rechazó.

Él sonrió con ironía.

—Quizá ocurriera eso si te rechazara cualquier otro caballero. Pero una mujer que ha sido capaz de llamar la atención del duque de Huntley, aunque sea brevemente, se convertirá en la doncella más solicitada de todo Londres. Sin duda, cuando todo esto haya terminado, podrás atrapar a un noble aburrido y sin carácter que de vez en cuando se acuerde de acudir a tu cama para darte un montón de críos chillones.

Su tono burlón y ofensivo hizo que Brianna alzara la barbilla. ¡Qué idiota! ¿Qué otra opción tenían las mujeres que casarse y tener hijos? No tenían las mismas oportunidades en la vida que el riquísimo hijo de un conde.

Afortunadamente, ella no tendría aquel destino tan horrible.

—Ningún hombre va a acostarse en mi cama por ninguna razón.

—Uno ya lo ha hecho —dijo él, y la observó de pies a cabeza, con una mirada ardiente—. ¿O es que se te ha olvidado nuestro encuentro de esta mañana?

Fue la propia reacción de Brianna a aquella mirada lo que la empujó hacia la puerta. Al menos, había averiguado que Janet estaba sana y salva, y que por el momento, Edmond no tenía intención de echarla a la calle.

Era suficiente.

Se detuvo en el umbral y volvió la cabeza para decir unas cuantas palabras de despedida.

—Si realmente quieres darme felicidad, Edmond, envíame con Stefan.

Él se sobresaltó, como si lo hubiera golpeado físicamente, pero antes de que pudiera responder, ella cerró la puerta y comenzó a subir rápidamente las escaleras de mármol hacia su habitación. Tenía muchas cosas en las que pensar.

Y una de ellas era la terrible noticia de que estaba a punto de convertirse en la prometida del duque de Huntley.

CAPÍTULO 7

Después de que Brianna saliera de la biblioteca, Edmond comenzó a recorrer la estancia de un extremo a otro con grandes zancadas. ¿Por qué demonios permitía que aquella mocosa le pusiera de tan mal humor? Después de todo, la tenía a su merced. Por mucho que ella se quejara, no tenía más remedio que obedecer sus órdenes, o perdería su protección, algo que Brianna no podía permitirse en aquel momento. Era ridículo dejar que ella lo alterara con aquella lengua tan afilada.

Edmond tuvo que hacer un esfuerzo por permanecer en la biblioteca después de que ella se marchara. Quería domar a aquel pequeño demonio hasta que ella admitiera que él era su amo. Y el mejor modo de conseguirlo era tenerla bajo su cuerpo, en la cama.

Mon dieu.

Después de pasar unos inquietantes minutos pensando en las mejores maneras de convertir a la señorita Quinn en su esclava satisfecha, Edmond se sintió verdaderamente aliviado cuando apareció un sirviente en la puerta de la biblioteca, acompañado por un hombre delgado y anodino, que tenía el pelo lacio y gris y una cara insulsa y muy poco memorable.

Ciertamente, aquel caballero no le hacía pensar a uno en un reputado miembro de la Policía de Bow Street.

—Ah, Chesterfield —dijo Edmond, y suavizó su expresión con facilidad. Después le hizo una seña al sirviente para que se retirara—. Bienvenido.
—Excelencia.
El hombre hizo una reverencia sorprendentemente fina. Edmond arqueó una ceja al darse cuenta de que, con un traje más elegante y con el pelo mejor arreglado, aquel señor podría encajar perfectamente en las calles de Mayfair. Tenía un habla culta, aunque, sin duda, también podría expresarse como un deshollinador si fuera preciso. ¿Qué mejor habilidad para un policía que la de ser capaz de infiltrarse en todas las capas de la sociedad sin llamar la atención? A él le haría un gran servicio un hombre como aquél en su red rusa de trabajo.
—Permítame decirle que es un verdadero honor.
—Por favor, siéntese —le dijo Edmond, y señaló una de las sillas que había ante su escritorio. Esperó a que Chesterfield tomara asiento y después hizo lo propio en su butaca—: ¿Desea tomar un brandy? ¿O quizá prefiera el whisky?
—Gracias, pero no. Nunca tomo licores fuertes.
—¿Es abstemio?
—No. Sólo soy un hombre que prefiere mantener la cabeza clara y la boca cerrada, y ninguna de las dos cosas es posible con la barriga llena de alcohol.
Mientras se apoyaba en el respaldo de la butaca, Edmond sonrió.
—Veo que es usted precisamente el hombre que necesito.
—¿Puedo preguntaros cómo habéis dado con mi nombre?
—Escribí a Liverpool antes de llegar a Londres para pedirle que me recomendara a un hombre adecuado. Me aseguró que usted es el mejor empleado que Bow Street puede ofrecerme, y que además, posee una gran capacidad de guardarse su opinión.
—Muy amable por parte de Su Señoría —murmuró Chesterfield.
Edmond soltó una carcajada.

—Liverpool no es precisamente amable, pero es muy astuto, y un hombre sabio a la hora de juzgar el carácter de los demás. Por eso lo llamé a usted para que se reuniera conmigo.

Finalmente, una leve curiosidad se reflejó en el rostro del policía.

—¿Y en qué puedo servirle?

—En primer lugar, me gustaría recalcar la delicadeza de la situación. Bajo ningún concepto puede saberse que lo he contratado.

Chesterfield no se encogió bajo la mirada de advertencia de Edmond. Se limitó a asentir.

—Le prometo que haré todo lo que esté en mi mano para asegurarme de que nadie sepa que nuestros caminos se han cruzado.

—Puede que sea necesario que contratéis más personal para que os ayude en este asunto. No deseo que mi hombre se vea involucrado.

De nuevo, Chesterfield asintió.

—Puedo llamar a algunos asociados míos a los que conozco desde hace años. Saben muy bien que no deben intentar averiguar quién es mi empleador actual.

—Bien.

Una vez que comprobó que Chesterfield era el más adecuado para aquel trabajo, Edmond abrió el cajón superior de su escritorio y sacó una miniatura de Howard Summerville. Era un regalo que el ridículo bufón le había hecho a Stefan las Navidades anteriores. Con un suave movimiento, puso la miniatura sobre el escritorio y la empujó hacia Chesterfield.

—Mire bien a este caballero.

Chesterfield se inclinó hacia delante y estudió atentamente el retrato.

—El señor Summerville.

—¿Lo conoce? —preguntó Edmond, sorprendido.

—Solo de vista —respondió el detective, y se encogió de

hombros—. Siempre me ocupo de tener controlados a los caballeros que tienen dificultades con los acreedores. Nunca se sabe cuándo un comerciante puede contratarlo a uno para seguirle la pista a su cliente.

—¿Y por qué lo contrataría un comerciante para ese menester?

—Para asegurarse de que quien le debe dinero no se escapa del país sin pagar sus deudas.

—Ah.

Chesterfield sonrió vagamente, como si notara el desagrado de Edmond ante la posibilidad de ser espiado por su sastre.

—¿Desea que mantenga vigilado a Summerville?

—Más que eso, Chesterfield. No quiero que este hombre estornude sin que usted lo sepa. Quiero que haga una lista de los sitios que frecuenta, con quién se reúne, y si es posible, de aquellos a quienes debe dinero. Quiero que se registren sus propiedades en busca de cualquier referencia al duque de Huntley, o a Meadowland, y que me la traigan si es que existe.

Chesterfield lo pensó durante un largo momento. Claramente, las exigencias de Edmond lo habían tomado por sorpresa.

—Será necesario disponer de un buen número de hombres...

De nuevo, Edmond miró hacia el cajón y extrajo de él una bolsita llena de monedas.

—Contrate a tantos como necesite. Lo único que quiero es que Summerville no sepa que lo siguen.

Con calma, Chesterfield tomó la bolsa y se la metió en el bolsillo de la chaqueta.

—Tiene mi palabra de que no sospechará nada. Me mantendré en contacto con usted dejando un mensaje al propietario del pub Drake's Nest, cerca de los muelles. ¿Lo conoce?

Edmond negó con la cabeza.

—No, pero Boris, mi sirviente, seguramente sí. Él tiene una asombrosa habilidad para localizar todo tipo de establecimientos poco recomendables.

Chesterfield asintió y se puso en pie.

—Dígale que se identifique con el nombre de Teddy Pinkston, y le darán la información que yo haya reunido.

Edmond se levantó de la butaca.

—¿Y si yo necesito ponerme en contacto con usted?

—Envíele una rosa roja a La Russa, al King's Theatre. Ella concertará una cita.

Edmond arqueó una ceja al oír el hombre de aquella magnífica cantante de ópera. No se imaginaba cuál podía ser su relación con el detective.

—Está claro que ha hecho esto muchas veces —murmuró, impresionado por la discreta organización de su interlocutor.

Chesterfield esbozó la más ligera de las sonrisas.

—Eso, milord, es un secreto que me llevaré a la tumba.

Era casi la hora de la cena cuando se abrió, por fin, la puerta del dormitorio de Brianna.

—¡Janet! —exclamó, y se levantó del asiento del alféizar de la ventana, donde había estado sentada esperando el regreso de su doncella—. Estaba empezando a pensar que te habían secuestrado.

—Ni por asomo.

Brianna frunció el ceño y se acercó a ella con preocupación.

—¿Estás bien? No te habrán hecho daño, ¿verd...? —su pregunta se interrumpió cuando se acercó a la puerta y vio un montón de paquetes apilados en el pasillo—. ¿Qué es todo eso?

Con una sonrisa misteriosa, Janet se inclinó a recoger unos cuantos de los paquetes.

—Lo que necesitará durante las próximas semanas —le dijo

la doncella a Brianna mientras depositaba las compras sobre la cama–. Mañana debe ir al modisto para encargar un nuevo guardarropa para ir adecuadamente vestida.

Brianna comenzó a tirar de los lazos plateados de los paquetes y extrajo unos asombrosos regalos. Había vestidos de seda ribeteados con encaje de Bruselas. Había también corsés y medias bordadas con delicadas flores. Una docena de sombreros con lazos de satén y velos de todas las telas y colores. Janet metió en la habitación el resto de las cajas y entre las dos sacaron unas botas de piel de cordero y varias chinelas que Brianna tuvo ganas de probarse al instante.

–¿Y mañana debo ir al modisto? –preguntó entonces, apartándose de los preciosos tesoros que ocupaban la mayor parte de la cama y mirando a Janet con desconcierto–. ¿De qué estás hablando?

–Oh, sí, no me extraña que esté sorprendida –respondió la doncella–. A mí casi me dio un ataque cuando ese buey vino a buscarme a la habitación y me ordenó que comprara todo lo que usted pudiera necesitar.

–¿Qué buey?

–Boris –respondió Janet–. ¿Recuerda al sirviente que estuvo a punto de echarnos ayer por la noche?

–¿Boris te ha llevado de compras?

–Eso es lo que acabo de decir, ¿no?

–Sí, es sólo que no podía creerlo.

La doncella se echó a reír.

–Oh, Señor, ha sido un espectáculo. Cuando me di cuenta de que no me iban a asesinar ni a venderme a los traficantes de esclavos, estuve a punto de morirme de la risa al ver a ese gigantón caminando por Bond Street con una terrible cara de mal humor.

Janet hizo una pausa para enjugarse las lágrimas de diversión que tenía en las mejillas.

Brianna sonrió, pero estaba demasiado nerviosa como para apreciar por completo aquella descripción tan humorística.

—Edmond debió de ordenarle que te llevara a Bond Street —murmuró—. Pero, ¿por qué le importa a ese hombre mi ropa?

Janet soltó un resoplido.

—Oh, por supuesto. Boris nunca me habría sacado de la habitación, y mucho menos habría puesto un pie en ese vecindario de no ser por obligación.

Entonces, ¿por qué Edmond tenía interés en... Brianna se dio cuenta al instante. Claro. A él no le importaba nada el vestuario de la señorita Brianna Quinn, pero sí le importaba el vestuario de su futura prometida.

Lo que significaba que había enviado a su doncella a comenzar las compras antes de que Brianna hubiera accedido de mala gana a aquel ridículo engaño del compromiso.

Brianna se dio la vuelta y se acercó a la ventana, a mirar la preciosa vista del parque.

—¡Ese hombre es la criatura más arrogante, prepotente y molesta que yo haya conocido!

—Es cierto que los aristócratas nunca son muy listos, pero a mí me parece que a usted la ha tratado muy bien, señorita —comentó Janet suavemente—. Es una perspectiva mucho mejor que la que teníamos anoche.

A Brianna se le hundieron los hombros ante aquella verdad. Fingir que iba a ser la próxima duquesa de Huntley era mucho mejor que defenderse de los repugnantes avances de su padrastro.

—Supongo que sí —dijo.

Al notar la tensión de Brianna, Janet se acercó a ella con expresión de alarma.

—¿Qué ocurre? Señora, no la habrá forzado a...

—No, por supuesto que no. Puede que piense que Edmond es un canalla, pero nunca violaría a una mujer —dijo Brianna, y se rió con amargura—. No lo necesitaría.

—Eso es cierto. Hay pocas mujeres que no aceptarían a un caballero así en su cama. Claro que para mi gusto es demasiado fino. Yo prefiero a los hombres un poco más toscos.

Brianna tardó un instante en darse cuenta de que su doncella se refería a Boris, que definitivamente era muy tosco.

—¡Janet! —exclamó con asombro.

—¿Qué? —preguntó la doncella, colocándose las manos en las caderas—. Es un hombre guapo, y cuando no está enfadado, puede ser una compañía muy agradable. Y si vamos a estar aquí atrapadas durante unas semanas, no hay motivo para no divertirse un poco.

Brianna hizo una mueca de desagrado, intentando que su opinión de Edmond no afectara a lo que pensaba del pobre Boris. Cabía la posibilidad de que, bajo su aspecto brutal, fuera un hombre encantador. No era muy probable, pero sí era posible.

—Oh, sí estamos atrapadas, Janet. Al menos, durante un tiempo.

—¿Ha ocurrido algo mientras yo estaba fuera?

—Todavía no ha ocurrido, pero va a ocurrir.

—¿Qué? ¿Qué ha pasado?

—Edmond está a punto de anunciar públicamente el compromiso del duque de Huntley con la señorita Brianna Quinn.

Janet se quedó boquiabierta, pero antes de que pudiera decir nada, ambas oyeron unos pasos que se acercaban por el pasillo, y un ruidito que podría ser el de un bastón de madera apoyándose en la alfombra.

—No, no —dijo una voz femenina, suave pero inflexible—. Creo que es mejor este dormitorio.

—Pero, el amo... —intentó decir Boris; sin embargo, la mujer lo interrumpió.

—El color lila es muy reconfortante, ¿no le parece?

Brianna atravesó la habitación con asombro, al darse cuenta de quién era aquella dulce vocecita.

De todas las tías de Edmond, lady Aberlane era la favorita de Brianna. Ciertamente, podía ser muy molesta cuando quería, pero al contrario que la mayoría de la gente, Brianna no se dejaba engañar por los modales etéreos de la dama, ni por el hecho de que la anciana prefiriera que la consideraran una vieja tonta. Bajo toda aquella sutilidad había una inteligencia aguda y la capacidad de entender la verdad de todas las situaciones.

A Brianna le pareció muy raro que Edmond la hubiera elegido para actuar como su acompañante. Él debía de saber que su tía no se dejaría engañar ni por un momento.

Brianna se acercó a la puerta y vio a Boris portando con dificultad un baúl enorme hacia la habitación que había al otro extremo del pasillo, antes de fijarse en la diminuta mujer de pelo plateado y rostro ovalado. Aunque llevaba años sin ver a la anciana, no parecía que lady Aberlane hubiera cambiado nada. Llevaba un traje gris sencillo, aunque elegante, y un gran relicario de oro con una miniatura de su amado marido. Y, por supuesto, un bastón de ébano que en realidad no usaba. Al menos, no lo usaba para otra cosa que no fuera golpear la espinilla de cualquiera que la enfadara.

Nunca había sido una mujer bella, pero tenía unos rasgos agradables y la piel morena, y en su expresión había una dulzura que compensaba la falta de belleza.

Debió de sentir la presencia de Brianna, porque se dio la vuelta con una sonrisa de alegría.

—Oh, hola, querida —dijo con los ojos brillantes—. ¿Te he molestado?

—En absoluto —respondió Brianna, e hizo una marcada reverencia. Después se incorporó sonriendo—. Lady Aberlane, es todo un placer volver a verla.

—Preciosa, preciosa Brianna —dijo la dama con un suave suspiro—. Qué detalle que recuerdes a una anciana.

Brianna se rió.

—Claro que la recuerdo. Usted siempre me regalaba unos dulces deliciosos.

—Un bonito regalo para una niña preciosa —respondió lady Aberlane, y observó a Brianna con la cabeza ladeada—. Y ahora, aquí estás, convertida en toda una dama y prometida a mi querido Stefan.

—Efectivamente. Una sorpresa para todo el mundo, diría yo.

—No una sorpresa precisamente —respondió lady Aberlane lentamente . Después de todo, Stefan siempre te tuvo mucho afecto. Sin embargo... —frunció el ceño ligeramente y después sacudió la cabeza—. Bueno, no importa —dijo, y le dio unos golpecitos en la mano a Brianna—. Qué contento estaría tu padre. Oh, y tu madre también, por supuesto.

Brianna sonrió con ironía. Sus padres habían deseado que ella se casara con algún hijo de los Summerville. Su padre, porque pensaba de verdad que Brianna sería feliz y estaría protegida en Meadowland, y su madre... bueno, la motivación de Sylvia Quinn no había sido tan honorable.

—Ciertamente, mi madre habría estado encantada —murmuró Brianna con amargura—. Le habría costado pocos años jugarse toda la fortuna de los Summerville.

—Ah, sí —respondió lady Aberlane, y chasqueó la lengua—. Pobre Sylvia. Una criatura tan bella y tan frágil. Siempre supe que no debía de haberse casado con tu padre.

Brianna se puso rígida ante aquella sutil insinuación de que su padre era culpable de las despreciables debilidades de su madre. Fredrick Quinn había sido un hombre bueno y honorable, el mejor que Brianna hubiera conocido.

—Él la quería mucho —dijo.

Lady Aberlane sonrió con tristeza.

—Oh, sí... mucho, querida mía. Y Sylvia quería a Fredrick. Pero, sencillamente, hay almas inquietas que no deberían unirse a otras. Por mucho que quisieran formar una familia y dedicarse a ella, no podían evitar sentirse... aprisionados. No es extraño que buscaran emoción de maneras poco afortunadas.

Brianna apretó los labios, recordando la alegría y la energía de su madre, que no conseguían ocultar la insatisfacción que sentía. Quizá lady Aberlane tuviera razón. Quizá su madre había sido una de esas personas que no podían ser felices confinadas en una familia. Sin embargo, eso no era disculpa para que ella se hubiera jugado y hubiera perdido toda su fortuna, y después la dote de Brianna, y tampoco que más tarde se hubiera casado con una criatura horrible que se había convertido en un peligro para su propia hija.

Nada podía excusar aquello.

—Más que poco afortunadas —dijo con aspereza.

De nuevo, lady Aberlane le dio unas palmaditas en la mano con una expresión consternada.

—Qué tonta soy por haber sacado un tema tan doloroso —dijo—. Sobre todo, algo que pertenece al pasado.

—Sí. Sí, todo eso fue hace muchos años —dijo Brianna, y respiró hondo para aliviar el dolor de las viejas heridas.

Era inútil desear que su madre hubiera sido distinta. Y era inútil dirigir su frustración contra lady Aberlane.

—Ha sido muy amable por venir a ser mi acompañante.

—No, no, querida, me siento muy agradecida por la invitación. Mi vida se había vuelto demasiado tranquila —le aseguró a Brianna—. Será muy divertido volver a salir en la ciudad. Y, por supuesto, disfrutaré mucho del placer de tu compañía. Vamos a pasarlo muy bien juntas.

Brianna sonrió irónicamente, convencida de que a la astuta anciana no se le escapaba nada. Apostaría cualquier cosa a que lady Aberlane ya sospechaba que aquello no era un simple compromiso.

—Al menos, será interesante —murmuró.

La anciana sonrió y le guiñó un ojo a Brianna.

—Cierto, mi dulce Brianna, muy cierto.

CAPÍTULO 8

Edmond decidió salir de casa y disfrutar de una cena tranquila y una deliciosa botella de vino tinto en el club de su hermano.

Se dijo que era necesario seguir los hábitos de Stefan, por no mencionar que sería una tontería permanecer encerrado en la casa cuando podía estar fuera buscando información acerca de su primo.

La principal razón, sin embargo, fue que necesitaba librarse de la molesta distracción que representaba Brianna Quinn. Por desgracia, la distancia no puso remedio a su inquietud, y cuando se dio cuenta de que no iba a descubrir nada en el tranquilo club de caballeros, Edmond regresó a casa y a la tentación que allí lo esperaba.

Todo el mundo estaba ya acostado cuando llegó, y él subió en silencio las escaleras y entró en su habitación. Allí fue recibido por un sirviente calvo y delgado, con la cara estrecha y unos ojos negros y brillantes de astucia.

Edmond sonrió cuando el hombre se acercó a ayudarle a quitarse el abrigo. Nikolai era hijo de un erudito ruso, y no sólo era un excelente ayuda de cámara, sino también experto en descifrar los códigos más formidables. En más de una ocasión, había ayudado a Edmond a descubrir planes para terminar con el reinado de Alexander Pavlovich.

Además, tenía otro talento: nunca mantenía conversaciones fútiles. A menos que tuviera información que proporcionar, Nikolai se mantenía en un estoico silencio.

En pocos momentos, Edmond se había despojado de su elegante traje y se había puesto una bata de brocado. Después de asegurarse de que Edmond ya no necesitaba sus servicios, Nikolai se despidió. Edmond se quedó solo con un vaso de brandy en la mano.

Durante un rato, Edmond pensó en que debía acostarse en su propia cama. Era tarde y, sin duda, Brianna ya estaría dormida. No iba a agradecerle que la despertara a aquellas horas.

Sin embargo, cuando terminó el licor, Edmond se acercó a una de las paredes de su cuarto y descolgó un cuadro de Reynolds. Empujó con firmeza y una porción de la pared se abrió y reveló un pasadizo oscuro.

Edmond encendió una palmatoria que había sobre la repisa de la chimenea, se adentró en el túnel y recorrió la corta distancia que había hasta la habitación de Brianna. Pasó unos momentos intentando recordar la localización precisa de la palanca, y después de apartar el polvo que se había acumulado durante años, por fin consiguió abrir la puerta oculta.

Edmond entró al dormitorio sigilosamente, pero casi como si hubiera sentido su presencia, Brianna se dio la vuelta en la cama y abrió los ojos de par en par.

—¿Edmond? —preguntó, y con un movimiento torpe, se sentó en mitad del colchón sujetándose la manta sobre el pecho.

Edmond se quedó sin aliento al verla.

Dios Santo, era maravillosa.

Aunque se había recogido la preciosa melena en una trenza, el pelo le brillaba a la luz de la vela. Y su rostro... era tan elegante que parecía obra de un artista y no debida a la fortuna de la naturaleza. Él fijó su atención en los ojos verdes de Brianna, que revelaban un espíritu implacable que ardía dentro de ella.

Un espíritu tan cautivador como su belleza.

Brianna se ruborizó bajo su intenso escrutinio y, nerviosamente, se humedeció los labios, arrancándole un gemido a Edmond.

—¿Cómo...?

—Shhh —susurró él mientras atravesaba el cuarto. Se sentó al borde de la cama y depositó la vela en la mesilla de noche.

—¿Cómo has entrado a mi habitación? —le preguntó ella en un susurro furioso.

—Mi abuelo hizo que construyeran pasadizos secretos durante el Reinado del Terror en Francia. Me parece que pensaba que sólo era cuestión de tiempo que los campesinos ingleses se levantaran de modo similar al pueblo francés —dijo Edmond, y sonrió con ironía—. Estaba muy dispuesto a huir en vez de quedarse aquí a que le cortaran la cabeza. Una decisión sabia, si bien no muy valiente.

—¿Pasadizos secretos? Qué útil.

Antes de que ella pudiera prever sus intenciones, Edmond le puso una mano en cada una de las caderas, no sólo para impedir su huida, sino también para acercarse a la boca dulce y carnosa que le había ocupado el pensamiento durante todo el día.

—No tenía ni idea de lo útiles que eran hasta hoy —murmuró suavemente.

—¿Qué es lo que quieres? —le preguntó ella.

Edmond se rió y la besó. Después se apartó para observarla, y vio que tenía las mejillas arreboladas.

—Ésa es una pregunta tonta, *ma souris*. Sabes muy bien lo que quiero.

—¿Es que te has vuelto loco? Tu tía está al otro lado del pasillo. Si sospecha que estás aquí, estaré deshonrada sin arreglo.

—Por eso, precisamente, he usado la puerta secreta. Nadie sabrá nunca que he estado aquí a menos que seas tan tonta como para llamar la atención.

Brianna hizo un gesto de desdén ante su lógica.

—Podrás usar todas las puertas secretas que quieras, Edmond, pero a tu tía Letty no se le escapa nada —dijo, y lo miró con los ojos entornados—. Debes saber que es la más inteligente de todos tus parientes. Nunca se tragará esta farsa. De hecho, dudo mucho que crea que eres Stefan.

Edmond se encogió de hombros.

—Puede llegar a ser fastidiosamente perspicaz.

—Entonces, ¿por qué la elegiste para que fuera mi acompañante? —le preguntó ella, y arqueó las cejas al ver que él no respondía una pregunta tan sencilla—. ¿Edmond?

—Porque sé que te cae bien.

—Oh.

Edmond aprovechó la pequeña ventaja que le proporcionó el evidente desconcierto de Brianna y se acercó más a ella. Tanto como para notar la suave curva de su muslo contra la cadera, y el roce de su respiración en la mejilla.

—Parece que te has sorprendido.

—¿Y cómo no iba a sorprenderme? Hasta el momento no habías dedicado muchos esfuerzos a complacerme.

Edmond inhaló profundamente su olor a lavanda, y sintió el despertar del deseo en su cuerpo.

—Por el contrario, Brianna, he intentado complacerte —replicó—. Has sido tú la que ha detenido mis esfuerzos.

Edmond notó que ella se echaba a temblar, aunque quisiera negar la poderosa atracción que había entre los dos.

—Querrás decir que has querido complacerte a ti mismo.

—Si eso es lo que crees, permíteme que te demuestre lo contrario.

Con un suave movimiento, él capturó sus labios e hizo que los separara con la lengua, para poder adentrarse en la profundidad de su boca. Ella, temblando, se rindió brevemente a aquel asalto, pero enseguida lo empujó con las palmas de las manos.

—Edmond... no. No debes hacer esto.

—En realidad sí debo —dijo él. Como ella le había negado

los labios, siguió besándola por la mejilla y se dirigió hacia el lóbulo de la oreja–. Llevo queriendo acariciarte de nuevo desde que tu padrastro nos interrumpió tan groseramente.

Brianna suspiró con suavidad e inclinó la cabeza hacia un lado para facilitarle el acceso. Sin embargo, una parte de ella se negaba a rendirse a lo inevitable.

–Creo que ya ha habido suficientes caricias.

–Oh, no, ni por asomo –dijo él sin dejar de besarle la garganta, recreándose en el pulso acelerado que latía en la base de su cuello–. Como pronto comprobarás.

–¿Estás tan seguro de tu habilidad?

Él se rió.

–Estoy seguro de que entre nosotros hay fuego. Esto no es nada relacionado con la habilidad, sino con una dulce –dijo, y se interrumpió para mordisquearle el hombro– y dolorosa –con la lengua, siguió el borde del fino tirante del camisón– necesidad.

Ella emitió un gemido que llenó la habitación, mientras deslizaba las palmas de las manos bajo la bata de Edmond para acariciarle la piel desnuda del torso. Edmond se sobresaltó como si se hubiera quemado. Como si, con aquel mero roce, ella lo hubiera marcado de un modo indeleble.

Haciendo caso omiso de aquellas peligrosas sensaciones, Edmond tiró gentilmente de la manta para bajársela del pecho. Ella se resistió, pero Edmond la distrajo con rapidez, regando de diminutos besos su rostro, hasta que pudo apartar la manta del cuerpo tembloroso de Brianna. Entonces, pudo saborear aquella visión.

–Dios mío –susurró, pasando la mirada por sus formas esbeltas, que se revelaban a la perfección dentro de un camisón color champán. Los pequeños retazos de encaje y satén apenas eran decentes–. Tu doncella tiene un sentido del humor perverso.

–¿Qué? –preguntó ella vagamente, como si tuviera dificultad para formar las palabras.

Edmond sonrió al darse cuenta de que el deseo estaba venciendo a su reticencia virginal.

—Es evidente que este camisón fue creado para despertar las fantasías más íntimas de un hombre.

Le pasó la mano, con reverencia, por la suave piel del hombro, y apartó el tirante de satén dorado que mantenía el camisón en su sitio. Fue un movimiento sencillo, uno que había llevado a cabo muchas veces. Sin embargo, nunca había sentido aquella extraña vibración por dentro. Era como si se estuviera interpretando una sinfonía perfecta entre ellos. Una marea viva que subía al ritmo de un poderoso *crescendo*.

Edmond cerró los ojos mientras capturaba los labios de Brianna con un beso crudo, exigente. No había tiempo para fantasías absurdas. Nada iba a distraerlo de aquel placer.

Bebiendo de sus labios, Edmond apartó el segundo lazo de su hombro, y le bajó el camisón para poder tomarle suavemente los pechos con las manos. Su miembro se abultó en el mismo instante en que oyó gemir a Brianna y él encontró con los pulgares sus pezones erectos.

Ella movió las manos por su torso, temblorosamente, como si estuviera dividida entre el deseo de explorar su carne y la timidez de una virgen. Edmond se despojó suavemente de su bata y la animó con murmullos de aprobación, hasta que las caricias de Brianna se volvieron más atrevidas y deslizó las manos por sus músculos tensos y por su estómago plano y duro.

Confiando en que la muchacha estuviera distraída, Edmond se tumbó en la cama y se tapó con las suaves sábanas de hilo, a su lado. Rápidamente, continuó su viaje por las formas esbeltas de su cuerpo, apartando completamente el diabólico camisón y dejándolo caer al suelo. Edmond necesitaba sentir el calor sedoso de su piel, sumergirse en su gloriosa esencia de lavanda.

Dios, era tan bella, tan delicada bajo sus dedos... y sin embargo, aquel cuerpo diminuto irradiaba un calor que le hacía hervir la sangre.

—Eres... perfecta —murmuró mientras pasaba la boca por su mejilla, antes de continuar hacia sus pechos.

Brianna jadeó cuando él atrapó uno de los pezones entre los labios y usó la lengua para conseguir que ella se retorciera de placer.

—¡Dios mío! —exclamó, y le hundió las uñas en los hombros.

—Shh, *ma souris*, debes permanecer muy, muy callada —dijo él suavemente, aunque tuvo una satisfacción abrumadora.

No sabía lo que aquella mujer sentía por él, pero sí sabía que ella no podía ocultar el goce que le proporcionaban sus caricias.

Volvió a fijar su atención en su pecho, y le lamió el pezón con exquisito cuidado, deleitándose con sus gemidos suaves mientras deslizaba la mano por la curva de su cadera y después sobre la ligera curva de su vientre. Él sintió que se le tensaban los músculos bajo su exploración, pero Brianna no hizo ademán de detenerlo. De hecho, ella lo agarró por el pelo mientras su respiración entrecortada resonaba por la habitación.

Edmond no necesitó más ánimos. Se colocó contra el costado del cuerpo de Brianna y la besó con ferocidad al mismo tiempo que metía los dedos entre los rizos sedosos de entre sus piernas; por fin, encontró el calor húmedo que había estado buscando.

El grito de asombro de Brianna habría despertado a toda la casa de no ser porque Edmond lo silenció con su boca. Sonriendo contra sus labios, deslizó un dedo a través de la hendidura satinada en busca de la diminuta joya de su placer. Cuando la encontró, comenzó a acariciarla con un ritmo lento y constante, y apretó su erección contra el muslo de Brianna. Quería hundirse entre sus piernas y estar allí cuando ella llegara al clímax, pero había hecho una promesa cuando había entrado a su habitación.

Brianna nunca podría volver a acusarlo de desear sólo su

propia satisfacción. Después de aquella noche, ella entendería que el goce que encontraran en aquella cama sería mutuo.

Ella comenzó a arquear el cuerpo y le rodeó el cuello con los brazos. Gemía suavemente contra sus labios, y claramente estaba atrapada en la espiral del placer.

Edmond apresuró el ritmo de las caricias y emitió un gruñido mientras movía de arriba abajo su erección contra el muslo de Brianna. Dios... ¿quién le hubiera dicho que provocarle el orgasmo a una inocente podría ser tan... erótico? Él estaba concentrado en su placer, pero en cuanto notó que ella se quedaba rígida en el éxtasis, él se sintió abrumado por un orgasmo que le sacudió el alma.

Edmond siguió acariciándola hasta que ella se derritió contra él, en un estado de satisfacción letárgica. Entonces, él se apartó para observar su expresión saciada y sus ojos llenos de asombro.

—Esto ha sido...

—Sólo el comienzo —terminó él con una sonrisa perversa.

Pese a lo poco que había dormido y el hecho de que todavía no había desflorado a su bella prometida, Edmond estaba sorprendentemente alegre a la mañana siguiente.

Bajó a la sala de desayunos y se sirvió un plato de jamón, huevos revueltos, tostadas y mermelada. Se sentó a la mesa y tomó el diario, *The Morning Post*, que le habían dejado plegado en su sitio, en la cabecera.

Con un gesto de resignación, se obligó a leer la sección de los últimos escándalos y los eventos sociales que se avecinaban. Aunque había contratado a Chesterfield para que mantuviera vigilado a Howard Summerville, tenía intención de conseguir cruzarse nuevamente con su primo, y muy pronto. El anuncio de su compromiso aparecería en el periódico, y seguro que eso iba a provocar una reacción rápida.

Mientras leía los chismes de sociedad, estuvo a punto de pasar por alto la breve mención de la llegada a Londres de un caballero llamado Viktor Kazakov, que se había alojado en el Pultney's Hotel, en Piccadilly.

No era inusual que un rico aristócrata ruso visitara Londres. Tampoco era extraño que se alojara en un hotel en vez de aceptar la hospitalidad del rey. Sin embargo, Edmond sabía que Alexander Pavlovich había enviado a Viktor al exilio de Siberia, después de que varias personas lo hubieran oído brindar por la muerte inminente del zar.

En su interrogatorio, Kazakov había declarado desesperadamente que estaba borracho y sólo bromeaba, pero Alexander no tenía tolerancia hacia las semillas del descontento entre sus nobles. El zar había enviado a Kazakov a Siberia custodiado por su propia guardia personal.

Entonces, ¿cómo era posible que se hubiera escapado de Siberia? ¿Y qué demonios estaba haciendo en Londres?

Aunque sabía que aquélla era otra distracción que no necesitaba, Edmond no pudo resistirse. Pidió papel y pluma a un criado y escribió una rápida nota al embajador ruso.

Acababa de enviarla por medio de uno de sus lacayos cuando la puerta de la habitación se abrió y apareció lady Aberlane, que se acercó a la mesa tambaleándose.

Edmond se puso rápidamente en pie y sonrió con ironía al ver a su anciana tía acercarse sin acordarse de usar el bastón de ébano. Ella también sonrió con evidente alegría.

—Buenos días, querido —le dijo, y se detuvo a su lado, esperando hasta que su sobrino se inclinó hacia delante para poder darle un beso en la mejilla. Después, tomó asiento en la silla que él le ofreció.

—Buenos días, tía Letty —respondió él, y después de asegurarse de que ella estaba cómoda, le hizo una seña a uno de los criados para que le sirviera un plato. Edmond se sentó y le preguntó—: ¿Te encuentras a gusto en la casa?

—Oh, muy a gusto. Siempre es un placer venir de invitada a Huntley House —dijo lady Aberlane. Sonrió cuando el criado le puso el plato delante, y con un aleteo de pestañas, carraspeó suavemente–. Eso es todo por ahora, puede marcharse.

El sirviente esperó a que Edmond asintiera de mala gana y, con una reverencia, salió de la habitación. Cuando estuvieron solos, Edmond miró a su tía con recelo e inseguridad.

–Bueno, bueno –dijo la dama, observando a su sobrino fijamente–. Ahora, quizá puedas decirme por qué te estás haciendo pasar por Stefan y por qué, en nombre de Dios, estás poniendo en peligro la reputación de Brianna con el anuncio de ese ridículo compromiso.

Edmond soltó una carcajada seca. Su tía era muy perceptiva, y no tenía pelos en la lengua. Él se encogió de hombros y apartó el plato vacío.

–He anunciado el ridículo compromiso precisamente para proteger la reputación de Brianna. Ella no podía permanecer bajo mi techo, o más bien bajo el techo de Stefan, sin la protección de un matrimonio inminente.

Lady Aberlane miró al techo con resignación.

–¿Y por qué demonios está ella en esta casa? ¿Acaso no vive con su padrastro?

La expresión de Edmond se endureció mientras explicaba con brevedad lo que había ocurrido con Thomas Wade y su horrible intento de forzar a Brianna. Su tía escuchó en silencio, y apretó los labios con disgusto cuando Edmond le reveló cómo Wade había entrado en la casa y que él pensaba que seguiría siendo una amenaza mientras continuara obsesionado con Brianna.

–Pobre niña –murmuró lady Aberlane, sacudiendo la cabeza–. Siempre sospeché que no podía dejarse a una joven al cuidado de ese individuo. ¿En qué estaría pensando Fredrick? Debía de saber que no podía dejar a su hija en manos de Sylvia. Ella nunca fue apta para el papel de madre.

Edmond hizo una mueca de tristeza al recordar a aquella mujer bella y temperamental, que nunca había intentado disimular su falta de cariño maternal. No era raro que Brianna hubiera salido tan a menudo de su solitaria casa para visitar Meadowland.

–En eso te doy la razón –murmuró Edmond, molesto por el hecho de no poder castigar a Sylvia–. Pero no tienes que temer que Thomas Wade vuelva a importunar a Brianna. Tengo intención de encargarme de él cuando llegue el momento.

Ella lo miró con severidad al percibir un tono letal en su voz.

–No pensarás hacer alguna tontería, ¿verdad, Edmond?

–Yo no hago tonterías, tía Letty.

–No, eso es cierto –dijo la dama. Después de una pausa, continuó–. En realidad, estoy muy contenta de que hayas salvado a Brianna de las garras de esa horrenda criatura, pero no entiendo por qué insistes en tenerla aquí. Sabes que podías haberla enviado conmigo, o mejor todavía, a Meadowland.

Él se encogió de hombros, pero se asombró ante la ira que sintió al oír la mención de que Brianna no estuviera bajo su custodia.

–Sólo diré que su presencia fue algo inesperado, pero que rápidamente la usé ventajosamente.

–¿A qué te refieres?

–No puedo contártelo. Tampoco puedo revelarte por qué me estoy haciendo pasar por Stefan. Lo único que puedo decirte es que Stefan está en peligro, y que voy a protegerlo pase lo que pase.

–¿Stefan está en peligro?

–Sí, eso me temo.

–Entonces, por supuesto, debes hacer lo que sea necesario para preservar su seguridad. Y sabes que sólo tienes que pedírmelo y te ayudaré.

–Gracias –dijo Edmond, y le apretó la mano cariñosamente a su tía–. Tendré en cuenta tu oferta.

Ella lo miró con los ojos entrecerrados. Claramente, estaba de acuerdo con que protegiera a Stefan, pero no satisfecha con el asunto de su compromiso.

—Espero, mi querido Edmond, que te des cuenta de que Brianna Quinn no es el tipo de mujer endurecida y sofisticada con el que tú estás acostumbrado a tratar. A ella puedes hacerle daño con mucha facilidad.

Edmond se puso en pie bruscamente.

—No tengo intención de hacerle daño —replicó con tirantez.

—No digo que sea tu intención, pero...

—Me temo que no puedo entretenerme más. Tengo varios compromisos hoy. Si eres tan amable, te agradecería que acompañaras a Brianna al modisto hoy. Estoy seguro de que tú sabrás qué es lo que está más de moda entre las jóvenes de la buena sociedad.

—¿Vas a presentar a Brianna en sociedad?

—Sería extraño que no asistiera a algunos eventos, ¿no crees? Afortunadamente, todo el mundo sabe que Stefan siente desagrado por la sociedad londinense, lo cual nos permitirá no tener que salir demasiado.

—¿Y qué vas a hacer con Brianna cuando haya pasado el peligro para Stefan? ¿La enviarás a Meadowland, que es donde debe estar?

—¿Y por qué demonios piensas que debe estar allí? —le espetó a su tía antes de poder contenerse.

—Stefan es su tutor.

—Entonces, debería haber atendido sus deberes para con ella y haberla librado de Thomas Wade.

Algo muy parecido a la satisfacción brilló en los ojos de lady Aberlane.

—¿Como has hecho tú?

—Efectivamente —respondió Edmond, y con una reverencia forzada, se despidió—. Buenos días.

CAPÍTULO 9

Durante los tres días siguientes, Brianna estuvo haciéndose pruebas para la obscena cantidad de vestidos que, según lady Aberlane, necesitaba la nueva duquesa de Huntley.

Los vestidos de mañana eran de chaconada, de muselina y de seda, adornados con encaje y pasamanerías, y con flores de satén. Los vestidos de paseo iban conjuntados con capas ribeteadas de armiño. Había también un maravilloso vestido de viaje, de terciopelo color rojo, con un manguito muy abrigado a juego, y dos vestidos de noche: uno de ellos, de precioso color marrón con hebillas doradas y el otro, de seda rosa a rayas con una capa de tul doble.

Y, por supuesto, ningún guardarropa estaba completo sin los exquisitos trajes de baile de satén. Costaban tan caros que a Brianna le daba vueltas la cabeza.

Desde la prematura muerte de su padre, Brianna no había vuelto a tener tantos vestidos, ni tan elegantes. Se preguntó más de una vez si no debería sentirse culpable por gastar con despreocupación tanto dinero de Edmond. Por supuesto, era él quien la estaba obligando a prestarse a aquel compromiso falso, pero también era ella quien se había metido en su casa a la fuerza.

Sin embargo, olvidó todas aquellas consideraciones al

darse cuenta de que, por primera vez en un año, se sentía... casi feliz.

Claro que, si era completamente sincera, debía reconocer que no eran los vestidos lo que le estaba haciendo sonreír mientras permitía que Janet le arreglara el pelo en el tocador.

No. Era la lenta e innegable relajación del miedo brutal que la había mantenido atenazada desde la muerte de su madre. Por primera vez, Thomas Wade no podía alcanzarla, siempre y cuando estuviera refugiada en aquella casa.

Además, también podía disfrutar de la agradable compañía de lady Aberlane. ¿Quién no se distraería de sus problemas con la encantadora charla de la anciana? Hacía mucho tiempo que Brianna no contaba con la compañía de otra persona que no fuera su leal doncella, y el mero hecho de poder sentarse a tomar una taza de té y escuchar los últimos chismorreos de sociedad era una alegría.

Aquéllas eran explicaciones razonables para la sensación de confort que la invadía poco a poco, pero, en el fondo, Brianna no podía negar que esa sensación también estaba directamente relacionada con Edmond Summerville.

Era algo ridículo, por supuesto. Apenas lo había visto durante aquellos últimos días.

Y, sin embargo, en los momentos más inesperados recordaba a Edmond cuando había echado a Thomas de su casa, o cuando se había negado rotundamente a que ella saliera de casa sin la protección de Boris, o mientras la sujetaba entre sus brazos cuando estaba temblando por su primer encuentro con la pasión...

Brianna se apartó todo aquello de la cabeza. Habían pasado tres noches desde que había experimentado la seducción de Edmond, las caricias asombrosas y la explosión de placer que la había dejado débil y trémula hasta mucho después de que él se hubiera retirado por la puerta secreta.

Aquella noche sería su primera noche en sociedad. Necesitaba mantener la cabeza clara si no quería que todo terminara en un desastre.

—Bueno, ya está —murmuró Janet, y se hizo a un lado para admirar el peinado de Brianna. Le había recogido el pelo en un moño alto, y había dejado unos cuantos rizos rozándole las sienes—. Perfecta.

—No perfecta, no, aunque el vestido es muy bonito —dijo ella, y pasó las manos por la falda del vestido azul índigo. Tenía un marcado escote y unas manguitas que dejaban a la vista sus hombros—. Lady Aberlane tiene un gusto exquisito.

—No es el vestido lo que va a atraer la atención de todo el mundo, por muy bonito que sea.

—Es cierto, Janet. No habrá un alma en Londres que no esté ansiosa por ver a la prometida del duque de Huntley —dijo ella, y se apretó una mano contra el estómago—. Me voy a sentir como un animal de la colección real. Esperemos que no haga nada que pueda avergonzar al pobre Stefan.

Janet resopló mientras observaba a Brianna con las manos en las caderas.

—Me refiero a que nunca ha estado más bella. Está maravillosa.

—Verdaderamente maravillosa —murmuró una voz grave desde la puerta.

Con un gritito de sorpresa, Brianna se volvió y vio a Edmond entrar calmadamente en la habitación.

—De veras, Edmond, no puedes entrar en mi cámara privada con tanta despreocupación —le reprochó. Se sentía molesta por el hecho de que su presencia la afectara tanto.

Él no apartó la mirada de su rostro arrebolado.

—Déjanos —le dijo a la doncella.

Como era de esperar, Janet se negó a obedecer hasta que Brianna asintió suavemente.

—No te preocupes, Janet. No pasará nada.

Janet le clavó a Edmond una mirada asesina mientras se encaminaba hacia la puerta.

—Oh, sí. Será mejor que no pase nada, o tendrá que vérselas conmigo —murmuró.

Él arqueó una ceja con genuino asombro.

—¿Acaba de amenazarme tu doncella?

—Sí, creo que sí.

—¿Y qué se cree que puede hacerme una mujer que es la mitad que yo?

—No subestimes a mi doncella, Edmond. Janet no sólo es inteligente, sino que es hija de uno de los señores del crimen más temidos de todo Londres. No dudo que puede recurrir a muchos rufianes que harán lo que ella diga.

La expresión de Edmond se tornó de curiosidad, más que de miedo.

—Entonces, ¿por qué no los llamó para acabar con Thomas Wade?

Brianna se rodeó la cintura con los brazos y se estremeció al oír hablar de su padrastro. Recordó que, cuando Janet le había dicho que Thomas podía ser asesinado mientras dormía, se había sentido tentada a aceptar la oferta.

—Porque me negué a que lo hiciera —confesó.

—¿Por qué?

—Si hubiera querido romperle la cabeza a Thomas Wade, lo habría hecho yo misma. No iba a permitir que otro fuera a la horca por mí.

—Qué independiente, *ma souris* —dijo él.

—He descubierto que es peligroso no ser independiente. Afortunadamente, podré reclamar mi herencia muy pronto, y nunca volveré a estar bajo la autoridad de nadie más —dijo con una mirada firme—. Estoy deseando que llegue ese día.

—¿Tu herencia?

—Sí. Mi padre me dejó una parte de la dote en fondos que mi madre no podía tocar. Yo podré acceder a ese dinero cuando cumpla veintitrés años. No es una cantidad muy grande para los estándares del duque de Huntley, pero será suficiente para que pueda alquilar una casita y tener algo de servicio. Al final, Janet y yo estaremos seguras.

La expresión divertida se desvaneció del rostro de Edmond, casi como si su respuesta le hubiera molestado.

—Eso es absurdo —dijo—. Nadie tiene intención de hacerte daño.

—Quizá no, pero todo el mundo está ansioso por utilizarme en su propio provecho. Tú incluido, Edmond.

—Ah, sí, mi horrible propósito —suspiró él. Después le señaló con un dedo la silla del tocador—. Siéntate.

—¿Por qué?

—Estás aquí para hacer lo que yo diga, ¿no? Vamos, siéntate.

—Muy bien —respondió Brianna, resignada a no librar una batalla que estaba destinada a perder. Se dio la vuelta y se sentó frente al espejo—. Pero algún día, Edmond, vas a encontrarte con alguien a quien no puedas someter y... —sus palabras se interrumpieron cuando Edmond se colocó detrás de ella y Brianna sintió un peso frío deslizándose sobre su piel. Se miró al espejo y se quedó sin aliento al ver el brillo de las piedras preciosas que le rodeaban el cuello—. Dios Santo —susurró, y miró el reflejo de Edmond—. Son las esmeraldas Huntley.

Con una expresión indescifrable, él le acarició los hombros desnudos.

Brianna acarició el valioso collar mientras el corazón se le encogía con un extraño dolor. Sabía que aquellas esmeraldas y todo lo que significaban estaban destinadas a otra mujer. Una mujer que podía ofrecer todo el aplomo y la elegancia que requería la posición de duquesa de Huntley. El tipo de mujer que ella nunca podría ser.

—No, esto no está bien. No puedo ponérmelas —dijo.

Edmond notó una punzada de irritación ante su suave negativa.

—El engaste es un poco anticuado, lo admito, pero son la mejor colección de esmeraldas de toda Inglaterra —dijo, en un tono letal que a Brianna le puso el vello de punta—. Hay pocas mujeres que no quisieran llevarlas. Más bien, todo lo contrario.

—Son perfectas, Edmond, como bien sabes —respondió Brianna. Se puso en pie y se volvió para mirarlo de frente—. Pero son para la próxima duquesa de Huntley, no para una impostora. No estaría bien que las llevara otra persona que no fuera la esposa de Stefan.

—Son piedras, *ma souris*, y no importa si tú vas a ser la siguiente duquesa de Huntley o no —le dijo él burlonamente.

—No, pero todo el mundo recordará que me ha visto llevándolas. Eso mancharía las joyas para la futura esposa de Stefan.

—¿Que las mancharía?

—Sí.

—Tú... —con un evidente esfuerzo, Edmond controló su temperamento e hizo una exagerada reverencia. Después se marchó hacia la puerta—. Como no puedo decidir si estrangularte o llevarte a la cama, te dejaré para que termines de arreglarte. Por favor, reúnete conmigo en el vestíbulo cuando estés lista.

Escondida entre las sombras del rellano de la escalera, Janet observó como Edmond Summerville ponía un chal de cachemira sobre los hombros de su señora.

Aunque parecía que estaba enfadado, acarició con delicadeza los brazos de Brianna, y bajó la cabeza como si quisiera inhalar su perfume.

Janet sabía muy bien que la actitud de lord Edmond hacia la pupila de su hermano había sido abiertamente íntima desde que ellas habían entrado en la casa. No había duda de que tenía la intención de seducirla, y a juzgar por la reacción de Brianna hacia el guapo caballero, era muy posible que él lograra su objetivo.

Sin embargo, Janet se sintió inquieta al contemplar cómo lord Edmond le clavaba una mirada asesina al lacayo que dio un paso adelante para recoger el abanico de marfil que se le cayó a Brianna. El aristócrata era posesivo, casi de un modo agresivo, como si considerara que Brianna era de su propiedad.

Lo cual era mucho más peligroso que la simple lujuria.

Janet estaba preguntándose si no habían salido de la sartén para caer en las brasas cuando sintió que alguien la agarraba por la cintura y la apartaba con firmeza de la balaustrada.

—¿Y qué crees que estás haciendo, espiando así a mi amo? —le preguntó una profunda y grave voz masculina contra el oído.

Janet se retorció hasta que pudo volverse y mirar cara a cara a su captor. Le dio un manotazo en el enorme pecho.

—Oh, déjalo ya.

Boris, que claramente esperaba otro tipo de reacción, bajó los brazos.

—¿Que deje qué?

—Que dejes de fingir que no sabes hablar inglés. Puede que sea pobre, pero no soy idiota. Reconozco a un caballero educado, sobre todo si es soldado, cuando lo veo.

Él se quedó inmóvil y la miró con los ojos entrecerrados.

—¿De veras?

—Sí.

Boris se inclinó hacia delante y su respiración le acarició la mejilla con calidez a Janet.

—A veces, puede resultar peligroso saber demasiado.

—¿Es eso una amenaza? —le preguntó ella, aunque se estremeció de placer.

—¿Estás asustada? —inquirió él, con un acento mucho menos artificial.

Janet alzó la barbilla con desdén.

—¿Por uno como tú? Bah. He conocido asesinos que podrían hacer que lloraras de miedo. Mi padre es uno de ellos.

Él frunció los labios, divirtiéndose de mala gana, y se incorporó. Desde allí arriba, la miró fijamente.

—No has respondido a mi pregunta —le dijo—. ¿Por qué estás espiando a mi señor?

Ella no vio ninguna razón para mentir.
—Da la casualidad de que no confío en lord Edmond Summerville.
—¿Estás poniendo en duda su honor?
—Pongo en duda su forma de mirar a la señorita Quinn.
—¿Su forma de mirarla?
—Como si tuviera en mente algo perverso.
—Es una mujer muy bella. Por supuesto que tiene en mente algo perverso.
—Si pretendes ser gracioso, no lo has conseguido.

La expresión dura de Boris se suavizó. Dio un paso adelante y le acarició los brazos, con ligereza, a Janet.
—¿Qué hombre no intentaría hacer algo perverso si se le ofrece semejante tentación?
—Eh, vigila esas manos o...

Sus valientes palabras se vieron interrumpidas cuando Boris tiró de ella con brusquedad y le dio un beso que hizo que se le encogieran los dedos de los pies.

Edmond observó a Brianna desde el otro extremo del abarrotado salón. Incluso rodeada de las bellezas más famosas de Londres, ella se las arreglaba para brillar con un esplendor asombroso que volvería loco a cualquier caballero.

Claro que su nueva sofisticación no había suavizado su peliaguda forma de ser, reconoció él con ironía, al acordarse de su reciente enfrentamiento.

En ese momento, se había visto invadido por muchas emociones confusas que luchaban por la supremacía. Furia por que ella se atreviera a desafiarlo. Un agudo deseo de tomarla entre sus brazos y olvidarse del mundo. Y una enorme satisfacción al comprobar que ella no ansiaba poseer las joyas de Stefan.

Era aquella última emoción la que más le inquietaba. ¿Por qué le ponía tan contento el hecho de que ella pudiera rehusar sin problemas las tentaciones que acompañaban a la posición de duquesa de Huntley?

—Ah, aquí estáis, Excelencia.

Una morena voluptuosa, que llevaba un vestido de terciopelo verde y unos diamantes que resplandecían, se detuvo junto a Edmond. Era lady Montgomery, una mujer bella y la más habilidosa de las anfitrionas políticas de la ciudad. De hecho, nadie dudaba que lord Montgomery ocupaba un puesto en el gobierno gracias a sus esfuerzos.

Edmond sonrió e inclinó levemente la cabeza.

—Lady Montgomery.

La dama sonrió, con una gran curiosidad reflejada en el rostro.

—No sé cómo agradeceros esto —le dijo.

—¿Qué?

—Vuestra presencia en mi humilde velada ha asegurado que mi posición en sociedad haya mejorado significativamente. No habrá anfitriona en todo Londres que no esté apretando los dientes de envidia por el hecho de que hayáis elegido presentar a vuestra prometida en mi casa.

A Edmond no se le escapó la satisfacción petulante que sentía aquella mujer por haberse marcado aquel tanto.

—Cualquier gratitud debe ser para mi tía —respondió él, y volvió la cabeza para mirar a la elegante anciana que estaba junto a Brianna con una actitud protectora, preparada para guiarla por las peligrosas aguas de la sociedad con eficiencia—. Ella me aseguró que la señorita Quinn se encontraría a gusto entre vuestros invitados.

—Por supuesto. Es una joven verdaderamente encantadora. No es extraño que haya conseguido robaros el corazón, Excelencia.

Edmond sonrió, disfrutando del placentero calor que le recorría el cuerpo al mirar a su prometida.

—Es exquisita.

Lady Montgomery abrió su abanico de un suave golpe.

—Es una pena que su madre decidiera casarse con aquel...

desagradable comerciante. Es probable que algunas lenguas malintencionadas le recuerden a la buena sociedad esa desafortunada conexión.

—Sería mejor que esas lenguas malintencionadas hablaran de temas que no incluyan a la señorita Quinn —respondió él en tono de advertencia—. Mi familia no estaría complacida con nadie que mencionara los nombres de Thomas Wade y mi prometida en la misma frase. De hecho, en lo que a mí respecta, Thomas Wade ya no existe.

—Ah, sí. Sí, ya entiendo.

Lady Montgomery se quedó asombrada momentáneamente por el poder formidable que podía desplegar el duque de Huntley, pese a que por lo general era un hombre apacible. Después, la dama sonrió.

—Para ser un caballero que rara vez se deja ver en sociedad, Excelencia, poseéis un notable talento para averiguar cómo podéis doblegarnos a vuestra voluntad.

—Mi único deseo es que la señorita Quinn sea juzgada por sus propios méritos, no por las decisiones erróneas de su madre —dijo él. Suavizó la expresión inconscientemente al mirar el delicado perfil de Brianna—. Ella ya ha sufrido suficiente por las debilidades de Sylvia.

Algo que podría haber sido sorpresa se reflejó en el rostro de lady Montgomery antes de que recuperara su estudiada sonrisa.

—Es comprensible. Ha sido muy sabio que eligierais a lady Aberlane para acompañarla en sociedad —le dijo a Edmond, y después lo observó con la cabeza ligeramente ladeada—. Sin embargo, ¿por qué me habéis pedido que incluyera a vuestro primo entre los invitados?

Edmond jugueteó distraídamente con el pesado sello de oro de su hermano, que se había puesto en el dedo antes de salir de casa. Sabía que suscitaría la curiosidad de lady Montgomery al enviarle una nota pidiéndole que invitara a Howard Summerville a la velada. Sin embargo, merecía la pena el hecho de que algunos arquearan las cejas con tal de presenciar la reacción de su primo ante la noticia del compromiso del duque de Huntley.

—Por mucho que lo lamente, son de mi familia —dijo él, en tono desdeñoso.

Lady Montgomery no quedó satisfecha con aquella explicación.

—Sí, pero vuestro distanciamiento con esa rama de la familia es bien conocido desde hace años. Nadie habría considerado raro que prefirierais excluirlo de la lista de invitados.

Edmond se encogió de hombros.

—Mi prometida tiene mejor corazón que mi hermano y yo. No le gusta que haya una enemistad en la familia.

—Ah.

Después de soportar aquel interrogatorio nada sutil, Edmond señaló a su primo con un gesto de la cabeza. Howard estaba bebiendo champán como si fuera ginebra.

—Supongo que, con ese pensamiento, será mejor que vaya hablar con Howard y le tienda la mano —dijo, e inclinó la cabeza hacia su anfitriona—. ¿Me disculpáis?

Lady Montgomery sonrió, aunque no dejó de mirarlo con especulación.

—Por supuesto.

Edmond se alejó de la curiosidad de aquella mujer y atravesó con elegancia la habitación, saludando a algunos caballeros que conversaban en círculo, e ignorando las miradas provocativas de sus mujeres. Quizá Edmond estuviera encantado de disfrutar de los encantaos de una esposa aburrida; Stefan, sin embargo, nunca se llevaría a una mujer casada a la cama.

CAPÍTULO 10

Howard Summerville estaba apoyado contra la pared, con el pelo revuelto y la corbata torcida, observando con los ojos empañados a los invitados que pasaban por delante de él. Edmond frunció el ceño al detenerse junto a su primo. Se dio cuenta de que su aspecto parecía más patético que peligroso.

Por supuesto, las apariencias engañaban a menudo.

—Buenas noches, Howard —le dijo.

Con evidente esfuerzo, Summerville alzó la vista y observó a Edmond.

—Oh. Aquí estás, Huntley —murmuró, arrastrando las palabras.

—Pues sí.

Después de una breve lucha con la gravedad, el caballero consiguió separarse de la pared. Tenía la cara sonrojada y un brillo febril en los ojos.

—Qué cara más dura tienes —gruñó—. Me dan ganas de pegarte un puñetazo.

Ah. Edmond reprimió una sonrisa. Aquélla era la reacción que él esperaba provocar.

—Estaría mucho más preocupado si tú no estuvieras tan borracho que apenas puedes mantenerte en pie, Howard —respondió burlonamente.

Howard se enfureció.

—Si lo estoy es por tu culpa.

—Mis poderes son más grandes de lo que yo creía —dijo Edmond—. No sabía que podía obligar a un caballero a embriagarse desde el otro lado de un salón.

—Ja —dijo Howard, y movió el brazo con tanta amplitud que estuvo a punto de derribar un busto de terracota de Carlos II—. Sabes muy bien por qué estoy furioso contigo.

Edmond tomó a su primo por el codo y lo dirigió hacia las puertas dobles que se abrían a un estrecho balcón.

—Quizá debamos hablar de eso en algún lugar donde no creemos expectación entre los chismosos.

—Vamos a la biblioteca...

—En realidad, prefiero el balcón —dijo Edmond, y continuó caminando entre los invitados, que los observaban con sorpresa.

—El balcón. Maldita sea, Huntley, ahí hace mucho frío.

—El fresco te aclarará el cerebro —repuso Edmond, y soltó una maldición cuando su primo se tropezó y estuvo a punto de hacerles caer a los dos—. Aunque no creo que haya mucha diferencia.

—¿Qué has dicho?

—Nada importante. Vamos.

Edmond se detuvo, abrió las puertas del balcón y empujó a su primo fuera. Salió con él y después cerró las puertas. Ambos se estremecieron cuando la espesa niebla los envolvió con su frío pegajoso.

—Demonios —dijo Howard, que encorvó los hombros—. El mejor ejemplo del tiempo inglés.

Edmond estaba de acuerdo con él, pero no dijo nada. Aunque estaba acostumbrado al frío brutal que hacía en Rusia, la humedad era algo difícil de soportar. Sin embargo, eso mantendría a los demás invitados a refugio dentro del salón, y les proporcionaría unos momentos de privacidad.

Edmond se tomó un momento para encender un cigarro

con una de las antorchas y después estudió la expresión petulante de su primo.

—¿Serías tan amable de explicarme por qué deseas darme un puñetazo? —le preguntó.

—Ja. Lo sabes muy bien.

—Supongo que no tendrá nada que ver con mi reciente compromiso.

—Por supuesto que sí.

—Pero tú debías saber que finalmente me casaría. Después de todo, el deber más importante de un duque es tener un heredero.

Howard se pasó una mano por el pelo y se rió con amargura.

—Para ser sincero, esperaba que tú fueras de los que sienten desagrado por las mujeres. En realidad, has dejado para muy tarde empezar a poblar el mundo de pequeños Huntley.

Edmond se puso tenso ante el insulto a la hombría de su hermano. Debería arrojar a aquel desgraciado por la barandilla del balcón y terminar con todo aquello. Sin embargo, primero necesitaba asegurarse de que Howard Summerville era el responsable de los intentos de acabar con la vida de Stefan.

—¿Y tú pensabas que, si yo tenía aversión por las mujeres, quizá estuvieras un poco más cerca del título?

—¿Qué? No seas idiota. Aunque tú nunca te hubieras molestado por tener hijos, tu molesto hermano los tendrá. Nadie puede creer que a Edmond no le gustan las mujeres.

Edmond se tragó una maldición exasperada. ¿Acaso su primo era lo suficientemente astuto como para darse cuenta de que era sospechoso a causa los misteriosos accidentes de Stefan?

Parecía bastante improbable, pero, ¿qué otra explicación podía haber?

—Entonces, ¿por qué te ha enfurecido mi compromiso?

—Porque me has hecho quedar como un tonto.

—¿Disculpa?

Howard se tambaleó al echarse hacia atrás para clavarle a Edmond una mirada asesina.

—¿Por qué demonios me dijiste que habías venido a Londres a disfrutar de los entretenimientos de la ciudad? Al menos podías haberme dado una pista de tu verdadero propósito.

Edmond frunció el ceño.

—Todavía no era el momento de revelar mi interés hacia la señorita Quinn.

—Bueno, pues me has hecho perder una fortuna —gruñó Howard.

—¿De qué estás hablando?

—De las apuestas de White's —respondió Howard, intentando mantenerse erguido—. Estaban cincuenta a uno a que habías venido a Londres a elegir novia. Si me hubieras dado alguna pista, yo habría ganado un buen dinero. Sin embargo, como no sabía nada, perdí veinte libras.

—¿Y por eso estás enfadado? ¿Porque querías apostar sobre mi compromiso?

—También fue grosero por tu parte —dijo Howard, mientras intentaba, inútilmente, alisarse las solapas arrugadas—. Aunque tú no quieras reconocer el parentesco, soy tu primo. No debería haber sido el último en enterarse de que habías elegido prometida.

Edmond miró al cielo nebuloso con frustración.

—Dios Santo.

Brianna se había quedado agradablemente sorprendida al comprobar que, aunque los invitados de lady Montgomery estaban deseosos de conocer a la mujer que había atrapado al esquivo duque de Huntley, eran lo suficientemente educados como para no aplastarla en una gran estampida.

De hecho, después de situar a Brianna y a lady Aberlane en un precioso sofá de brocado en el centro del gran salón, lady Montgomery se había cuidado de que nunca estuvieran rodeadas de más de dos o tres personas, antes de llevárselas amablemente hacia la mesa del bufé.

Las presentaciones, que siguieron una cuidadosa coreografía, le permitieron a Brianna recordar las variadas respuestas que había ensayado para zanjar las preguntas impertinentes. También le proporcionaron muchas ocasiones para fijar su atención en el caballero moreno y magnífico que se movía con tanto aplomo entre la multitud.

Por mucho que hubiera intentado apartarse de la mente a su exasperante prometido, era consciente de todos sus movimientos. Era como si los demás presentes en la habitación se desvanecieran y Edmond resplandeciera con una fuerza que acaparaba toda la atención de Brianna.

Aquella incapacidad de abstraerse de su presencia fue lo que le permitió darse cuenta de que él se acercaba a un caballero delgado y moreno que estaba en una esquina del salón. Al reconocer a aquel hombre, que estaba un poco achispado, arqueó las cejas con sorpresa.

Abrió el abanico y se ocultó discretamente tras él para preguntarle a lady Aberlane con un susurro:

—Dios Santo, ¿no es aquél Howard Summerville?

La anciana siguió su mirada y después asintió ligeramente.

—Sí, creo que sí.

Brianna entrecerró los ojos. Lady Aberlane debería estar tan asombrada como ella de la presencia de aquel hombre. Al fin y al cabo, todo su círculo social sabía que el duque de Huntley se negaba a estar bajo el mismo techo que su primo.

Lo cual suscitaba la pregunta de hasta qué punto estaba involucrada lady Aberlane en los planes de Edmond.

—Pensaba que las dos familias estaban enemistadas —susurró Brianna—. Algo así como los Capuletos y los Montescos.

Su acompañante agitó la mano para quitarle importancia al tema, aunque Brianna se dio cuenta de que miraba a Edmond, que estaba dirigiendo a su primo hacia la puerta de uno de los balcones.

—Oh, no es nada tan dramático —murmuró ella.
—¿No?
Lady Aberlane sonrió irónicamente ante aquella pregunta tan directa.
—Bueno, supongo que es cierto que Stefan y Edmond no le tienen demasiado cariño a su primo.
—Entonces, ¿por qué van juntos hacia la terraza como si fueran buenos amigos?
—Eso, querida, lo ignoro.
—Mmm —dijo Brianna. Cerró el abanico de un golpe y se puso en pie.
—¿Adónde vas, Brianna?
Brianna sonrió.
—El ambiente está un poco cargado. Creo que voy a salir al balcón a tomar un poco de aire fresco.
Lady Aberlane agarró suavemente a Brianna del brazo.
—¿De verdad piensas que debes molestarlos, querida? Quizá tu prometido tenga cosas de las que hablar con su primo.
Brianna la miró con los ojos entornados.
—¿Qué tipo de cosas?
—Cosas que no deben ser interrumpidas.
—Entonces, no deberían tratar esos temas en mitad de una velada —replicó ella. Después se dio la vuelta y se dirigió directamente hacia la puerta.

Edmond tiró el cigarro a un lado y se agarró a la fría balaustrada de piedra, mirando hacia las sombras del jardín.

O Howard Summerville era el villano más astuto con que nunca se hubiera topado, o era el tonto que aparentaba ser.

Y el hecho de no ser capaz de dilucidar la verdad era algo que enfurecía a Edmond.

Él había dedicado muchos años a descubrir conspiradores y traidores. Había terminado con muchos plantes para destronar a Alexander Pavlovich, sólo porque podía percibir las amenazas más sutiles y sentir cuándo los demás estaban mintiendo.

Y en aquel momento, cuando era más importante que nunca, su instinto se negaba a cooperar.

Con una maldición entre dientes, Edmond se esforzó por recuperar la compostura, pero en aquel mismo momento la puerta de la terraza se abrió y un suave olor a lavanda impregnó el aire.

—Brianna —dijo él, con un gesto ceñudo—. ¿Qué demonios estás haciendo aquí fuera? Ella sonrió con indiferencia ante su grosera falta de educación.

—Necesitaba tomar el aire. ¿Interrumpo?

Antes de que Howard, que se había quedado atontado al verla, pudiera responder, Edmond se había colocado detrás de ella y le había rodeado la cintura con los brazos para poder apretarla contra su cuerpo.

—De hecho, sí —le dijo al oído—. Pero ésa era tu intención, ¿no?

Brianna se estremeció, pero no quiso dejarse amedrentar.

—De veras, Stefan, no deberías tomarme el pelo de ese modo —dijo, mientras, disimuladamente, le pellizcaba en el brazo con todas sus fuerzas.

Edmond hizo caso omiso del diminuto dolor y se apretó contra sus curvas suaves.

—No, tengo modos mucho más agradables de juguetear contigo, ¿verdad? —le dijo provocativamente.

Ella inhaló fuertemente antes de zafarse de sus brazos y acercarse a Howard, que estaba confuso. Con una elegancia innata, ella le dedicó una ligera reverencia.

—Señor Summerville, es un placer —dijo, teniéndole la mano—. Ha pasado mucho tiempo desde que nos vimos por última vez.

—Cierto —dijo Howard, e inclinándose por la cintura, tomó la mano de Brianna y le dio un beso en los nudillos, ajeno a la furia que sintió Edmond al ver cómo otro hombre tocaba a Brianna—. ¿Quién habría sospechado que os convertiríais en una mujer tan encantadora?

—Yo, por ejemplo —dijo Edmond mientras pasaba el brazo por los hombros de Brianna de un modo posesivo.

Howard dio un paso atrás. Se había dado cuenta del tono de advertencia que había usado su primo. Eso, sin embargo, no le impidió intentar aprovechar la ventaja que representaba la presencia de Brianna. Sin duda, pensó que ella sería mucho más fácil de conmover que Stefan o Edmond.

—Y ahora que estáis a punto de ser de la familia, debemos conocernos mejor. Quizá quisierais reuniros con mi esposa para...

Sus palabras se interrumpieron bruscamente a causa del sonido amortiguado pero inconfundible de un disparo que provenía del jardín. En estado de alerta, Edmond se dio la vuelta hacia la balaustrada mientras Howard emitía un grito de aviso.

Edmond no supo qué hacer. Podía saltar fácilmente la balaustrada y aterrizar en el jardín, pero con la oscuridad y la niebla estaría a ciegas. No era el mejor modo de enfrentarse a un enemigo armado.

Sin embargo, no podía permitir que su atacante se escapara sin intentar darle caza.

—Brianna, entra al salón y no te marches hasta que yo vuelva —ordenó, con las manos sobre la balaustrada, dispuesto a saltar abajo.

Murmuró una imprecación al no obtener respuesta, y se dio la vuelta para mirarla furiosamente. Dios Santo, no podía perder el tiempo...

Sin embargo, el corazón se le encogió dolorosamente al encontrarse con la mirada perpleja de Brianna, y al darse cuenta de que ella tenía una mancha de sangre en la sien, que lentamente discurría hacia la mejilla...

Al instante, Edmond volvió al pasado, diez años antes, cuando había aullado de furia y dolor al recibir la noticia de que sus padres se habían ahogado en el hundimiento de su velero, de camino desde Surrey a Londres. Entonces, él se había sentido incapaz de hacer otra cosa que soportar aquella pérdida. Se había sentido... impotente.

En aquella ocasión, sin embargo, estaba dispuesto a ir hasta el infierno con tal de evitar otra pérdida en su vida.

Aquel cúmulo de pensamientos agonizantes le atravesó la mente en un instante, hasta que Brianna comenzó a desplomarse hacia delante. Con un grito ronco, Edmond dio un paso hacia delante y la atrapó en sus brazos.

Como era de esperar, se produjo un caos absoluto cuando los gritos de Howard avisaron a todo el mundo, y los invitados salieron a la terraza y descubrieron que la señorita Quinn había recibido un disparo.

Edmond apenas oyó las explicaciones de Howard sobre el misterioso incidente, ni las órdenes de lady Montgomery a sus criados para que registraran toda la casa y los jardines.

Él tenía toda su atención puesta en el cuerpo inerte de Brianna. La metió al salón en brazos, pidió a gritos que le llevaran su carruaje y rugió a todo aquél que se interpuso en su camino.

Quizá hubiera sido más inteligente llevarla a uno de los dormitorios de lady Montgomery y llamar a un médico, pero Edmond lo descartó con eficiencia y frialdad. Tenía la imperiosa necesidad de llevarla a casa de Stefan; sólo allí estaría rodeada por sus bien entrenados sirvientes, que estarían constantemente en alerta y serían leales más allá de toda cuestión.

Era el único lugar donde podría mantenerla segura.

Y en aquel momento, ninguna otra cosa tenía importancia.

Edmond miró de manera asesina al doctor mientras el hombre se ponía el abrigo y se ajustaba el sombrero. No le gustaba la arrogancia que se reflejaba en sus maneras ni la forma displicente en que había catalogado la herida de

Brianna como un rasguño sin importancia. Sin embargo, la tía Letty lo había convencido de que era el mejor médico de todo Londres.

—¿Está seguro de que la señorita Quinn se recuperará? —gruñó mientras el hombre seguía colocándose el sombrero.

—Excelencia, os aseguro que la bala sólo le rozó la sien. La hemorragia ha cesado y la herida estará completamente curada en pocos días. Sin duda, sentirá dolor de cabeza, pero eso es todo.

—¿Y puede haber una infección?

—No, no es probable, pero puedo regresar por la mañana para asegurarme de que todo va bien.

—¿Tiene algo para el dolor?

—Le he dejado un frasquito de láudano a su doncella, por si acaso el dolor es intenso cuando despierte, aunque es mejor que no lo tome si no es estrictamente necesario.

—¿Y volverá antes de mañana si hace falta?

—Eh... sí, Excelencia. Sí, por supuesto. Atenderé a la señorita Quinn cuando lo deseéis.

Edmond asintió y, sin más, se dio la vuelta y se dirigió hacia la escalera. En realidad, no tenía por qué conseguir la promesa renuente de Haggen; si sus servicios eran necesarios, enviaría a Boris a buscarlo. A punta de pistola, si hacía falta.

Sus pasos resonaron extrañamente en la silenciosa casa, y se hicieron más lentos al llegar al rellano. Necesitaba con todas sus fuerzas seguir subiendo y entrar en la habitación privada de Brianna; el miedo que lo atenazaba no cesaría hasta que ella estuviera fuera de la cama, provocando su caos habitual.

Sin embargo, Edmond sabía que no debía intentar visitarla, al menos por el momento. Tanto lady Aberlane como Janet estaban vigilándola como tejones rabiosos, y lo harían pedazos si intentaba interferir en sus cuidados.

Con el humor más agrio de su vida, se encaminó hacia la biblioteca. La lujosa estancia sólo estaba iluminada por las ascuas de la chimenea. Edmond se acercó al escritorio y se sirvió un buen vaso de brandy, que bebió de un trago para que le ayudara a relajarse.

Se estaba sirviendo el segundo cuando apareció Boris. El soldado se detuvo a añadir un tronco a la chimenea, se quitó el abrigo y se apoyó contra la embocadura.

En cuanto Edmond había vuelto a casa con Brianna, había enviado a Boris a casa de lady Montgomery con la esperanza de que algún sirviente hubiera visto al pistolero, o quizá que éste hubiera sido descuidado y hubiera dejado alguna pista.

Edmond le tendió el vaso de brandy a su amigo, que tenía una expresión cansada.

—¿Y bien?

Boris se bebió el licor.

—No he descubierto nada en el jardín, pero estaba muy oscuro como para hacer un registro minucioso. Volveré al amanecer.

—¿Has hablado con los sirvientes?

—Todo lo que ellos están dispuestos a hablar con un extranjero.

Edmond hizo un gesto de desagrado. Había algunas cosas predecibles en el mundo, y una de ellas era el desdeño que siempre mostraban los ingleses por lo que consideraban extranjero.

—Supongo que ninguno de ellos habrá visto a un extraño acechando en la oscuridad.

Boris se encogió de hombros.

—La mayoría estaba en la cocina, aunque algunos de ellos habían aprovechado la distracción del ama de llaves y se habían ido a los establos para disfrutar de un poco de intimidad —dijo Boris—. Una de las doncellas recuerda haber oído los pasos de alguien que salía corriendo del establo y entraba al jardín justo antes de que se produjera el disparo.

—¿De los establos? Entonces, ¿el pistolero no estaba esperando en el jardín?

—No, si esos pasos pertenecían al que disparó.

—¿Es posible ver a alguien en el balcón desde esa posición?

—Sí —respondió Boris—. De hecho, si yo quisiera vigilar a alguien que estuviera dentro de la casa, la mejor posición para hacerlo serían las caballerizas.

Edmond se alejó del escritorio y comenzó a pasearse por la habitación a grandes zancadas mientras pensaba en lo que acababa de decirle Boris.

—Entonces, para el asesino fue una suerte que yo saliera al balcón y le ofreciera un blanco tan fácil.

—¿Tu primo no te pidió que salieras con él a la terraza? —le preguntó Boris, preocupado.

—No —dijo Edmond—. En realidad, él no quería salir al frío de la noche.

Boris agitó lentamente la cabeza con frustración por aquel extraño ataque. Una frustración que Edmond compartía.

—Si Summerville pagó a un criminal para que disparara, no habían planeado que sucediera en el balcón —murmuró Boris.

—No, a menos que confiara plenamente en el pistolero —dijo Edmond con ironía—. Mi primo y yo ni siquiera estábamos a un metro cuando disparó.

—Claro que, para todos los demás, el hecho de que él estuviera a tu lado cuando fuiste asesinado le habría proporcionado la coartada perfecta.

—Howard no es tan inteligente ni tan valiente como para elaborar un plan tan peligroso. Demonios. Se suponía que esto no iba a ser tan complicado.

Durante unos instantes, en la biblioteca sólo se oyó el crepitar de las llamas. Después, Boris carraspeó suavemente.

—¿Estás seguro de que tú eras la víctima?

—¿Y quién iba a malgastar una bala en Howard Summerville?

—En realidad, quien recibió el disparo fue la señorita Quinn.

—Dios Santo, Boris, ya es suficientemente horrible tener que admitir que a Brianna le dispararon por mi culpa. Ni siquiera puedo pensar en que alguien haya intentado matarla deliberadamente.

—El hecho de que no desees que suceda algo no evita que suceda.

—No —insistió Edmond—. El único que podría desear hacerle daño a Brianna es Thomas Wade, y está loco por acostarse con ella, no por matarla.

—Quizá no —dijo Boris con escepticismo—. ¿Quién heredaría su dote en caso de que ella muriera?

—Ya está bien, Boris.

Boris alzó las manos en un gesto conciliador.

—Estoy de acuerdo en que es improbable que la bala estuviera destinada a otro que no fuera el duque de Huntley, pero un hombre sabio me dijo una vez que es peligroso sacar conclusiones dejando aparte otras posibilidades.

Edmond soltó una exhalación. Aquéllas eran sus palabras, por supuesto. Era así como entrenaba a sus empleados.

Era demasiado fácil dejarse cegar por lo evidente, o peor todavía, permitir que la emoción venciera a la lógica.

—Tienes razón —dijo—. Mañana quiero que averigües todo lo que puedas de las finanzas de la señorita Quinn, y si hay alguien que pudiera beneficiarse de su muerte.

Boris asintió.

—¿Qué piensas hacer?

—He enviado una rosa roja al teatro para concertar un encuentro con Chesterfield. Si está vigilando a Howard Summerville, entonces alguien tiene que haber visto algo.

—Sí. Quizá yo debería visitar ese pub y comprobar si Chesterfield ha dejado algún mensaje...

—Por la mañana, Boris. Tengo a Danya vigilando la casa, pero prefiero que tú también estés aquí por si acaso el criminal decide terminar lo que ha empezado.

—No creo que nadie sea lo suficientemente tonto como para intentar entrar en esta casa.

—Mientras Brianna esté aquí, no pienso correr ningún riesgo.

Edmond hizo caso omiso de la mirada especulativa de su amigo y se dirigió hacia la salida de la biblioteca. Ya les había concedido a las mujeres tiempo suficiente para que cuidaran a Brianna. Durante el resto de la noche, él se ocuparía de ella.

CAPÍTULO 11

Fue el sonido de una discusión suave, aunque enconada, lo que despertó a Brianna. Durante un largo y doloroso momento, intentó recordar dónde estaba y qué había ocurrido.

Recordó que había estado en casa de lady Montgomery. Y que había seguido a Edmond a la terraza. Sin embargo, después de eso todo se perdía entre la sensación de estar en los brazos de Edmond y el balanceo del carruaje. En aquel momento le parecía que estaba en la cama de su habitación de Huntley House, con Janet haciendo guardia en la puerta del dormitorio y Edmond nada contento de que la doncella le impidiera el paso.

—He dicho que te apartes, Janet —ordenó él.

—No —respondió ella—. No permitiré que moleste a la señorita Brianna.

—No tengo intención de molestarla. Apártate, o te apartaré yo.

Quizá Brianna se hubiera divertido con aquella batalla entre dos oponentes obstinados e inflexibles, pero necesitaba toda su concentración para no volver a desmayarse.

—Mire, señor, no me importa lo fuerte que sea usted, no me asusta —dijo Janet—. Es culpa suya que hirieran a mi señora. Lo menos que puede hacer es dejarla curarse en paz.

—Estás recorriendo un camino peligroso, Janet.
—Mi deber es proteger a la señorita. Sobre todo, cuando ella no puede protegerse.
—Pero ¿qué demonios piensas que voy a hacer con ella?
Janet soltó un resoplido.
—Sólo hay una razón por la que un hombre busca a una mujer en sus habitaciones.
—Señor, yo no soy Thomas Wade. No necesito forzar a ninguna mujer, y menos a una que está inconsciente.
—Quizá no, pero...

Brianna se sintió aliviada cuando Janet se quedó callada al ver aparecer a Boris por el pasillo con una vaga sonrisa en los labios.

—Permíteme —le dijo a Edmond, y agarró a la sorprendida doncella por la cintura para ponérsela al hombro.

—¡Demonio! —exclamó Janet, mientras le daba puñetazos en la espalda—. Haré que te castren. Haré que te rajen el cuello y te tiren a una cuneta.

—Gracias, Boris —murmuró Edmond, riéndose mientras lo veía alejarse por el pasillo con Janet hecha una furia.

Las amenazas se acallaron cuando Edmond cerró la puerta. Se acercó para sentarse al borde de la cama y Brianna se estremeció bajo las mantas. Aunque tuviera ojeras de cansancio y la mandíbula oscurecida por la sombra de la barba incipiente, Edmond seguía arreglándoselas para llenar toda la estancia con su presencia y su poder inquietante.

Y para provocarle un escalofrío de placer a Brianna.

Instintivamente, ella se apartó de su cuerpo cuando él se tendió a su lado, pero Edmond la atrapó y la acurrucó, con ternura, contra su pecho.

Brianna se quedó rígida, observándolo con una expresión de cautela al darse cuenta de que estaban solos en la habitación y que él se había desnudado hasta quedar vestido sólo con la camisa y los pantalones interiores, y que ella sólo llevaba un fino camisón.

—¿Edmond?

—Shh. No te muevas, *ma souris* —murmuró él, acariciándole con los labios cerca de la herida.

—¿Qué va a hacer Boris con Janet?

—Creo que yo estaría mucho más preocupado por el bienestar de Boris que por el de Janet. ¿Dónde encontraste a semejante arpía?

Ella sabía que debía luchar por salirse de su abrazo, pero en aquel momento estaba demasiado cansada como para resistirse a lo inevitable. Además, se sentía maravillosamente allí acurrucada, con la cabeza apoyada en su hombro.

—Es muy protectora.

—Ya lo sé. Sin embargo, esta noche no necesita hacer guardia. Yo te protegeré.

—Creo que está convencida de que el hecho de que tú estés aquí para protegerme es como que un zorro esté en el gallinero para proteger a las gallinas —dijo Brianna secamente.

Edmond la miró fijamente. Estaba muy pálida y tenía una expresión de dolor.

—No me importa que me compares con un zorro, pero no quiero que pienses que soy un monstruo. Yo nunca presionaría a una mujer herida.

Herida.

Sí. Eso explicaba el dolor que sentía en la sien. Brianna alzó la mano y palpó una venda que tenía en la cabeza.

—¿Qué ha pasado?

—¿No lo recuerdas?

Ella frunció el ceño, pero después hizo un gesto de dolor.

—Recuerdo que salí al pasillo y oí una explosión. Creo que algo me ha golpeado en la cabeza.

—Te dispararon, Brianna.

—¿Cómo? ¿Una bala me ha hecho la herida?

—Sí.

—Dios Santo... ¿quién iba a dispararme a mí?

—¿Quién sabe?

—Tú —dijo ella, mirándolo fijamente.
—¿Qué?
—Tú sabes algo.
—Éste no es momento de hablar...
—Maldita sea, Edmond, dímelo.
—Creo que fue un accidente.
—¿Y piensas que soy tan tonta como para creerme que alguien ha disparado al azar a la terraza de lady Montgomery?
—No, no he dicho que fuera al azar.
—Oh. Entonces, ¿piensas que te estaban disparando a ti, y me alcanzaron a mí por accidente?
—Es una posibilidad.
—¿Por qué? ¿Por qué te han disparado a ti?
Él sonrió con ironía.
—Precisamente tú no puedes estar sorprendida de que alguien me desee la muerte.

No. A Brianna no le sorprendía. Después de todo, Edmond era arrogante y despiadado, y seguramente habría hecho muchos enemigos durante su vida. Por no mencionar el hecho de que debía de haber seducido a todas las mujeres de Inglaterra y de Rusia.

Lo único raro era que no le hubieran disparado mucho antes.

Sin embargo, el golpe de la cabeza no la había despojado de todo el entendimiento.

—Sin embargo, la gente no sabe que tú eres Edmond. Todo el mundo piensa que eres el duque de Huntley. Esto tiene algo que ver con el motivo por el que te estás haciendo pasar por Stefan, ¿verdad?

Él apretó los labios.
—Es tarde, Brianna. Deberías estar durmiendo.
—No. Me merezco saber la verdad, Edmond.
Él arqueó una ceja.
—¿Y por qué te mereces saber la verdad?
—Yo he sido la que ha recibido el disparo.

Edmond se quedó callado unos instantes.

—Sí, supongo que eso es cierto —admitió de mala gana.

—Por favor —le dijo ella, y le acarició suavemente la mejilla—. ¿Por qué estás en Londres haciéndote pasar por el duque de Huntley? ¿Qué secretos estás ocultando?

Sus ojos se oscurecieron cuando sintió su roce, pero rápidamente la expresión de su rostro se endureció.

—He venido a Inglaterra porque sospecho que alguien quiere asesinar a mi hermano.

Ella no fue capaz de dar crédito a aquellas palabras. Nunca hubiera esperado aquello.

—No. No puedo creerlo.

—Tienes las heridas que lo demuestran.

—Pero... Stefan —susurró Brianna—. Tienes que estar equivocado. Él es tan bueno, tan amable. Todo el mundo lo quiere.

—Por muy bueno que sea, también es un noble poderoso que heredó muchos enemigos.

—Supongo... —dijo ella, y respiró profundamente—. De todos modos, resulta...

—¿Qué?

—Increíble. ¿De quién sospechas?

Edmond sacudió la cabeza con frustración.

—Parecía que el sospechoso más evidente era Howard Summerville. Si Stefan y yo desapareciéramos, él heredaría el ducado y su correspondiente fortuna; y nunca ha disimulado el hecho de que lo necesita desesperadamente.

—Así que por eso permitiste que lo invitaran a la velada de lady Montgomery.

—Sí.

Ella se quedó pensativa durante un largo instante.

—Quizá fuera el sospechoso más evidente, pero no creo que fuera él quien apretara el gatillo. No, a menos que sea mago.

—Quizá pagara a alguien para que lo hiciera mientras él estaba a mi lado. ¿Qué mejor forma de asegurarse de que nadie lo considere culpable?

—Entonces, ¿piensas que...?
—En este momento no sé qué pensar. Lo único que sé es que estoy muy cansado y necesito unas horas de sueño. Podemos terminar esta conversación mañana. O mejor dicho, hoy, pero más tarde —puntualizó Edmond, mirando hacia la ventana, tras la cual se divisaba la débil luz del amanecer.

Brianna no podía negar que deseaba quedarse dormida en brazos de Edmond. Pese a su inquietud, se sentía protegida y en paz a su lado. Parecía como si nada pudiera hacerle daño mientras él la abrazaba.

Y aquella sensación era mucho más peligrosa que el mero deseo.

—Edmond.
—¿Mmm?
—No puedes quedarte en la cama conmigo.
—Tranquila, *ma souris*. Sé que mi virtud está a salvo contigo. Al menos durante las siguientes horas.
—¿Y qué pasa con mi virtud?
—También está a salvo —Edmond sonrió antes de volverse a apagar la vela de la mesilla—. Al menos, durante las siguientes horas.

Brianna se despertó y se dio cuenta de que todavía estaba entre los brazos de Edmond. Aquello no era sorprendente. Ella no se había resistido más a su presencia en la habitación; se había quedado dormida rápidamente.

Sin embargo, sí era bastante sorprendente comprobar que Edmond se había quitado toda la ropa y que ella estaba completamente pegada a su cuerpo desnudo.

Durante un instante, se permitió disfrutar de la reconfortante sensación de despertar en brazos de un hombre. Después, con una suave maldición acerca de su propia estupidez, comenzó a moverse con cautela para conseguir zafarse de él. Dios Santo, toda la casa debía de saber que Edmond estaba en su habitación, y que habían dormido en la misma cama.

¿Qué estarían pensando?

Decidida a escapar, Brianna consiguió moverse unos centímetros antes de que los brazos de Edmond la aprisionaran con una fuerza implacable.

—Buenos días, *ma souris*. ¿Has dormido bien?

Sin poder moverse, Brianna echó la cabeza hacia atrás y descubrió una rendija de azul brillante entre sus espesas pestañas. El corazón se le aceleró al ver sus preciosos rasgos suavizados por el sueño y el pelo revuelto por su frente.

Edmond parecía más joven, más... vulnerable. Como si de verdad tuviera corazón bajo aquella fuerza despiadada.

—Bastante bien, teniendo en cuenta que has ocupado toda la cama —murmuró ella, y notó que él se reía contra su mejilla.

—¿De veras? Eso tiene fácil arreglo.

—Sí, bastante fácil —respondió Brianna—. Sólo tienes que apartarte para dejarme...

Sus palabras terminaron en un gritito cuando Edmond rodó y se tumbó sobre la espalda, colocándose a Brianna sobre el cuerpo duro y desnudo.

—¿Mejor así?

Tendida en su pecho, miró su rostro asombrosamente bello y se estremeció al ver el hambre que ardía en sus ojos. Era el mismo apetito que latía dentro de ella. Anhelaba sus besos, sus caricias.

—No, no es mejor.

Él estaba al tanto de las deliciosas sensaciones que se habían apoderado de Brianna, porque sonrió con picardía. Lentamente, pasó las manos por toda su espalda y sonrió todavía más al notar que ella se echaba a temblar.

—¿Qué tal tienes la cabeza? ¿Te duele todavía? —le preguntó con preocupación.

Brianna se humedeció los labios secos, consciente de que sería peligroso admitir que el dolor de la noche anterior se había mitigado y se había convertido en una palpitación suave.

—En este momento, lo que más me duele es que toda la casa sabe que estás aquí —murmuró ella—. Tienes que dejarme salir.

—¿De verdad? —él siguió acariciándola—. ¿Por qué?

—Porque esto está mal.

—¿Mal? Y un cuerno. Esto es... perfecto —susurró él.

Su voz tenía un dejo de acento ruso, como si su deseo despertara las emociones más intensas de los ancestros de su madre.

Brianna se quedó inmóvil, con las palmas de las manos apoyadas en el torso de Edmond y la espalda arqueada para poder mirarlo a los ojos. Bajo ella, él movió el cuerpo para que su erección le rozara el vientre.

Todo el instinto de Brianna le pidió que abriera las piernas para que él pudiera enseñarle la mayor dicha que podían encontrar un hombre y una mujer.

—Vas a ser mi perdición —susurró ella; era más un intento de recordarse que era peligroso dejarse abrumar por la avalancha de sensaciones que un intento de detener las caricias de Edmond mientras él exploraba su espalda y la parte trasera de sus muslos.

Edmond elevó la cabeza y metió la cara en la curva de su cuello. Con los labios, dibujó un camino ardiente por su piel, y le dio un agudo mordisquito antes de calmarla con la punta de la lengua.

—¿Te parece que esto es la perdición? —le preguntó, mientras le subía el camisón, hasta que pudo deslizar las manos por debajo de la tela y acariciarle la piel desnuda. Después, sin previo aviso, le metió las manos entre las piernas y se las separó, de modo que quedaran a ambos lados de sus caderas. Ella gimió al sentir su dura excitación presionándole justo en la hendidura sensible, casi dolorida—. ¿Y esto?

A Brianna le parecía el paraíso. Un paraíso escandaloso que hacía que el corazón le latiera aceleradamente, y que la respiración se le entrecortara.

—¿Qué quieres de mí, Edmond?

—A ti —respondió él con la voz ronca—. Te deseo a ti.

Como si no pudiera contenerse, se volvió en la cama y la atrapó bajo su cuerpo tembloroso. Con el sol de la mañana derramándose sobre sus formas entrelazadas, él exploró el rostro de Brianna con los labios, cerrándole los ojos llenos de asombro antes de cubrirle la boca con un beso que apeló a su alma.

Una vocecita, en lo más profundo de su cabeza, le advirtió a Brianna que no respondiera. Todavía había una parte de ella que entendía el peligro de darse a aquel hombre. No tanto por la pérdida de su inocencia, aunque ésa, sin duda, debería ser su mayor preocupación; sino saber que Edmond Summerville podía robarle mucho más que la virginidad.

Sin embargo, aquella voz de alerta se diluyó en la sensual marea de placer que invadió su cuerpo. En vez de apartarlo de sí, le rodeó el cuello con los brazos y separó los labios bajo los de él.

Se sentía como si hubiera estado librando una batalla con el destino desde el día en que había muerto su padre. Primero, en sus inútiles intentos de evitar que su madre se hundiera lentamente en el desastre, y después, con su decisión de frenar los avances cada vez más frecuentes de su padrastro.

En aquel momento no quería luchar contra el destino. Quería rebajar las barreras que había erigido alrededor de sí misma y, durante unas horas, ser sólo una joven despreocupada que deseaba a un hombre.

Edmond sintió su rendición y se apartó ligeramente para observarla con deseo.

—Yo no soy Stefan, *ma souris*. No soy noble, ni decente, ni generoso —dijo. Sin apartar los ojos de los de ella, agarró la tela de su camisón y lo rasgó en dos de un fuerte tirón. Se le cortó el aliento al contemplar sus pechos desnudos, y le acarició con delicadeza uno de los pezones rosados—. Te deseo y tengo intención de tomarte. Y al diablo con las consecuencias.

«Al diablo con las consecuencias».

Ella entrelazó los dedos en sus rizos espesos, tiró hacia abajo y gruñó de placer mientras él recompensaba su atrevimiento besándola con ferocidad. Edmond sabía a fuego, a pecado y a tentación mientras le hundía la lengua en la boca.

Perdida en aquel goce, Brianna arqueó la espalda, saboreando la sensación que le producían sus manos acariciándole el pecho, sus labios devorándole la boca.

—Por favor —susurró ella, mientras él recorría a suaves mordiscos la línea de su mandíbula y la curva de su cuello.

—Por favor, ¿qué? —preguntó Edmond, mientras atrapaba la punta de su pecho con los labios y succionaba insistentemente—. Dime lo que deseas.

—Yo... —ella emitió un grito ahogado mientras él deslizaba la mano entre ellos para acariciarle el calor húmedo de entre los muslos—. No estoy... segura.

Él levantó la cabeza y le sonrió con tanta ternura que a ella se le encogió el corazón de una manera muy extraña.

—Entonces descubriremos juntos, *ma souris*, lo que te agrada.

Edmond volvió a bajar la cabeza y siguió atormentando sus pechos mientras le acariciaba con los dedos aquel diminuto punto del placer que enviaba descargas eléctricas por todo su cuerpo. Ella le tiró suavemente del pelo mientras arqueaba las caderas hacia arriba, en una silenciosa súplica.

Necesitaba... algo más.

Entonces, como si hubiera sentido su súbita confusión, Edmond le separó las piernas y se colocó entre ellas, presionándole la abertura con la punta de su pesada erección.

Brianna abrió los ojos con una repentina inquietud, y se encontró con su mirada azul, brillante.

—Agárrate a mí, Brianna —le susurró él—. Agárrate a mí con fuerza.

Ella apenas tuvo tiempo de cumplir su petición cuando él movió las caderas y la penetró con una suave embestida.

Brianna gritó al sentir la punzada de agudo dolor, y le clavó las uñas en los hombros mientras su cuerpo luchaba por aceptar aquella invasión.

Edmond se mantuvo inmóvil, susurrándole suaves palabras rusas al oído, mientras esperaba que su tensión se relajara suavemente. Después de unos instantes, comenzó a retirarse lenta, cuidadosamente, casi hasta el final, antes de entrar nuevamente en ella.

Al principio fue una sensación extraña. Una mezcla de placer y dolor. Sin embargo, a medida que se aflojaba la tirantez, Brianna notó que su miembro le producía una deliciosa fricción.

—*Mon dieu* —gruñó Edmond, de placer, mientras le tomaba la cara a Brianna con las manos y la besaba con pura posesión.

Brianna extendió las manos por los músculos de su espalda, después se aferró a sus caderas en movimiento, mientras hundía los talones en el colchón con el cuerpo arqueado, tenso. Él siguió penetrando más y más profundamente; lo único que alteraba el silencio de la habitación eran los ásperos jadeos de Brianna.

Y entonces ella sintió que su cuerpo estallaba con una fuerza que ella no hubiera imaginado nunca y que le arrancó un grito de los labios.

Fue un momento de puro éxtasis.

Temblando, Brianna se aferró con fuerza a Edmond, deleitándose con la rapidez y la fuerza de sus embestidas, y con el sonido de sus gemidos, que parecían arrancados de lo más profundo de su alma.

No era, en absoluto, lo que hubiera esperado de un experto seductor.

CAPÍTULO 12

Al día siguiente, por la tarde, Edmond recibió un mensaje de La Russa, en el cual le informaban de que podía acudir a su casa en el momento de su conveniencia.

En circunstancias normales, Edmond se habría sentido furioso por aquella ridícula farsa que Chesterfield insistía en llevar a cabo. Edmond esperaba que, después de enviar la rosa roja, el detective apareciera en Huntley House de un modo circunspecto. Sin embargo, era él quien se había visto obligado a esperar horas hasta que había recibido la respuesta, en la que le indicaba que debía visitar la casa de La Russa.

Teniendo en cuenta la pequeña fortuna que le estaba pagando a Chesterfield, lo menos que podía hacer el hombre era organizar su horario cuando Edmond lo necesitara.

Sin embargo, no era enfado lo que sentía Edmond cuando se unió a Boris en el elegante carruaje de los Huntley y ambos se encaminaron hacia la plaza cercana donde estaba su destino.

En vez de eso, intentaba inútilmente librarse del recuerdo de Brianna tendida bajo él.

Dios Santo. Había pasado horas con ella y, sin embargo, no podía pensar en otra cosa que en volver a su lado.

La fascinación que sentía por aquella mujer se intensificaba cuanto más tiempo estaba en su presencia.

Demasiado tarde, Edmond se dio cuenta de que Boris lo estaba observando atentamente, con una expresión petulante, y arqueó las cejas.

—¿Puedo preguntarte por qué me estás mirando con esa sonrisa vagamente fastidiosa? —le preguntó.

La sonrisa fastidiosa se hizo más amplia.

—Estaba pensando en si debía ofrecerte mi felicitación o mis condolencias.

—¿Y por qué?

—Sin duda, la señorita Quinn es una bella mujer.

—Sin duda.

—Y extraordinariamente enérgica.

—Oh, sí, es muy enérgica. ¿Qué quieres decir?

—Quiero decir que no es de las mujeres que frecuentas normalmente.

—No sabía que hubiera un tipo de mujeres especial que yo frecuento.

Boris se cruzó de brazos.

—Sabes muy bien que siempre has preferido a esas mujeres sofisticadas, a veces hastiadas, que ya no creen en el romanticismo. Mujeres que entienden tus reglas de seducción. Nunca te habías relacionado con una inocente de ojos soñadores que es lo suficientemente boba como para pensar que unos cuantos besos son una declaración de amor.

—Brianna no es una inocente de ojos soñadores.

—Quizá ya no —murmuró Boris.

—Ten cuidado, Boris —le advirtió Edmond—. A nadie le está permitido hablar de Brianna. Ni siquiera a ti.

—Estoy hablando de ti, Summerville. Inocente o no, la señorita Quinn es una joven de buena educación que todavía no ha aprendido a protegerse el corazón.

Edmond se rió con asombro.

—¿Estás intentando reprenderme por seducir a una jovencita?

Boris se encogió de hombros.

—Una cosa es seducir a una jovencita, y otra hacer que se enamore de ti.

Edmond sintió una calidez inesperada al pensar en la señorita Brianna Quinn mirándolo con una sonrisa de amor, con los brazos abiertos para acogerlo en su cama o, simplemente, sentada al otro extremo de la mesa de la cena, escuchándolo con adoración y embelesamiento.

Era una imagen que debería haberle hecho sudar de miedo, no sonreír de placer.

—¿Y qué si ella cree que se ha enamorado de mí? —dijo—. Por el momento estamos obligados a estar juntos. Es mucho más agradable tenerla como amante que como enemiga.

—¿Estás dispuesto a romperle el corazón?

Edmond se encogió de hombros.

—Todas las mujeres deben sufrir por amor alguna vez, ¿no?

Boris sacudió la cabeza con una expresión de desagrado y asombro.

—Tú detestas a las mujeres que intentan aferrarse a ti.

—¿Sí?

—Muy bien —respondió Boris, e hizo un gesto de disgusto con las manos—. Si quieres jugar con fuego, hazlo. No es cosa mía.

Edmond miró a su amigo con ironía.

—Yo diría que tú también estás jugando con fuego, Boris. ¿O acaso esperas que crea que te llevaste a la bonita doncella de la habitación de Brianna la otra noche y la dejaste con un besito?

El soldado se ruborizó.

—Janet no es inocente.

—No, más bien todo lo contrario. Es una mujer que estaría dispuesta a castrar a un hombre que le hiciera algo malo. Y si no lo hace ella, lo hará su familia. A mí me parece que tienes las mismas posibilidades de que te corte el cuello la doncella que su padre.

Boris se quedó impertérrito ante el peligro que, sin duda,

estaba corriendo. Se inclinó a mirar por la ventanilla mientras el carruaje se detenía.

—Éste debe de ser el sitio.

Edmond arqueó las cejas al ver una casa adosada con jardín. Aunque no podía compararse con la mansión Huntley, tenía un precioso diseño neoclásico, estaba apartada de la carretera y enmarcada por dos enormes columnas de mármol.

—Bastante elegante para ser de una cantante de ópera —murmuró Edmond—. Quédate aquí y vigila la casa. Quiero saber si alguien se interesa por mi presencia mientras estoy aquí.

Boris frunció el ceño.

—¿Vas a entrar ahí tú solo?

Edmond se dio unos golpecitos en la chaqueta, donde tenía una pistola y dos dagas escondidas.

—No, nunca solo, amigo mío.

El interior de la casa de La Russa era tan elegante como el exterior.

Un mayordomo uniformado lo guió por la escalinata doble hasta el rellano superior, y mientras subía, Edmond observó los jarrones griegos que había en pequeñas hornacinas, junto a una serie de obras maestras danesas que colgaban de las paredes. Aunque él no sentía la misma pasión por el arte que su padre, sí sabía apreciar el valor de semejante colección.

El mayordomo lo condujo hasta un gabinete que ofrecía una preciosa vista del pequeño parque del centro de la plaza. Allí, Edmond pudo admirar otra vez una agradable combinación de elementos clásicos y obras de arte asombrosas. En las paredes de la estancia, de colores marfil y oro, había al menos un Rembrandt, dos Rubens y un Van Dyke.

Sonrió irónicamente, aceptando que no era lo que había esperado. Como tampoco lo era la mujer que se levantó graciosamente a saludarlo.

Era alta y esbelta. La tradicional belleza inglesa. Tenía el pelo rubio, que empezaba a mostrar algunas canas, y unas cuantas arrugas alrededor de los ojos, pero la delicadeza que había embelesado al público durante las dos décadas anteriores seguía tan cautivadora como siempre.

Edmond tomó la mano que ella le ofrecía y se la llevó a los labios.

—Ah, la exquisita La Russa. Tan bella como afirman los rumores. Ahora entiendo por qué no sirven la cena en mi club hasta que se ha ofrecido un brindis en su honor.

—Por favor, llámeme Elizabeth. Intento dejar a La Russa en el teatro.

—Comprensible —dijo Edmond—. Gracias por recibirme.

Ella sonrió.

—Tonterías. Es un honor contar con la presencia de un noble del reino en mi humilde casa.

—No tan humilde —comentó Edmond, mirando el Van Dyke que colgaba sobre la chimenea—. Posee un gusto exquisito.

—Algunas mujeres prefieren las joyas y la ropa. Yo tengo gustos más aburridos.

Edmond no se dejó engañar ni por un momento por aquella humilde respuesta.

—Es muy sabia. Esta colección de arte vale una fortuna, y no hará más que incrementar su valor con el paso de los años.

—Una mujer en mi posición siempre debe pensar en el futuro —dijo ella, y volvió a sonreír—. Por aquí, Excelencia.

Edmond la siguió.

—¿Sabe? No puedo evitar sentir curiosidad por cómo se conocieron Chesterfield y usted.

Ella emitió una suave carcajada.

—Yo no fui siempre La Russa, Excelencia. Cuando llegué a Londres era Lizzy Gilford, la pobre hija de un herrero, una chica sin dinero y con la cabeza llena de ideas tontas sobre el gran destino que me esperaba. No tardé en caer en las garras de un hombre sofisticado que me prometió lanzar mi carrera sobre el escenario. Después de haberme corrompido por completo, me vendió a un burdel, y se rió de mí cuando le supliqué que me permitiera volver con mi padre.

—Así que Chesterfield os rescató —dijo Edmond, comprendiendo de dónde venía aquella amistad.

—Sí —le respondió ella, mientras abría una puerta que reveló una antesala panelada, en la que había otra puerta más.

—Espero que aquel hombre recibiera el castigo que se merecía.

—Así es, Excelencia. El señor Chesterfield siente una profunda repugnancia por aquellos que abusan de las mujeres y de los niños. Por aquí, por favor.

La Russa abrió una última puerta, y Edmond entró en una habitación estrecha donde encontró a Chesterfield. El detective hizo una reverencia.

—Excelencia —murmuró.

—Chesterfield.

—Los dejaré a solas —dijo La Russa desde el umbral—. Hay brandy y jerez en la mesa auxiliar, Chesterfield, y tus bizcochos favoritos en la bandeja.

Chesterfield sonrió afectuosamente.

—Gracias, mi amor.

Edmond esperó hasta que la puerta se cerró y los dos quedaron solos. Después, sacó un cigarro y lo encendió con una vela que había sobre la repisa de la chimenea.

—Una mujer bellísima y fascinante.

—Cierto —dijo Chesterfield, con una expresión que hablaba de un amor profundo e inquebrantable por La Russa.

—Bien, Chesterfield, supongo que ya sabe por qué he pedido que se reuniera conmigo.

El detective asintió.

—El disparo en casa de lady Montgomery.

—Sí.

—Un asunto desagradable —dijo Chesterfield—. Me alegro que de su prometida se haya recuperado.

Edmond no se molestó en preguntar cómo se había enterado. Su deber era obtener información.

—Sólo la fortuna permitió que no sufriera una herida más grave. No tengo intención de permitir que vuelva a suceder algo semejante.

Chesterfield asintió.

—Yo tampoco.

—¿Tenía a un hombre vigilando a mi primo?

—A dos, en realidad. Por desgracia, ninguno de los dos vio al asaltante.

—Maldita sea.

—Sin embargo, uno de ellos sí vio un carruaje que salía corriendo desde la casa pocos momentos después de que se produjera el disparo. Tenía la esperanza de descubrir quién podía conducir ese coche antes de reunirme con usted.

—¿Y lo consiguió?

—No. Sin embargo, Gill siguió al carruaje hasta Piccadilly. Cree que lo reconocerá si vuelve a verlo.

—No creo que sea probable.

—Quizá no —dijo Chesterfield con un suspiro—. También he interrogado a los vecinos de lady Montgomery y a sus sirvientes. Siempre cabe la posibilidad de que notaran algo, aunque no se dieran cuenta de que era importante.

Edmond se cruzó de brazos.

—¿Cuál es su opinión sobre el disparo?

—Antes de que responda, me gustaría saber qué ocurrió entre su primo y usted antes de que se produjera el disparo.

Edmond le narró brevemente lo que había sucedido, y cómo había sido la conversación con Howard hasta el momento del disparo.

Chesterfield escuchó en silencio.

—Entonces, ¿fue idea suya y no de Summerville lo de salir al balcón?

—Sí.

—¿Y ninguno de los dos había invitado a la señorita Quinn a salir con ustedes?

—No.
—Entonces, no parece probable que ella fuera el blanco.
—Por supuesto que no.
—Parece muy seguro de ello.
—Yo...

De repente, Edmond se dio cuenta de algo: por el mero hecho de ser su prometida, Brianna estaba en peligro. Después de todo, él había pensado que si alguien quería terminar con su compromiso, él sería la víctima. Nunca se le había ocurrido que ese alguien pudiera estar tan desesperado como para querer acabar con Brianna.

—Dios Santo.

Chesterfield asintió.

Edmond se apartó de la chimenea y caminó por la habitación. No. No podía atascarse en aquel pensamiento. No podía distraerse.

—Aunque ella hubiera sido el objetivo, nadie podía saber que alguno de los tres íbamos a salir al balcón.

Chesterfield extendió las manos en un gesto de derrota.

—Estoy de acuerdo en que no tiene sentido.

—¿Cree que Howard es el responsable?

—No. Lo he tenido constantemente vigilado, y no ha tenido ninguna reunión con un criminal que estuviera dispuesto a matar a sus parientes.

—Quizá haya contactado con ese criminal por otros medios. O quizá les diera las órdenes antes de que comenzara a vigilarlo.

—Cierto, puede ser. Sin embargo, por lo que he averiguado acerca de él, no parece que Summerville tenga esperanzas de heredar una fortuna en el futuro cercano —dijo Chesterfield. Se sacó una libreta del bolsillo y la abrió. Cuando encontró la página que estaba buscando, se la tendió a Edmond—. Más bien, todo lo contrario.

—¿Qué es esto? —preguntó Edmond, mientras miraba lo que había escrito en la hoja.

—Es el nombre del barco en el que su primo ha reservado camarote, y la fecha en la que se marchará de Londres.
—El Rosalind. ¿Adónde se dirige?
—A Grecia. Parece que la esposa de Howard Summerville tiene un tío que posee una villa cerca de Atenas, y que está dispuesto a ofrecerles refugio.

Así que Howard se estaba preparando para huir del país. Y en los próximos quince días.

¿Significaba eso que era lo suficientemente listo como para tener un plan alternativo por si acaso no podía asesinar a sus primos y hacerse con el título y la fortuna? ¿O, sencillamente, que era una criatura débil que se preparaba para salir corriendo, como el cobarde que era?

Maldición.

No había dado ni un paso más para descubrir quién demonios había apretado el gatillo.

Pese a los tediosos sermones acerca de que todavía no podía estar bien para salir de casa, Brianna se puso un vestido verde jade con una chaqueta a juego y pidió que le llevaran el carruaje a la puerta.

¿Qué importaba que Janet fuera tras ella con una expresión malhumorada, o que lady Aberlane no se molestara en disimular su preocupación mientras caminaban por Bond Street?

Tenía que alejarse de Huntley House, aunque sólo fuera durante un momento. No podía soportar estar encerrada en su habitación, pensando en las interminables horas que había pasado haciendo el amor con Edmond y en el asombroso placer que había descubierto entre sus brazos.

Desafortunadamente, por muchas tiendas que visitara, muchos sombreros que admirara o muchos conocidos a los que lady Aberlane saludara por la calle, ella no podía apartarse de la cabeza a Edmond Summerville.

Quizá les ocurriera aquello a todas las doncellas. Después

de todo, una mujer sólo perdía la virginidad una vez en la vida. Quizá fuera de esperar que no pudiera dejar de pensar en su amante.

O quizá fuera una criatura sin voluntad que no sólo le había entregado su inocencia a Edmond en bandeja de plata, sino también su sentido común.

Ella se había prometido que eso nunca iba a ocurrir.

Brianna comprendía mejor que nadie los peligros de dejarse hechizar por Edmond. Peor todavía, de... sentirse vinculada a él de algún modo.

No podía permitir que eso sucediera, y menos cuando estaba tan cerca de conseguir la independencia que había ansiado desde que era niña.

Al final, disgustada por su incapacidad de controlar sus pensamientos, Brianna llamó de nuevo al carruaje y comenzó el viaje de vuelta a Huntley House junto a Janet y a lady Aberlane.

Las tres mujeres viajaron en silencio. Brianna iba dándole vueltas a sus traicioneros sentimientos mientras Janet y lady Aberlane intercambiaban miradas de preocupación.

Cuando llegaron al elegante barrio de Mayfair, Brianna vio algo que le llamó la atención. Con una suave exclamación, apretó la nariz contra la ventana y observó un carruaje negro que estaba esperando frente a una preciosa casa.

—Dios Santo, ése era el carruaje Huntley —dijo, asombrada—. Edmond dijo que iba a pasar la tarde en su club.

Janet chasqueó la lengua con evidente desaprobación.

—Bah. Eso no es un club, eso puedo asegurárselo.

—¿Qué quieres decir?

Letty apartó a Brianna de la ventanilla y corrió las cortinas con firmeza.

—Brianna, yo creo que ése no era el carruaje de los Huntley.

Brianna frunció el ceño. La actitud de sus acompañantes era muy extraña.

—¿Sabes quién vive en esa casa, Janet?

—De veras, querida, estás confundida —insistió lady Aberlane—. Ése no era el coche de los Huntley.

—¿Janet?

Janet hizo caso omiso del suave resoplido de lady Aberlane y respondió:

—Ésa es la casa de La Russa.

—¿La Russa? —Brianna se acomodó en su asiento con el ceño fruncido—. El nombre me resulta familiar.

Janet soltó un bufido.

—No me extraña. Esa mujer es la fulana más famosa de todo Londres.

—Janet, me parece que ya es suficiente —dijo lady Aberlane con frialdad—. Dime, Brianna, ¿vas a ponerte el vestido de satén marfil esta noche? Te favorecerá muchísimo.

Brianna apenas oyó el comentario de Letty porque un dolor inesperado le atenazó el corazón.

—Oh, Dios Santo... —susurró—. La Russa... es esa famosa cantante de ópera. ¿Por qué ha ido él a casa de esa mujer?

—En mi opinión sólo hay un motivo por el que un hombre visitaría a una mujer de ese tipo —respondió Janet.

—Nadie te está preguntando, Janet, y este tema me parece poco adecuado —dijo Letty en tono cortante—. No deberíamos estar especulando sobre esas cosas. Sólo causará problemas.

Brianna apretó los puños sobre el regazo, luchando por aceptar que Edmond había salido de su lecho para irse a casa de una conocida prostituta.

Lo que más le importaba no era el hecho de que él estuviera pasando la tarde con La Russa. Al fin y al cabo, Edmond nunca había disimulado su hambre insaciable de mujeres bellas. Brianna sabía, desde que era niña, que él era un mujeriego de primer orden. Lo que realmente le causaba inquietud era el dolor que se le estaba extendiendo desde el corazón hasta el estómago. No quería tener aquella aguda sensación de traición.

Aquél era el motivo por el que nunca iba a permitirse

sentir amor por nadie, y mucho menos iba a permitirse depender de otro.

Brianna respiró profundamente y se obligó a superar aquellas peligrosas emociones. No podía cambiar el hecho de que le había entregado su virginidad a Edmond, pero sí podía suprimir la peligrosa tentación de verlo como otra cosa que no fuera una molestia necesaria que tenía que soportar hasta que pudiera conseguir la independencia que llevaba esperando tanto tiempo.

Se dio cuenta de que sus acompañantes la observaban con evidente preocupación; alzó la barbilla y dejó que la decisión reemplazara a aquel dolor hiriente.

—Sí, tienes razón, Letty —dijo con perfecta compostura—. ¿Qué importa si Edmond prefiere pasar la tarde con una prostituta madura?

La anciana frunció el ceño.

—Brianna...

—¿Sabes? Creo que voy a ponerme el vestido de satén marfil —dijo, interrumpiendo las protestas de lady Aberlane—. Y quizá el chal nuevo de encaje.

CAPÍTULO 13

El vestido de satén era tan favorecedor como había vaticinado lady Aberlane.

Aunque tenía un diseño sencillo, tenía un bonito corte en el corpiño que resaltaba las esbeltas curvas de Brianna. Además, el suave color marfil contrastaba con sus rizos brillantes, que Janet le había recogido en un moño.

A simple vista parecía una joven sofisticada que estaba a punto de convertirse en la duquesa de Huntley.

No había ni la más mínima señal de la tensión que vibraba bajo la superficie.

Bueno, no la había a menos que uno no se fijara en la palidez de su piel y el brillo febril de sus ojos.

Mientras se miraba en el espejo de su tocador, Brianna estaba pensando en si debía aplicarse un poco de colorete en las mejillas cuando oyó el inconfundible sonido de una cerradura. Sintió una ráfaga de ira.

No tuvo que volverse para saber que era Edmond, que había entrado a través del pasadizo secreto. Brianna notó que se le tensaba el cuerpo de una manera familiar, y percibió el cálido olor a sándalo de su jabón masculino, que le estimuló los sentidos y le provocó un cosquilleo de impaciencia en el estómago, pese a su fuerte determinación de permanecer indiferente.

Edmond atravesó la habitación y se detuvo justo detrás

de ella. Atrevidamente, le acarició los hombros desnudos mientras su mirada de admiración se encontraba con la de Brianna en el espejo.

—Buenas noches, *ma souris*. Estás... deliciosa.

Brianna se puso en pie de un respingo, y le apartó las manos mientras se volvía a mirarlo.

—Edmond, ¿no podrías tener la decencia, al menos, de llamar antes de entrar a mi habitación? —le dijo—. Ya es lo suficientemente malo que entres por el pasadizo secreto como para que además... oh...

Sus palabras se perdieron en un jadeo de asombro cuando él la tomó por los brazos y tiró bruscamente de ella para pegársela al pecho.

—Ésta no es tu habitación, ¿verdad, Brianna? —gruñó Edmond—. Es de la familia Huntley, como todo lo que hay en esta casa. Todo nos pertenece, desde el ático al sótano.

—Entonces, ¿yo sólo soy una propiedad más de los Huntley?

—No de los Huntley —dijo él, y deslizó las manos, de una manera posesiva, desde sus brazos hasta sus caderas—. Eres de mi propiedad. Me perteneces, *ma souris*. En cuerpo y alma.

—Ni lo sueñes —dijo Brianna.

—Parece que se te olvida, querida —le dijo él en tono burlón—, que ése fue el trato para que tú pudieras refugiarte aquí y escapar de las garras de Thomas Wade.

—Ah, claro. Darte mi virginidad como pago por evitar ser violada por mi padrastro. Qué tonta he sido al olvidarlo. Sin embargo, eso no significa que te haya cedido mi alma. Eso no lo tendrás nunca.

—*Mon dieu*, ¿qué es esto?

—¿Qué?

—Estás intentando irritarme deliberadamente, ¿verdad?

—Sólo he dicho que, por decencia, deberías permitirme tener un poco de privacidad.

—¿Es eso lo que deseas de verdad? —la rodeó con los brazos por la cintura, firmemente, mientras la hacía caminar hacia la cama, que estaba tras ella—. ¿Privacidad?

—Sí —susurró ella, mientras Edmond la apretaba contra uno de los gruesos postes del dosel.

Él le pasó las manos por la cintura mientras elevaba las caderas de forma que su erección le presionara el vientre. Sus labios se curvaron con una sonrisa de petulancia, y Brianna se estremeció por instinto, a causa de las corrientes de placer que le estaban recorriendo el cuerpo.

—Puedes decir todas las mentiras que quieras, pero tu cuerpo siempre dirá la verdad.

—¿Y cuál es esa verdad?

—Que me deseas. Quieres que te desnude y te bese hasta el último centímetro de la piel. Quieres que te tienda en esta cama y me hunda dentro de ti.

Dios Santo... Brianna notó que le ardía la sangre.

—Por supuesto que sí —respondió con calma—. Es evidente que eres un experto en la seducción. ¿Cómo iba a resistirse una inocente como yo?

Por algún motivo, su actitud serena lo irritó. Era como si prefiriera que ella despotricara, y no que se mantuviera distante.

—Entiendo —le dijo.

Con una expresión peligrosamente tensa, Edmond hizo que se diera la vuelta entre sus brazos, y ella quedó de cara a la cama con él a la espalda. Mientras todavía estaba desconcertada por aquel movimiento, él le tomó las manos y se las colocó contra el poste, atrapándola con su cuerpo.

—¿Edmond?

Brianna luchó por liberarse las manos, no porque tuviera miedo de que él le hiciera daño, sino porque no quería verse más atrapada en su red de persuasión.

—No —le susurró él al oído—. Yo soy quien manda, ¿es que no te acuerdas?

—Pero... tenemos que bajar.

—La cena puede esperar —dijo Edmond, y le apretó las manos—. No te sueltes del poste.

—¿Qué vas a...?

A Brianna se le cortó la respiración al sentir que Edmond se arrodillaba tras ella, y después, con un asombroso atrevimiento, se metía bajo sus faldas. Con los labios, trazó un camino abrasador por la parte trasera de sus muslos, hacia arriba, mientras le separaba las piernas con firmeza. Brianna apretó los dedos contra la madera del poste mientras se estremecía de puro gozo.

—Oh, Dios Santo...

—Es demasiado tarde para rezos —murmuró él, mordisqueándole la curva sensible de la nalga antes de darle a sus piernas un último tirón, con lo que fue capaz de encontrar el calor húmedo que estaba buscando.

Brianna emitió un grito ahogado mientras el cuerpo se le encogía de alegría y asombro. Había algo maravillosamente erótico en el hecho de estar completamente vestida mientras Edmond le hacía el amor con la lengua y los dientes.

Se le cerraron los ojos mientras se concentraba en la tensión cada vez más intensa que sentía en el fondo del estómago. Ya había aceptado que no podía librarse de su deseo por aquel hombre, así que, ¿por qué no disfrutar de lo que él pudiera ofrecerle?

Una y otra vez, él pasó la lengua por su punto más sensible, y de vez en cuando, la hundió por su abertura con una habilidad que hizo que Brianna se deslizara rápidamente hacia el clímax.

Atento a los bajos gemidos de Brianna y a sus jadeos, Edmond se puso en pie de repente, le subió la falda del vestido y se abrió la cintura de los pantalones.

—No te sueltes del poste —le susurró, mientras, con una mano, hizo que subiera la pierna hasta que el pie de Brianna estuvo sobre el borde del colchón y ella quedó abierta y vulnerable.

Brianna esperaba que Edmond la tendiera en la cama, y miró hacia atrás, por encima del hombro, con confusión. El corazón se le aceleró al ver la pura determinación en sus rasgos morenos. Era como si él estuviera completamente concentrado en proporcionarle el mayor placer.

—No lo entiendo.

—Lo entenderás —le prometió Edmond, y deslizó la mano por la cara interior de su muslo justo cuando su erección le presionaba la abertura desde detrás.

—Oh.

Ella dejó caer la cabeza sobre su hombro, debilitada por el placer al sentir que él se hundía en su cuerpo de una embestida. Oh... había pensado que Edmond le había enseñado todo lo que había que saber sobre la pasión, pero era evidente que todavía tenía deliciosas lecciones que darle.

Brianna se agarró al poste para mantenerse en pie, puesto que le flaqueaban las rodillas, y gruñó cuando él le separó los pliegues con los dedos y la acarició al mismo ritmo que las feroces e inflexibles acometidas de sus caderas.

Sin duda, lady Aberlane estaba abajo, esperando sola en el salón, mientras los sirvientes vigilaban el reloj, pero en aquel momento a Brianna no le importaba. Que discurrieran sobre lo que ocurría y por qué motivo estaban ausentes Edmond y ella. En aquel momento, lo único que importaba era el éxtasis que esperaba en el horizonte.

Con un gemido ronco, Edmond enterró la cara en la curva del cuello de Brianna y le regó de besos la piel húmeda.

—Dime lo que sientes —le exigió—. Dime que esto es algo más que pasión.

—No.

—Dímelo, Brianna —repitió él, y siguió moviéndose cada vez más profundamente, más rápidamente—. Dímelo.

—Es... sólo... —su cuerpo se arqueó y ella, instintivamente, alzó los brazos para enterrar los dedos en su pelo mientras una dicha abrumadora le invadía el cuerpo—. Lujuria.

Edmond estaba apoyado contra la chimenea, tomando champán tibio y haciendo caso omiso de las miradas especulativas que le lanzaban los numerosos invitados de lord Milbank. Sabía que tenían curiosidad por la presencia del esquivo duque de Huntley. Stefan asistía muy pocas veces a aquellas tediosas veladas, así que la excitación era normal.

Sobre todo, teniendo en cuenta que había llegado con su prometida del brazo.

Por él, los demás podían mirarlo todo lo que quisieran. No iban a sacar nada en limpio de su expresión neutra. Tras años de experiencia, era capaz de disimular incluso sus emociones más violentas.

Y en aquel momento, sus emociones eran ciertamente violentas.

Debería sentirse satisfecho.

No sólo había conseguido hacer realidad su intenso deseo por Brianna, sino que le había demostrado a aquella muchacha tan irritante que era incapaz de resistirse a él.

Que le pertenecía.

Sin embargo, aunque él le había dado a entender que era esclava de su pasión, Brianna se las había arreglado para mantener el alma protegida.

Edmond no sabía exactamente por qué le importaba. Brianna no era nada más que un peón que estaba usando para atrapar al acosador de su hermano, ¿verdad? Y si él tenía la fortuna de poder disfrutar de su delicioso cuerpo sabiendo que ella no iba a complicar las cosas con sus tediosos sentimientos... mucho mejor, ¿no?

Pues no. En realidad, el hecho de que ella pudiera mantenerse distante emocionalmente le enfurecía.

Aparentemente, Brianna era ajena a sus miradas, y se movía entre los invitados con aplomo. Poseía un encanto y un interés en los demás que haría que nadie recordara su desafortunada conexión con Thomas Wade.

Y, por supuesto, también influía el hecho de que estuviera comprometida con uno de los nobles más poderosos de Inglaterra.

Brianna estaba hablando animadamente con lady Roddick cuando Edmond vio a su tía Letty acercarse a él con una expresión que no auguraba nada bueno.

Lady Aberlane se detuvo a su lado y abrió el abanico de golpe. Irradiaba desaprobación.

—Bueno, espero que estés satisfecho de ti mismo.

Edmond miró de nuevo a Brianna.

—No especialmente. En realidad, no podría estar menos satisfecho de mí mismo en este momento.

—Bien —dijo la anciana con una sonrisa vaga—. Me alegro de oírlo.

Con una carcajada seca, Edmond volvió a mirar a su tía.

—¿Acaso te divierte verme torturado, o hay una razón más concreta para que me desees mal?

Lady Aberlane arqueó una de sus cejas plateadas.

—¿Brianna no te lo ha dicho?

—Brianna no quiere estar en la misma habitación que yo, así que mucho menos quiere decirme algo —murmuró él.

—Y no me sorprende, teniendo en cuenta las circunstancias.

—Tía Letty, si tienes algo que decir, dímelo. Estoy harto de adivinanzas.

—¿Quieres que hable claro?

—Sí, por favor.

—Muy bien. Cuando Brianna y yo volvíamos de compras, esta tarde...

—¿De compras? —la interrumpió Edmond, al sentir una punzada de miedo que le atravesó las entrañas—. ¿Quieres decir que, menos de un día después de que intentaran asesinarla, Brianna Quinn estaba correteando por las calles de Londres como si no hubiera pasado nada?

—Correteando no —replicó lady Aberlane con el ceño fruncido—. Fuimos a unas cuantas tiendas y volvimos a casa.

—Ella sabe que no puede salir de casa a menos que Boris o yo la acompañemos.

—Por Dios, Brianna no es tu prisionera.

—Es posible que esté en peligro, y no permitiré que arriesgue la vida por una imprudencia —respondió él—. Obviamente, necesita que le recuerde que debe obedecer mis órdenes.

Edmond se volvió con intención de acercarse a Brianna y decirle que iba a encerrarla en su habitación, cuando la tía Letty se interpuso en su camino.

—No, Edmond —le dijo con firmeza.

—Tía Letty, apártate.

—No —dijo ella, y le clavó el dedo índice en el pecho—. Ya has humillado a Brianna lo suficiente por un día. No vas a provocar una escena entre aquéllos que van a decidir si es aceptada o no en sociedad.

¿Que él había humillado a Brianna? ¿Qué demonios significaba eso? ¿Acaso la muchacha le había hablado a la tía Letty de su encuentro de aquella tarde? No... Y, aunque lo hubiera hecho, aquello no había sido humillante, sino... increíble.

Edmond sacudió la cabeza. Fuera cual fuera la supuesta ofensa hacia Brianna, tendría que esperar. Primero, él tenía intención de asegurarse de que ella no volviera a arriesgar el cuello.

—Que la sociedad se vaya al cuerno —gruñó—. Brianna no puede desobedecerme, y menos cuando he estado a punto de...

Él se interrumpió bruscamente al darse cuenta de que iba a revelar más de lo que podía admitir. Incluso ante sí mismo.

Letty, por supuesto, era demasiado inteligente como para que aquello se le pasara por alto.

—¿Qué? ¿Cuando has estado a punto de perderla? —le preguntó a su sobrino suavemente. Con una sonrisa triste, le tocó el brazo con delicadeza—. No fue culpa tuya que hirieran a Brianna. La culpa está sobre los hombros de quien apretara el gatillo.

—No importa de quién sea la culpa, tía Letty —dijo él, descartando sus palabras al tiempo que intentaba dominar la culpabilidad que le roía por dentro–. Brianna tiene que entender que no puede salir de Huntley House hasta que yo esté seguro de que el peligro ha pasado.

Apenada, lady Aberlane suspiró y se apartó para dejarle pasar.

–Supongo que no tiene sentido intentar disuadirte de que actúes tan exageradamente, pero insisto en que esperes a que hayamos vuelto a casa para informar a Brianna de que tiene esas restricciones.

–Te he dicho que no me importa nada la sociedad.

–Bueno, pero a mí sí.

–¿Tienes miedo de que provoque un espectáculo? Tú me conoces bien como para pensar eso.

–En absoluto. Sencillamente, preferiría tener menos testigos cuando Brianna te asesine. Es demasiado encantadora como para que acabe en la horca.

–Dios Santo, ¿qué ha ocurrido con la lealtad familiar? ¿No deberías ponerte del lado de tu sobrino favorito?

Ella soltó un resoplido.

–¿Y por qué piensas que eres mi sobrino favorito?

Edmond se rió mientras su tía se alejaba hacia unas amigas que estaban junto a la ventana.

¿Cómo demonios había permitido que su vida se llenara de mujeres de aquel modo? Conocía perfectamente los peligros de aquella situación. Las mujeres eran, en el mejor de los casos, distracciones, y en el peor, una peste.

Sin duda, si tuviera sentido común, se alejaría de ellas a la menor oportunidad.

El corazón se le encogió de una manera extraña al pensar aquello, pero Edmond no quiso pensarlo. Se dispuso a atravesar el salón en dirección a Brianna, pero a los pocos pasos un sirviente lo interceptó.

–Excelencia.

–¿Sí?

–Han traído este mensaje para vos.

–Gracias –dijo Edmond, y tomó la nota doblada. La desplegó y la leyó rápidamente–. Haga que traigan mi carruaje –le dijo al criado.

–Enseguida, Excelencia.

Brianna se puso tensa en cuanto notó que Edmond se encaminaba hacia ella. Por mucho que intentara evitarlo, la sangre le hirvió cuando sintió el calor de su cuerpo a su lado, y cuando él puso la mano de manera posesiva en su cintura.

–Querida, ¿podría hablar contigo un momento? –murmuró él.

Brianna tuvo que reprimir un gesto ceñudo al ver que las elegantes damas que los rodeaban exhalaban un suspiro colectivo de admiración. ¿Qué mujer no se sentiría hechizada por la belleza magnífica de Edmond, y por una sensualidad que ni siquiera su elegante atuendo podía disimular?

Era imposible no reaccionar.

Ella hizo acopio de toda su compostura, que era su única defensa, y le dedicó una sonrisa vacía.

–Por supuesto.

Con una graciosa reverencia, Brianna se alejó de sus acompañantes del brazo de Edmond, y esperó a que estuvieran junto a la mesa del bufé antes de volverse hacia él.

–¿Qué quieres?

–Estrangularte, para empezar –dijo él.

–Adelante –respondió Brianna–. No creo que nadie se atreva a enfrentarse a la ira del duque de Huntley para detenerte.

–No tengo tiempo para discusiones tontas. Debemos marcharnos inmediatamente.

–¿Marcharnos? ¿Por qué?

–Me han informado de que han descubierto al criminal que te disparó.

Brianna asimiló la noticia encogiéndose de hombros. La pequeña herida de la sien ya casi se le había curado, y ella había sentido bastante indiferencia por la noticia de que había estado a punto de morir en aquel balcón. Quizá no fuera sorprendente. Se había desmayado rápidamente, y apenas recordaba nada del caos que se había producido después de que ella recibiera el disparo. Lo poco que pudiera recordar, además, lo habían borrado fácilmente sus ardientes encuentros con Edmond.

Y, por supuesto, el hecho de haber visto el carruaje de Edmond esperando frente a la casa de La Russa.

Aquello le había causado más dolor que una bala.

—Entonces, ¿no has olvidado por completo la razón por la que estás en Londres?

—¿Cómo? —preguntó él con suma irritación—. No importa. Muy pronto, Brianna Quinn, tendremos que hablar de mi desagrado por las mujeres de mal humor.

—Como si a mí me importara un comino.

—Te importará. Y ahora, guarda esa lengua letal y vamos a despedirnos de nuestra anfitriona por tener que marcharnos tan pronto —le dijo él, tomándola del codo.

—No tienes necesidad de arrastrarme, por Dios —murmuró ella.

Edmond le clavó una mirada de advertencia.

—Y da gracias a que la tía Letty me convenció de que no te agarrara y te pusiera sobre mi hombro para sacarte de aquí.

CAPÍTULO 14

La nota que Edmond había recibido de Chesterfield era breve. Decía que su empleado había visto el carruaje del villano que había disparado a Brianna y lo había seguido hasta los establos de Piccadilly.

Sin embargo, el aviso fue suficiente como para que Edmond fuera acompañado de Boris y de otros tres guardias a su cita con el detective. No quería que el misterioso atacante volviera a escapársele de las manos.

Cuanto antes consiguiera terminar con aquella amenaza hacia su hermano, mejor.

Entonces, quizá pudiera volver a San Petersburgo y recuperar la vida exótica y lujosa de la que siempre había disfrutado. Era preferible inmiscuirse en la existencia de los demás que permitir ver cómo la propia se llenaba de problemas.

Detuvo el caballo y miró hacia los establos, que estaban convenientemente situados cerca de los hoteles de la zona de Piccadilly. Esperaba que el asaltante presentara resistencia. Estaba del mejor humor posible para darle una buena paliza.

Mientras Boris y los guardias se aseguraban de que no había ninguna trampa en los establos, Edmond esperó en la calle iluminada por farolas de gas, observando a los transeúntes, las floristas y los coches de caballos. Sin embargo, al poco rato estaba a punto de perder la paciencia. Entonces, oyó la señal de aviso de Boris y se encaminó hacia la entrada del establo. Cuando llegó, desmontó, ató las riendas del caballo a un poste y pasó hacia el patio.

Allí vio una figura delgada que salía de entre las sombras.

—Chesterfield.

El policía estaba disfrazado de mozo de cuadra, con la cara manchada de tierra. Era un disfraz perfecto para moverse por las calles de Londres sin ser descubierto. Sin embargo, fue su sonrisa especulativa lo que llamó la atención de Edmond.

—Vaya, me pregunto por qué un duque contrata sirvientes que no sólo tienen entrenamiento militar, sino que además tienen habilidades más propias de un experto ladrón que de un lacayo.

Edmond se encogió de hombros, pensando que era una suerte tener a Chesterfield a sueldo, en vez de tenerlo como enemigo. A aquel hombre no se le escapaba nada.

—Sería mejor no hacerse preguntas sobre esas cosas sin importancia —dijo, con una advertencia en el tono de voz.

Chesterfield asintió.

—Está bien.

—Su mensaje decía que habían descubierto el carruaje.

—Mi empleado lo vio fuera de los establos de lord Milbank, pero cuando intentó acercarse, el coche se puso en marcha —le explicó Chesterfield—. Por suerte, hay mucho tráfico en Londres, así que fue fácil seguirlo hasta estos establos.

—¿Y el conductor?

—Desapareció en el interior del Hotel Pultney —dijo Chesterfield, y señaló con la barbilla un edificio cercano—. Está en la suite trasera del segundo piso.

—Vaya, vaya.

Chesterfield frunció el ceño.

—¿Le dice algo esa información, Excelencia? Porque a mí no. Nunca había visto que un asesino se alojara en el Hotel Pultney.

—No, pero hay algo que...

Edmond se quedó pensativo. Había estado pensando en aquel hotel unos días atrás, pero, ¿por qué? Leyendo el periódico durante el desayuno, algo le había llamado la atención... ¡Viktor Kazakov! El ruso a quien Alexander Pavlovich había enviado a Siberia y que no debería estar en Londres. Edmond le había enviado una nota al embajador ruso, y después se había olvidado por completo del tema.

Un error que había podido costarle la vida a Brianna.

Con una violenta imprecación, se volvió y le hizo un gesto a Boris.

Chesterfield carraspeó al verlo acercarse.

—¿Tiene algún plan? —le preguntó a Edmond.

—Boris y yo vamos a visitar a ese caballero.

—¿Cree que es inteligente, teniendo en cuenta que quiere matarlo? —le preguntó cuidadosamente el detective.

—Es preferible a que ande por ahí siguiéndome y disparando siempre que le apetece —gruñó Edmond.

Después le ordenó a Chesterfield que permaneciera en el establo con sus hombres y le indicó a Boris que lo siguiera hacia el hotel mientras echaba mano de su pistola de duelo, que llevaba en el bolsillo del abrigo.

Boris permaneció a su lado sin dejar de mirar de un lado a otro.

—¿Has descubierto algo? —le preguntó.

—Que soy idiota —respondió Edmond.

Entonces se detuvo con brusquedad porque vio a dos hombres hablando en la salida del callejón de entrada de servicio al hotel.

Estaba demasiado oscuro como para distinguir los rasgos de los hombres, pero había una cosa clara: estaban conversando en ruso.

Edmond se quedó pegado a la pared del edificio y Boris hizo lo mismo junto a él. Ninguno de los dos se sorprendió al oír la voz de Viktor Kazakov.

—¿Has entendido mis órdenes? —preguntaba Viktor.

—No soy estúpido —respondió su compañero—. Tengo que marcharse de Londres al amanecer y viajar directamente a Dover, desde donde tomaré el primer barco a Francia. De allí debo marchar a Moscú.

—No vuelvas a tu alojamiento de Londres y no hables con nadie más —le ordenó Viktor con frialdad—. Y eso incluye a tu amante.

El otro hombre emitió una queja.

—Eso es una tontería. Te dije que no me han reconocido.

—Me dijiste que un sirviente intentó acercarse a ti. El mismo sirviente que quiso seguirte después de que fueras tan estúpido como para disparar a Huntley en el balcón.

Boris se puso muy tenso junto a Edmond. Sin embargo, estaba demasiado bien entrenado como para saltar desde las sombras y romperle el cuello a Viktor. No lo haría sin una orden directa de Edmond.

Era una idea tentadora, pero Edmond prefería esperar a tener la información que necesitaba.

—Me ordenaste que le hiciera creer a lord Edmond que su hermano está en peligro. ¿Qué mejor manera de conseguirlo que meterle una bala en el corazón al duque de Huntley? Además, puede que el sirviente se acercara por otras razones —dijo el desconocido—. Lo más probable es que quisiera invitarme a un trago de ese brebaje que aquí llaman cerveza.

—Estamos demasiado cerca del fin del reinado de Alexander Pavlovich como para cometer un error tonto. Lord Edmond debe continuar pensando que su hermano está en peligro.

Edmond apretó los puños cuando lo que había sospechado tuvo confirmación. Era un idiota. Un completo idiota que se merecía un tiro.

—¿Y lo cree? —preguntó el hombre en tono colérico.

—Está en Inglaterra, ¿no? —le espetó Viktor.

Incluso en la oscuridad, Edmond percibía la tensión que se estaba originando entre los dos hombres. Viktor Kazakov estaba preparando una rebelión. El traidor.

—Está en Inglaterra, pero no en Londres —dijo su interlocutor—. Quizá lord Edmond se haya quedado en Surrey porque ha percibido que ocurre algo extraño.

Viktor se acercó al otro hombre, con la mano en el bolsillo, donde sin duda llevaba un revólver escondido.

—Siempre y cuando esté lejos de San Petersburgo y del zar, puede sospechar todo lo que quiera.

Hubo un momento en el que la violencia estuvo a punto de estallar entre los dos hombres, pero finalmente el desconocido hizo un gesto de derrota y se alejó de Viktor.

—El comandante no se va a poner muy contento cuando sepa que me has echado de Londres. Tenía instrucciones precisas de informar sobre tus progresos aquí.

Edmond sonrió. Podía notar la furia de Viktor. Aquel idiota arrogante, pomposo y engreído siempre se había pensado que estaba por encima de los demás. Incluyendo a su propio zar.

—Yo soy el jefe, no el comandante, y si desea información sobre mis progresos, debería haber dejado la comodidad del Palacio de Invierno y haber venido a Londres —dijo Viktor con evidente desagrado.

—Él no puede exponerse de ese modo.

—¿Y por qué no? Nos exige fácilmente que nos arriesguemos, que nos expongamos. ¿Por qué él puede quedarse a refugio mientras los demás hacemos el trabajo peligroso?

—Quizá debieras preguntárselo tú mismo.

—Quizá lo haga —replicó Viktor—. Y ahora márchate, idiota.

El hombre murmuró algo entre dientes, pero era obvio que debía acatar órdenes, así que, con los hombros hundidos, comenzó a caminar hacia la calle principal. Viktor observó cómo se alejaba hasta que se perdió en la oscuridad. Después, entró al hotel.

Edmond y Boris se retiraron hacia los establos de nuevo y esperaron a alejarse bastante del hotel antes de que, por fin, Boris rompiera el silencio.

—Viktor Kazakov —dijo, como si aquel nombre fuera una maldición—. Estaba desterrado en Siberia. ¿Qué demonios hace en Londres?

Edmond se esforzó por mantener la calma mientras recorrían la oscura calle.

—Claramente, está dejando pistas falsas tan evidentes que hasta un novato se habría dado cuenta que eran una trampa —dijo con un gran descontento hacia sí mismo—. Y sin embargo yo, que me enorgullezco de ser tan listo, las he seguido como si no tuviera sentido común. Dios mío, ¿cómo he podido ser tan idiota? Debería haberme dado cuenta desde el principio de que querían alejarme de San Petersburgo.

Boris lo miró con preocupación.

—Tenías miedo por tu hermano.

Y los dos sabemos que las mejores distracciones son aquéllas que se provocan con la vulnerabilidad más profunda de una persona. Yo mismo las he usado muchas veces.

—No tenías más remedio que volver a Inglaterra y asegurarte de que el duque estuviera a salvo, Summerville. Nadie puede culparte por ello.

—Yo sí me culpo. He permitido que las emociones dominaran a mi sentido común.

—Es imposible cambiar el pasado —dijo Boris con filosofía—. ¿Qué hacemos ahora? ¿Matamos a Viktor Kazakov?

—Todavía no.

—Está conspirando contra el zar.

—Sí, pero todavía no sabemos quién es su contacto en Rusia. El comandante debe de ser un hombre importante, si es huésped del Palacio de Invierno. No podemos revelar que conocemos la amenaza hasta que sepamos quién está implicado en todo esto. De lo contrario, los traidores se ocultarán en las sombras y volverán a conspirar cuando se sientan seguros de nuevo.

Boris sacudió la cabeza con disgusto.

—Desgraciados.

—Opino lo mismo.

Edmond se dirigió hacia los establos, pero de repente se detuvo en seco y se volvió hacia Boris.

—Quiero que Viktor Kazakov esté vigilado día y noche. Contrata a todos los hombres que necesites. No debe hacer el más mínimo movimiento sin que yo me entere. ¿Entendido?

—Por supuesto.

—Y envía a uno de los guardas tras el otro. Podrá alcanzarlo en la carretera de Dover. Dile que se haga amigo suyo, si es posible, en el ferry hacia Francia. Quizá el traidor revele alguna información útil.

Boris asintió.

—¿Y tú qué vas a hacer?

—Yo debo volver a Surrey. Estaré allí poco tiempo —dijo Edmond.

Boris arqueó las cejas antes de que aquella sonrisa molesta volviera a dibujársele en los labios.

—Quieres llevar a la mujer junto a tu hermano.

Edmond no respondió.

—No me falles —le dijo a Boris.

—¿Te he fallado alguna vez?

—Nunca.

Edmond se dio la vuelta, pero Boris lo llamó suavemente.

—Edmond.

Él miró hacia atrás.

—¿Sí?

—Llévate también a Janet. Si hay algún peligro, entonces es posible que haga alguna tontería e intente proteger a la señorita Quinn.

Edmond se rió.

—Como si yo pudiera separarla de su señora —dijo. Después, con una expresión sombría, añadió—: Ten cuidado, Boris. Kazakov representa el papel de bufón arrogante, pero es un contrincante peligroso, y no dudaría en matarte si se da cuenta de que lo estás siguiendo.

Boris asintió nuevamente.

—Tú ten cuidado también. Los traidores están vigilando Meadowland. Debes estar alerta.

—Siempre.

Brianna, a solas en su habitación, intentó conciliar el sueño, pero fue inútil. Estuvo dando vueltas por la cama durante más de una hora, y finalmente, tuvo que rendirse. Se levantó, se puso la bata y comenzó a caminar por la habitación.

Era sólo porque el hecho de que Edmond hubiera visitado a una prostituta le producía cólera, se dijo. Aquélla era la razón por la que tenía el estómago encogido y la boca seca. No tenía nada que ver con el hecho de que Edmond se hubiera marchado de noche a perseguir a un maníaco peligroso.

Por supuesto, la excusa razonable no explicaba por qué se acercaba continuamente a la ventana para mirar hacia las oscuras caballerizas, ni por qué aguzaba el oído para percibir los pasos de Edmond en el vestíbulo.

Ni por qué, cuando finalmente lo oyó, le flaquearon las rodillas de alivio. ¿Qué demonios le ocurría?

La puerta de su habitación se abrió lentamente y después se cerró. Brianna miró a Edmond con incredulidad.

—Edmond, por Dios, ¿es que estás intentando acabar con mi reputación? Esto es...

Se interrumpió bruscamente cuando Edmond caminó hacia ella con una expresión letal en el rostro.

Ella se retiró rápidamente hasta que su espalda chocó con la pared. Edmond no se detuvo hasta que apenas los separaban unos centímetros y apoyó las manos a ambos lados de su cabeza, en la pared.

—Cuando decida acabar con tu reputación, Brianna Quinn, lo sabrás —le advirtió—. Por ahora, lo único que quiero es que hagas tu equipaje.

Brianna parpadeó de puro desconcierto.
—¿Qué?
—Nos vamos a Meadowland en una hora.
—¿A Meadowland? ¿Por qué?
—¿Y qué importa? Desde que pusiste los pies en esta casa, me has estado pidiendo insistentemente que te llevara allí.
—Y tú has rechazado mis peticiones con obstinación, si mal no recuerdo. Entonces, ¿por qué has decidido que nos vayamos de repente a mitad de la noche?
—Tengo deberes que atender. Tú estarás más segura con Stefan.

Brianna se quedó rígida. Claro. Qué tonta era. Había visitado a su amante, ¿no? ¿De qué le valía una mujer inexperta?
—Entiendo. Ya te has cansado de mí y ahora te libras de mí. Era de esperar, supongo.
—¿Que me he cansado de ti?

Él emitió un gruñido profundo mientras la miraba con los ojos ardientes, y se apretó contra su cuerpo. Brianna se estremeció cuando Edmond enterró la cara contra la curva de su cuello, y cuando notó su erección en el vientre.
—Eres tonta —susurró él.

Brianna se aferró a las solapas de su chaqueta, mientras el roce de los labios de Edmond en su cuello extendían las llamas del deseo por todo su cuerpo. Aquellas sensaciones tan exquisitas la estaban despojando de cualquier determinación de negar la necesidad. Ella deseaba aquello. El calor, la pasión, el apetito de Edmond eran más excitantes que cualquier ternura.
—En eso estamos de acuerdo —dijo.

Cerró los ojos cuando él deslizó los labios por su pecho y atrapó la punta de un pezón a través de la fina tela de la bata.
—*Ma souris* —susurró Edmond—. Me estás volviendo loco.
—Edmond... has dicho que nos íbamos...
—Shhh.

Él la besó y silenció sus palabras. Torpemente, se desabrochó los botones del pantalón y acercó la punta de su erección al cuerpo de Brianna.

–¿Me deseas?

Brianna contuvo un gruñido de frustración. Dios Santo, él estaba tan cerca... y sin embargo, no la penetraba completamente.

–Por favor, Edmond.

–Dilo, Brianna –le pidió él, contra sus labios–. Dime que me deseas.

Ella le metió los dedos entre el pelo y arqueó el cuerpo contra el de Edmond.

–Te deseo.

Entonces, Edmond la besó con una salvaje satisfacción y, de una suave acometida, llenó su cuerpo.

CAPÍTULO 15

A la mañana siguiente, Brianna se despertó con una sensación de desconcierto. Pasó un largo momento mirando a los querubines que había pintados en el techo, hasta que recordó que ya no estaba en su habitación de Huntley House, sino en uno de los preciosos dormitorios de Meadowland.

Miró hacia la ventana por la que entraba el sol; había dormido mucho más de lo habitual, pero no era de extrañar, teniendo en cuenta que aquella noche habían ocurrido muchas cosas.

Después de aquel asalto a la vez dulce y furioso de sexo, Edmond había observado, en silencio, cómo Brianna hacía las maletas y descendía hacia el carruaje. A ella le temblaban las manos mientras doblaba los vestidos y los ponía en el baúl, pero había mantenido la compostura con gravedad.

Edmond había decidido viajar a caballo, junto al carruaje, hasta Surrey, y Brianna había ido sola en el carruaje, aguantando las preguntas curiosas de lady Aberlane y Janet, a quienes habían despertado para que emprendieran el viaje con ellos.

En realidad, Brianna no tenía respuestas. Estaba tan confusa como sus acompañantes por el hecho de haberse visto obligada a salir de Londres con tanto apresuramiento.

Sacudiendo la cabeza con disgusto, Brianna se levantó de

la cama y tiró de la campanilla para avisar a Janet. No tenía sentido seguir inquietándose por lo que hiciera Edmond Summerville, ni por sus dictados autocráticos. Con suerte, él ya se habría marchado de Meadowland.

Casi una hora más tarde, Brianna se había bañado y se había puesto un vestido verde esmeralda que resaltaba el color de sus ojos y los reflejos caoba de su melena. Se puso unas botas de cuero marrón, y se colgó al cuello, de un lazo verde, un camafeo.

Salió de su habitación y recorrió el largo pasillo, observando con cariño el revestimiento de madera de las paredes y las cornisas talladas, que habían conocido mejores épocas. Lo mismo podía decirse de los muebles de caoba y de los adornos; aunque Brianna se sentía muy molesta con Edmond por haberla sacado de Londres en mitad de la noche, no podía negar que sentía un gran placer al haber vuelto a Meadowland.

Sus recuerdos de infancia más queridos estaban allí. Recuerdos de cuando se colaba en la sala de música para escuchar a la duquesa de Huntley tocar el pianoforte, y de Stefan enseñándola a jugar al ajedrez, y de la señora Slater haciéndole tartas de limón.

Aquella casa había sido su hogar, tanto como la de su padre. Quizá más, incluso, porque allí siempre se sentía la calidez de una familia, y esa sensación siempre había faltado en casa de Brianna.

Su padre la había querido mucho, pero su constante preocupación por su impredecible esposa había provocado que tuviera poco tiempo para dedicarle a su hija, y su madre nunca había demostrado interés por ella.

Brianna bajó al piso inferior por la gran escalinata y, al ver una figura familiar al final de los escalones, sonrió.

Stefan era la réplica exacta de su autoritario hermano, pero Brianna supo inmediatamente quién la esperaba. Lo supo por su expresión bondadosa y su sonrisa. Y, pese a su parecido con Edmond, Stefan no le causaba ninguna tensión. Con un gran afecto, dejó que la estrechara entre sus brazos y le devolvió el gesto.

—Buenos días, Brianna.

—Stefan.

Stefan se echó hacia atrás.

—Querida, lo siento muchísimo.

—¿Y por qué ibas a sentirlo?

—Edmond me ha contado todo lo que has sufrido a manos de Thomas Wade. Nunca me gustó ese hombre, pero no me imaginaba que...

—No podías saberlo.

—Pero debería haberme esforzado por enterarme, tal y como me ha dicho Edmond. Protegerte era mi deber, y fracasé —dijo él. Dejó caer las manos e irguió los hombros—. Tengo intención de hacer todo lo que sea necesario para compensarte. Eso te lo prometo.

—Soy feliz con estar aquí. Meadowland no ha cambiado nada.

—Sí, eso me han dicho —respondió Stefan con ironía—. Me pregunto si debería dejar de vivir en el pasado y ocuparme de reamueblar esta monstruosidad.

—Oh, no —protestó Brianna. Se dio cuenta de que no era cosa suya decidir lo que debía hacerse con la preciosa casa—. Bueno, es evidente que debes hacer lo que tú quieras, pero tengo que admitir que yo prefiero que se quede tal y como está. ¿Sabes? Cuando estaba en casa de Thomas Wade, cerraba los ojos y me imaginaba que estaba aquí. Siempre hacía que me sintiera... segura.

—Mi querida y dulce Brianna —le dijo Stefan, y volvió a abrazarla—. Debería haberte traído a casa en cuanto murió tu madre.

Brianna se dejó reconfortar por Stefan.

—Te he echado de menos, Stefan.

—Y yo a ti. Este lugar ha estado demasiado silencioso sin tu risa, y yo me he aburrido mucho sin tus tomaduras de pelo.

—Vaya, vaya. Qué escena más enternecedora.

Brianna y Stefan se separaron bruscamente, como si fueran dos niños traviesos en vez de dos amigos de toda la vida.

—Edmond —dijo Stefan, y carraspeó—. Pensaba que ya te habrías ido.

Edmond no apartó su fría mirada de Brianna.

—He decidido quedarme hasta mañana por la mañana. Si es que no molesto.

—Claro que no. Estaba a punto de llevar a Brianna a desayunar, ¿nos acompañas?

Brianna no quiso dejarse amedrentar por aquella mirada dura como un diamante. No estaba haciendo nada malo, y no permitiría que Edmond hiciera que se sintiera culpable.

—Tengo que hacer algunas cosas antes —dijo Edmond—. Me uniré después a vosotros.

—Muy bien —dijo Stefan, y observó cómo su hermano se alejaba. Después miró a Brianna con algo de desconcierto; le tomó la mano y se la colocó sobre el antebrazo—. Vamos, querida.

Cuando llegaron al comedor, Stefan la acompañó a sentarse a la mesa, y después se dispuso a servirle un plato de comida del bufé dispuesto a un lado. Brianna sonrió.

—Vaya, muchísimas gracias, Stefan. No es muy común que un duque sirva a una mujer.

—De nada —murmuró él, mientras rápidamente llenaba dos platos con huevos revueltos, tostadas, jamón y arenques ahumados. Volvió a la mesa y puso uno de ellos ante Brianna—. Después de todo, un hombre debe atender las necesidades de su prometida.

—Oh, Señor, se me había olvidado eso —dijo Brianna, y le puso una mano sobre el brazo—. Te aseguro que no fue idea mía. Yo nunca te habría puesto en una situación tan incómoda.

—Supongo que Edmond tenía sus razones, aunque todavía no me las ha explicado. Y, en realidad, no me parece una situación incómoda el hecho de que mi nombre se vea vinculado al de una mujer tan bella. Sólo puede servir para elevar mi reputación en sociedad.

Brianna sacudió la cabeza suavemente.

—No, no. No olvides que mi nombre siempre tendrá la mancha de Thomas Wade.

—No digas eso, Brianna.

—¿Por qué no? Es cierto. Si no hubiera sido por el poder del nombre de los Huntley, yo nunca podría haberme presentado en sociedad. ¿Y quién puede culpar a la gente?

—Yo. Tu padre era un hombre honorable y muy respetado en toda Inglaterra. Tienes todos los motivos para estar orgullosa, Brianna.

Ella contuvo las lágrimas.

—No importa. Cuando anuncies que nuestro compromiso se ha roto, todo se olvidará rápidamente.

Él observó su expresión decidida. Sus ojos tenían una mirada mucho más bondadosa que la de Edmond, pero no menos inteligente.

—No hay prisa —dijo Stefan, y tomó el tenedor—. Y ahora, cuéntame, querida, ¿te ha tratado bien Edmond mientras habéis estado en Londres?

—Bastante bien —dijo ella, y le dio un mordisquito a una tostada, consciente de que Stefan la estaba observando fijamente—. ¿Sabes, Stefan? Me da la sensación de que llevo lejos de aquí toda una vida. Tengo que enterarme de todas las noticias de Surrey. He oído decir que Sarah Pierce se casó con el hijo pequeño de sir Kincaid. ¿Fuiste a la boda?

La expresión de Stefan le dio a entender que era consciente de que le estaba ocultando algo. Sin embargo, al contrario que su hermano, él tenía la educación necesaria como para no presionarla. En vez de eso, la distrajo con las noticias que pudieran interesarla, y le permitió guardar sus secretos sin censura.

Brianna se preguntó, y no por primera vez, cómo era

posible que dos hombres pudieran parecerse tanto y ser tan distintos.

Después de alejarse de Stefan y de Brianna, Edmond atravesó el estudio y salió a la terraza. Cuando estuvo lejos de todas las miradas, se pasó las manos por el pelo y respiró profundamente.

Cuando había entrado al vestíbulo y se había encontrado a Brianna en brazos de su hermano, su furia había sido tan rápida y violenta que poco le había faltado para perder el control. Se había echado a temblar de ganas de golpear a su hermano por tocar a Brianna. Ella era suya, y lo demostraría del modo más básico y salvaje posible.

Únicamente se había mantenido inmóvil debido a que aquella reacción suya le había causado una honda impresión.

Dios, ¿por qué no se había marchado al amanecer, como había pensado? Brianna y su tía Letty estaban a salvo con Stefan, y no había nada que le impidiera volver a Londres a hacerse cargo de sus deberes.

Nada, salvo aquella maldita reticencia a alejarse de Brianna.

De nuevo sintió furia y tuvo que esforzarse por contener sus emociones primitivas.

Y, como si quisiera demostrar su capacidad de atormentarlo, Brianna salió por una puerta lateral hacia el jardín, justo por debajo de la terraza. Edmond se puso tenso mientras se bebía la imagen de su cuerpo esbelto mientras ella caminaba entre las estatuas de mármol que flanqueaban el sendero, con el pelo brillando bajo el sol de la mañana.

Sin darse cuenta, Edmond bajó las escaleras de la terraza y se acercó a ella con una opresión extraña en el pecho.

—Brianna.

Ella se quedó inmóvil al oír el sonido de su voz. Edmond se detuvo detrás de ella y percibió su deseo de huir de él.

Sabiamente, reprimió el impulso de tocarla, porque supo que Brianna volvería a entrar en la casa al instante.

Después de un largo instante, ella se dio la vuelta de mala gana.

—Creía que ibas a resolver algunos asuntos importantes.

—¿Por qué estabas en brazos de mi hermano?

Ella se sobresaltó.

—Siempre hemos sido muy amigos. No es la primera vez que Stefan me da un abrazo.

—Entonces erais niños.

Brianna sonrió sin alegría.

—Y tú te has asegurado de que yo deje de serlo, ¿verdad, Edmond?

—¿Esperas que Stefan se case contigo?

—¡Cómo te atreves!

—Responde a mi pregunta, Brianna.

—¿Por qué? No es asunto tuyo.

—Claro que sí. ¿De veras crees que voy a permitir que mi amante se case con mi hermano?

—Yo no soy tu amante —respondió ella—. Y no soy una mujer que esté intentando constantemente cazar marido. Algunas de nosotras comprendemos que una vida que no esté dirigida por un hombre tiene muchos beneficios.

Edmond desdeñó sus palabras con un gesto de la mano.

—Aunque creyera que no aprovecharías la oportunidad de convertirte en la siguiente duquesa de Huntley, mi hermano no es un monje —murmuró.

—¿Y qué significa eso?

—Stefan vive muy aislado aquí. Traer a una mujer joven y exquisitamente bella a esta casa puede resultar una tentación para él.

—Ah, entiendo —respondió ella con indignación—. Como él está desesperado y solo, quizá crea equivocadamente que se siente atraído por mí.

—Tendría que estar muerto para no sentirse atraído por ti,

Brianna; sin embargo, lo que yo quiero decir es que es vulnerable. Y ya siente algo por ti.

—Al contrario que tú, Stefan es un hombre de honor. Nunca intentaría seducir a su pupila.

—No, él no te seduciría. Querría casarse contigo.

—Y por supuesto, tenerme como cuñada sería algo inaceptable para ti.

Él apretó los dientes.

—Completamente inaceptable.

—Así que soy lo suficientemente buena como para calentarte la cama, pero no lo suficientemente buena como para casarme con tu hermano —dijo ella, dolida.

Edmond se dio cuenta, demasiado tarde, que no debía haberse acercado a Brianna cuando todavía estaba furioso por haberla visto en brazos de Stefan. Lo había estropeado todo, y nadie tenía la culpa más que él.

—No tiene nada que ver con que no seas lo suficientemente buena.

Ella se dio la vuelta con frustración.

—Entonces, ¿qué te importa a ti?

—Me importa porque lo mataré —admitió sin rodeos Edmond—. ¿Te ha quedado claro, Brianna?

Brianna se tambaleó hacia atrás a causa de aquella amenaza.

—Te has vuelto completamente loco.

—Quizá —dijo Edmond, y le dedicó una reverencia—. Pero acuérdate de esto la próxima vez que te lances a los brazos de Stefan.

CAPÍTULO 16

Después de la escena del jardín, Brianna supo que sería imposible para ella volver a la casa y fingir que no había ocurrido nada. Por lo tanto, continuó caminando hasta que llegó a la preciosa gruta artificial, desde donde se divisaba una vista perfecta del lago.

Aquél siempre había sido uno de sus lugares preferidos. De niña pasaba horas allí, jugando con sus muñecas o sirviendo el té de mentirijillas a Stefan. También había pasado algunas horas dedicada a espiar a Edmond cuando él se llevaba a una de sus numerosas damas al cercano laberinto para robarle unos besos, o quizá mucho más.

Brianna paseó por el suelo de mármol, intentando que se le calmara el rápido ritmo del corazón.

¿Por qué se estaba comportando él como si fuera un marido celoso, preparado para atacar a la menor provocación?

Después de casi una hora de darle vueltas a todo lo que había sucedido, la única conclusión a la que llegó fue que la actitud posesiva de Edmond no tenía nada que ver con ella, sino con Stefan. Aunque los dos hermanos se querían mucho, siempre había existido entre ellos una competitividad tácita, desde que eran pequeños. Un simple partido de croquet podía terminar casi en una pelea.

Aquella explicación, sin embargo, no sirvió para calmar

su ira. No era muy halagador que Edmond la considerara un objeto de su propiedad, aunque ayudara a restaurar las frágiles barreras que protegían su corazón.

Lo que estaba pasando entre Edmond y ella no era más que una locura efímera. Una breve llama que se consumiría y no dejaría nada más que recuerdos.

Aquel pensamiento reconfortante acababa de pasársele por la mente cuando oyó el sonido de unos pasos que se acercaban por el sendero. Durante un instante sintió pánico, pero rápidamente se dio cuenta de que quien se aproximaba era Stefan, no Edmond.

—¿Brianna? ¿Te molesto?

—Claro que no —dijo ella—. Por favor, siéntate conmigo.

Stefan subió los escalones y se sentó junto a ella.

—Llevas mucho tiempo fuera de la casa. ¿Te ocurre algo?

—No me encuentro bien del todo, pero no te preocupes. No es nada importante.

—Sería mal anfitrión si no me preocupara al ver que mi invitada está tan infeliz —dijo él, y le acarició suavemente la mejilla—. ¿Qué te ha dicho Edmond?

Asombrada por aquella caricia inesperada, tanto como por su pregunta, ella lo miró a los ojos.

—¿Qué?

—Os he visto en el jardín.

—Oh —susurró ella, y se ruborizó al saber que Stefan había presenciado aquella ridícula discusión—. No ha sido nada.

—Brianna, me he dado cuenta de que estabais discutiendo.

Ella suspiró profundamente al darse cuenta de que no podía disimular la cólera que aún sentía.

—Edmond siempre ha sido el caballero más molesto que conozco. Incluso cuando éramos niños me enfurecía muy a menudo. Parece que las cosas no han cambiado nada en doce años.

Él la miraba con una expresión de escepticismo.

—Querida, es evidente que ha ocurrido algo entre vosotros cuando estabais en Londres. ¿No confías en mí lo suficiente como para contarme la verdad?
—Stefan, yo te confiaría mi propia vida –le dijo–. Debes saberlo. Pero...
—¿Pero?
—Esto es algo entre Edmond y yo, y preferiría mantenerlo así.
—Entiendo.
—Me alegro de que al menos uno de los dos lo haga.
Hubo un silencio, y después, Stefan irguió los hombros. Su expresión se endureció de una manera extraña.
—Creo que debo explicarte algo –dijo–. Algo sobre mi hermano.
—En realidad, ya sé bastante –respondió Brianna–. Es arrogante, autoritario y completamente implacable cuando se trata de conseguir lo que quiere.
—Cierto. Pero también es una persona herida.
—¿Herido? –preguntó Brianna con perplejidad–. ¿Edmond?
La mirada de Stefan se oscureció con algo parecido al dolor.
—Sé que es difícil de creer. Siempre aparenta que es invulnerable, que nada puede afectarle. Y mucho menos, otra persona.
—Pero él te quiere.
—Sí, pero se niega a que ningún otro se acerque a él. Le da... miedo abrirse al cariño de los demás.
—¿Por qué?
—¿Recuerdas que mis padres se ahogaron cuando su velero se hundió en el Canal?
—Claro que lo recuerdo.
El dolor que había sentido al conocer la muerte de los duques de Huntley había sido más profundo que el que le había causado la muerte de su madre. Ellos habían sido mucho más que unos vecinos buenos que se habían compade-

cido de una niña solitaria. Para Brianna, representaban la prueba de que el amor verdadero existía en el mundo. La muerte de aquella pareja maravillosa había sido un golpe devastador.

—Lloré durante mucho tiempo —dijo Brianna.

La tristeza se hizo más evidente en la mirada de Stefan.

—Lo que no sabes es que cuando ocurrió la tragedia, viajaban a Londres porque a Edmond lo habían pillado en alguna gamberrada con sus amigos, y lo habían llevado ante el juez. No era nada verdaderamente grave, pero, por supuesto, mi padre quería asegurarse de que Edmond fuera completamente consciente de su disgusto. Ellos... nunca llegaron a Londres.

—Oh, Stefan.

—Fue horrible para mí, pero fue peor para Edmond. Se culpa por lo que ocurrió. Para él, mis padres seguirían vivos de no ser por sus errores. No creo que consiga librarse de ese sentimiento de culpabilidad y perdonarse a sí mismo. Y, hasta que lo haga, no puede arriesgarse a sentir amor por otra persona.

A ella se le encogió el corazón de dolor al pensar en un joven Edmond cerrándose al mundo y culpándose por la muerte de sus padres.

—Entonces, teme fallarle a la gente a la que quiere. Por eso nunca permitirá que nadie se le acerque...

Stefan asintió.

—He intentando hacer todo lo posible por evitarlo, pero hasta el momento no he conseguido nada.

—No creo que Edmond sea el único que se siente culpable, Stefan —dijo ella, y alzó la mano para acariciarle la mejilla—. Estoy segura de que has hecho todo lo que estaba en tu mano por ayudarle.

Él también alzó la mano, cubrió los dedos de Brianna y se los apretó contra la cara.

—Quizá, pero eso no me facilita ver cómo sufre.

—No, supongo que no.

—De todos modos, pensé que el hecho de que supieras por qué intenta alejar a los demás de sí mismo ayudaría a relajar la tensión que hay entre vosotros.

—No estoy muy segura de que esa tensión pueda relajarse —dijo ella con ironía—. Y, sin duda, es mejor así.

—¿Brianna?

La caricia de Stefan le estaba proporcionando un raro consuelo; Brianna sonrió.

—¿Sí?

—Quiero que sepas que siempre tendrás un hogar aquí, en Meadowland.

Al oír aquellas suaves palabras, a Brianna se le cortó la respiración. Llevaba tanto tiempo sola... saber que pese a lo que pudiera depararle el futuro, siempre tendría un hogar, era algo precioso para ella.

—Gracias, Stefan. Eso significa mucho para mí.

—Es lo menos que puedo hacer, después de...

Ella le tomó los dedos y se los besó.

—Todo eso es el pasado.

Con delicadeza, él le tomó la muñeca y se la acarició con el pulgar.

—Y mi ofrecimiento no es del todo desinteresado, ¿sabes? Te has convertido en una mujer bellísima, Brianna.

Ella se quedó asombrada, sin saber cómo reaccionar ante aquellas palabras asombrosas.

—¿Stefan?

Él hizo que girara la mano y le dio un beso en la palma antes de soltarla.

—Sé que siempre me has visto como un amigo, pero también soy un hombre, querida. Un hombre capaz de admirar el encanto de una joven inteligente y encantadora. Sobre todo, el encanto de una joven que ya poseía gran parte de mi corazón. No, no digas nada —le pidió, poniéndose en pie—. Sólo quería que supieras que estoy aquí si alguna vez me necesitas. Ahora debo volver a casa. ¿Quieres venir conmigo?

Ella negó lentamente con la cabeza. Estaba desconcertada. Todavía sentía el roce de los dedos de Stefan en la muñeca. No era la sensación abrasadora que Edmond le producía, sino una calidez más reconfortante, y que no era en absoluto desagradable.

—En realidad, no creo que eso sea inteligente —murmuró.

—¿Y por qué no? —preguntó Stefan con las cejas arqueadas, mientras ella se ruborizaba—. Dios Santo, ¿acaso temes que Edmond se moleste?

Brianna se encogió de hombros.

—Hoy ha sido especialmente cabezota. Prefiero evitar una escena.

—¿Qué te ha dicho, Brianna? —inquirió Stefan. Al ver que ella no respondía, apretó los labios—. Entonces, te lo preguntaré de otro modo: ¿Acaso te ha amenazado con agredirte a ti, o a mí?

Ella sacudió la cabeza. Se sentía cansada.

—Ya te lo he dicho, no importa.

—A mí me importa mucho.

—Por favor, Stefan —dijo ella, y se levantó para acercarse a él—. No permitiré que Edmond y tú os enfadéis por mi culpa. Vuelve a casa, y yo iré ahora mismo.

Pareció que él iba a discutírselo, pero se dio cuenta de que ella ya no aguantaba más y asintió de mala gana.

—Está bien —dijo. Se encaminó a la salida de la gruta, pero después se detuvo y la miró—. Brianna.

—¿Sí?

—No tengo miedo de Edmond, ni dudaré en echarle de la casa si decide hacerse insoportable. No sólo estás a salvo en Meadowland, estás a salvo conmigo.

Edmond llevaba paseándose por el despacho de su hermano casi una hora cuando Stefan decidió aparecer, aunque de mala gana. Aquello no sirvió para aplacar el malhumor de Edmond. Al oír que se aproximaban unos pasos, tomó aire para calmarse mientras miraba por la ventana.

Durante todo el día había estado concentrado en combatir la conspiración contra Alexander Pavlovich. Había escrito una docena de cartas para advertir a sus camaradas de Rusia, y había enviado una misiva codificada a Pavlovich a Prusia. Había hecho también una lista de todos los socios conocidos de Viktor Kazakov. No estaba dispuesto a correr ningún riesgo.

Aquellas tareas debían haberlo mantenido ocupado, pero apenas podía concentrarse. Una y otra vez se acercó a la puerta de la biblioteca. Apenas podía contener su deseo de ir en busca de Brianna. Si hubiera cedido a aquel impulso, habría sabido con toda seguridad que ya no era capaz de controlar sus emociones, y eso no podía permitirlo su orgullo.

En vez de ir a buscarla, se había escondido como un cobarde durante todo el día, y después había fingido que sentía indiferencia durante la interminable cena, mientras Stefan y Brianna charlaban con evidente alegría.

Al final, él se había ido al despacho a esperar a Stefan, con su orgullo intacto y con un humor tan negro como el cielo nocturno.

Stefan entró en la habitación y cerró la puerta.

—¿Querías hablar conmigo?

Edmond se tragó las palabras ásperas que tenía en los labios.

—Sí. Pensé que debías saber que mis sospechas se han visto confirmadas. Esos accidentes que tuviste no eran accidentes. Eran algo deliberado.

Stefan se apoyó en el borde del escritorio, más decepcionado que horrorizado.

—¿Estás seguro?

—Sí.

—Dios, es increíble. Entonces, Howard de veras...

—No. No tiene nada que ver con nuestro despreciable primo. Una pena, en realidad.

—Entonces, ¿quién demonios fue?
—Me avergüenza admitir que han estado a punto de matarte para atraerme desde Rusia —dijo Edmond. Después, le contó a su hermano todo lo que había descubierto en Londres.

Stefan escuchó en silencio, sacudiendo la cabeza con incredulidad hasta que Edmond terminó.

—Es un plan demasiado complicado sólo para librarse de tu presencia —dijo, y observó a su hermano con las cejas arqueadas—. Deben de temerte mucho por tus capacidades.

—Por una combinación de capacidad y suerte he desenmascarado a bastantes traidores. Sospecho que me he convertido en un azote para los que quieren destronar a Alexander Pavlovich. Sin duda, esperaban que cambiara su suerte si yo estaba fuera del país.

Stefan se irguió.

—Entonces, ¿vas a volver a Rusia?

—Claro. Aunque Alexander Pavlovich todavía no haya vuelto, yo he enviado una carta a sus guardias para que estén sobre alerta. También envié una misiva a Herrick, a San Petersburgo, para avisarle del peligro. Mientras, yo voy a volver a Londres a vigilar a Kazakov. Ese hombre se ha pasado la última década intentando acabar con el reinado de los Romanov. No se conformará con quedarse en Inglaterra cuando va a producirse el golpe. Querrá estar cerca para llevarse la gloria si tienen éxito. Y yo voy a seguirlo.

Stefan frunció el ceño.

—No me gusta que te arriesgues tanto, Edmond. El zar Alexander tiene una corte entera y miles de soldados para que velen por su seguridad. ¿Por qué no te quedas aquí, en tu hogar?

—Porque éste no es mi hogar —dijo Edmond, y alzó una mano para silenciar las protestas de Stefan—. No, es cierto. Yo nunca estuve destinado a la vida de un caballero rural. No me importan un bledo los campos, los cultivos, ni los arrendados, ni las vacas. En quince días estaría buscando todos los vicios disponibles para aliviar mi aburrimiento. Al final, o me pegaría un tiro un marido engañado o un pardillo que hubiera perdido todo su dinero en una partida de cartas.

Stefan no lo contradijo. Ambos sabían que había más motivos que el sentido de culpabilidad de Edmond para que no quisiera establecerse en la finca familiar.

—¿Así que prefieres ir a perseguir asesinos a los bosques de Rusia?

—San Petersburgo no es un bosque —dijo Edmond—. De hecho, la sociedad rusa se ha civilizado mucho.

—Supongo que no hay modo de detenerte. ¿Cuándo te marchas?

La sonrisa de Edmond se desvaneció. Su deber era inexcusable.

—Debo volver por la mañana —dijo—. Te gustará saber que ya no voy a usurpar más la identidad del duque de Huntley, sino que volveré a ser el hijo menor y pobre.

Stefan hizo caso omiso de aquellas palabras.

—¿Puedo ayudarte en algo?

—Necesito que vigiles bien a Brianna —Edmond tuvo que obligarse a decir aquello.

—¿Temes que pueda estar en peligro?

—Temo que los dos estáis en peligro. Esos hombres son fanáticos y desean destronar a Alexander a toda costa. Hay muy pocas cosas que no intentarían para conseguir su objetivo.

—Ella estará a salvo a mi cuidado, eso te lo aseguro.

—No dudo que recibirá muchas atenciones —dijo Edmond.

—¿Y no era ésa tu intención cuando la trajiste aquí?

—No tengo ni idea de cuál era mi intención —respondió Edmond, con una sonrisa triste—. Últimamente me ocurre a menudo.

Stefan dio un paso hacia él, con expresión sombría.

—Vuelve a Londres, Edmond, a tus deberes —le dijo—. Yo me ocuparé de lo que pase aquí.
—¿Y esperas que eso me consuele? —preguntó Edmond.
—Es lo mejor.
—Te vi esta mañana abrazando a Brianna.
—No me di cuenta, hasta que volvió, de lo mucho que la he echado de menos. Fui un tonto por no traerla antes a Meadowland.
—Era tu deber, como es tu deber ahora recordar que eres su tutor.
—Sí, es cierto. Y ser su tutor legal significa más que proporcionarle refugio. También debo tener en cuenta qué es lo mejor para su futuro. Una mujer tan bella e inocente atraerá la atención de los libidinosos, de los mujeriegos.
Edmond lo miró. Sentía una opresión en el pecho, tan fuerte que apenas podía respirar.
—¿Y qué es lo que consideras mejor para su futuro?
—Tengo esperanzas de que quiera quedarse a vivir en Meadowland.
—¿Como tu pupila?
—Como mi esposa.
Aunque Edmond se esperaba aquello, las palabras fueron como un golpe físico para él.
¿Brianna casada con su hermano? ¿Viéndola siempre, pero siempre más allá de su alcance?
—¿De qué estás hablando? —le preguntó a Stefan entre dientes—. ¿No la has visto en doce años, y en pocas horas has decidido que quieres casarte con ella?
—Es joven, sana y bellísima. Además, ama Meadowland tanto como yo. No se me ocurren muchas mujeres que encajen tan bien conmigo. Tú eres el que está continuamente diciéndome que mi mayor deber como duque es asegurarme de que haya herederos para que tú nunca tengas que cargar con el título.
—Consejos que siempre has ignorado.

—Soy obstinado, pero no idiota. Sé que tengo que casarme y tener hijos.

Edmond se echó a temblar de furia.

—Ten todos los hijos que quieras, Stefan, pero su madre no será Brianna Quinn.

—Eso no tienes que decidirlo tú.

—Stefan, no sigas por ese camino.

—¿Por qué? ¿Porque la has seducido?

—Porque no consiento que me roben lo que es mío, ni siquiera tú.

—¿Vas a reclamarla?

—Ya lo he hecho.

—No. Tú has tomado lo que deseabas sin dar nada a cambio. Ni siquiera una promesa de futuro.

Edmond se estremeció.

—¿Ella se ha quejado?

—No, en absoluto. En realidad, estaba empeñada en no causar problemas entre tú y yo. Tiene conciencia, aunque tú no la tengas.

Stefan se dio la vuelta y se dirigió hacia la puerta, como si no pudiera soportar la compañía de Edmond.

—Stefan.

Stefan abrió la puerta, pero se detuvo para mirar con frialdad a su hermano.

—Por una vez, haz lo correcto, Edmond. Brianna no es una aristócrata aburrida en busca de una breve diversión. Es una chica joven, vulnerable, que ha sido parte importante de esta familia. Seguramente, se merece algo mejor que lo que tú estás dispuesto a ofrecerle.

Después de decir aquello, Stefan se fue, sin que Edmond pudiera responder.

Sin embargo, ¿qué podía haberle dicho?

¿Qué estaba dispuesto a ofrecerle a Brianna? ¿Unas semanas, quizá unos meses, siendo su amante? ¿Un puñado de joyas bonitas para aliviar su conciencia cuando hubiera terminado con ella?

Stefan, por otra parte, estaba dispuesto a ofrecerle respeto, riqueza, posición, una familia propia.

¿En qué canalla egoísta se había convertido?

Tomó el reloj que había sobre la repisa de la chimenea y, lleno de rabia, lo lanzó contra la pared, donde se rompió en doce trozos.

CAPÍTULO 17

La suite del hotel era muy lujosa, pero Edmond no prestaba atención a sus comodidades. Había elegido aquel alojamiento porque estaba en Piccadilly, y porque la puerta trasera daba directamente a un callejón por el que podía entrar y salir sin ser visto.

En realidad, desde que había llegado a Londres, tres días antes, aquella habitación le parecía una prisión.

No había querido arriesgarse a que Kazakov lo viera en Piccadilly, así que había ordenado a sus sirvientes que vigilaran al traidor. Eso significaba que él tenía muchas horas para pasearse por la suite y lamentar amargamente el momento de nobleza en que había decidido marcharse de Meadowland a mitad de la noche y dejar allí a Brianna.

Él no era un hombre noble, capaz de grandes sacrificios. Quería lo que quería.

El sonido de la puerta del salón se convirtió en una distracción muy bienvenida. Edmond se volvió y vio a Boris entrando en la habitación.

—¿Y bien?

—Tenías razón, por supuesto. Kazakov acababa de regresar de comprar un pasaje en un barco con rumbo a las Indias Orientales.

—¿Y?

—Y, el mismo día, ha reservado en un barco que se dirige al mar del Norte, bajo el nombre de Ivor Spatrov. Tal y como tú dijiste.

Edmond se encogió de hombros. Era una distracción común, que él había usado varias veces.

—¿Y cuándo zarpa el barco?
—El jueves.
—Supongo que nosotros también tenemos un pasaje.
—Claro. Tú eres el señor Richard Parrish, un importador de pieles rusas. Me pareció que preferirías viajar como un comerciante rico antes que hacerlo en tercera.
—Sabia decisión. ¿Viktor no ha intentado enviarle un mensaje a su contacto en Rusia?
—No, que yo sepa. Creo que hay algo que debo de estar pasando por alto.
—Yo tengo plena fe en ti, Boris.
—Entonces, ¿qué es lo que te preocupa? —le preguntó Boris a Edmond—. Tu hermano está bien, y nosotros pronto volveremos a Rusia, donde nos agasajarán como a héroes por haber detenido otra conspiración para destronar al zar.
—Todavía no lo hemos conseguido.
—Pero lo conseguiremos.
—Sí.
—Entonces...

Aquel interrogatorio fue interrumpido por alguien que llamó a la puerta. Los dos hombres se miraron durante un breve instante; después, Boris se puso junto a la puerta para quedar oculto por ella cuando se abriera y poder tener la oportunidad de golpear al intruso cuando entrara por la habitación si era necesario. Edmond se colocó frente a la puerta.

—¿Sí?
—Soy Jimmy.

Edmond frunció el ceño al oír una voz tan joven.

—¿Quién?
—Trabajo para Chesterfield.

Edmond abrió la puerta. Después de volver a Londres, había pedido a Chesterfield que dejara de vigilar a Howard Summerville, que evidentemente no tenía ningún interés, y que comenzara a vigilar a Thomas Wade. Edmond no se había olvidado del desesperado deseo que aquel hombre sentía por Brianna.

Un muchacho de sonrisa atrevida entró en la habitación confiadamente, mirando por todos los rincones para localizar cualquier objeto de valor con la habilidad de un ladrón bien entrenado. Sin embargo, el muchacho no pudo reprimir un grito de susto cuando Boris le puso la mano en el hombro.

—Mantén las manos en los bolsillos, chico —le dijo.

Edmond se acercó al muchacho.

—¿Tienes alguna noticia?

El chico tragó saliva e hizo todo lo que pudo por ignorar al enorme soldado.

—Me dijeron que viniera aquí si el caballero al que estaba vigilando salía de la ciudad.

—¿Y lo ha hecho?

—Sí. Esta mañana, temprano.

—¿Esta mañana? ¿Y por qué demonios no has venido a avisarme enseguida?

—Tenía que seguir al carruaje hasta asegurarme de que salía de Londres, ¿no? Y después, volver hasta aquí.

—¿En qué dirección se marchó?

—Al sur.

A Surrey. Aquel desgraciado iba por Brianna. Edmond sintió un miedo agudo. Sacó una moneda del bolsillo de su chaqueta, se la entregó al muchacho y le dijo que volviera con Chesterfield. Después, rápidamente, tomó su abrigo y su sombrero. Wade le llevaba una hora de ventaja, quizá dos como mucho. Iba a ser un milagro si alcanzaba el carruaje antes de que llegara a Meadowland.

Iba hacia la puerta cuando Boris lo llamó.

—Edmond.

—¿Qué?
—Tenemos que tomar ese barco.
—Volveré antes del jueves. Boris, compra otro pasaje.
—¿Vas a llevarte a la señorita Quinn a Rusia?
—No puedo dejarla aquí. Esa mujer atrae los problemas.
—Ésa es una buena razón para no llevarla al corazón de una revolución en ciernes.
—Al menos, si está a mi lado, podré protegerla.
—Pero...
Edmond abrió la puerta.
—Compra el pasaje, Boris, y vigila a Viktor Kazakov. No voy a rectificar una tontería para permitir que suceda otra.

Aquella tarde, el cielo estaba gris y sombrío, y soplaba una brisa fría que anunciaba la llegada del invierno. No era el mejor día para ir de compras al pueblo, pero Stefan había insistido y, como no quería contrariar al hombre que había sido tan bueno con ella, Brianna había accedido a sus deseos.

En realidad, mientras iba en el lujoso carruaje de los Huntley, diseñado para proporcionar a sus ocupantes todas las comodidades, tuvo que admitir que tampoco era un gran sacrificio. El pueblo estaba lleno de tiendas encantadoras y casitas bien mantenidas, y sus habitantes, muchos de los cuales Brianna recordaba de su infancia, eran gente amistosa. Y, pese al frío, para ella fue un alivio dedicar algunas horas a otra cosa que no fuera pensar en Edmond.

Era irritante. Debería estar muy contenta por haberse librado de él. Stefan no le daba órdenes como si fuera su perro de caza. La trataba con respecto.

Por fin estaba en un lugar en el que se sentía como en casa, y no tenía nada más que hacer que concentrarse en planear su futuro de gloriosa independencia.

Brianna iba mirando por la ventanilla, pero apenas veía los campos lluviosos ni los árboles. En vez de eso, se imaginaba a Edmond, cómodamente instalado en Londres, quizá disfrutando de una tarde en brazos de su amante.

Lady Aberlane se inclinó hacia delante, le dio un suave golpecito con el abanico en la rodilla y sacó a Brianna de sus cavilaciones.

—Bueno, supongo que no podemos esperar que esta modista tenga tanto talento como los modistos de Londres, pero sin duda los vestidos serán bonitos —dijo la anciana con deliberada alegría—. Stefan ha sido muy bueno al insistir en que la visitáramos.

Brianna, que sabía que la dama estaba intentando animarla, esbozó una sonrisa forzada.

—Muy amable, pero no era necesario. Tengo más vestidos de los que nunca hubiera soñado.

—Vamos, querida. Una mujer nunca tiene suficientes vestidos. Además, seguramente Stefan deseaba asegurarse de que la modista del pueblo se beneficiara de nuestra visita. No es frecuente que haya invitadas en Meadowland.

—Sí, eso es cierto.

Stefan dedicaba la vida a ocuparse de la gente que dependía de él.

Letty dijo, con los ojos brillantes:

—Aunque quizá también quisiera impresionarte con su generosidad.

A Brianna se le encogió el estómago. Había hecho todo lo posible por no prestar atención a las atenciones de Stefan. Aquello era una cobardía, sin duda, pero ella no deseaba hacerle daño a su querido amigo.

—Stefan no tiene necesidad de impresionarme, Letty. Hemos sido amigos durante toda la vida.

—Querida, soy vieja, pero no estoy ciega. Me he dado cuenta de cómo te mira, y no lo hace como un amigo. Es un hombre fantástico, Brianna. Uno de los mejores que he conocido. Como si ser uno de los duques más ricos de Inglaterra no fuera suficiente.

Brianna hizo una mueca de tristeza. Dios Santo, ¿acaso

lady Aberlane no se daba cuenta de que ella daría cualquier cosa por responder a Stefan? Sabía muy bien que podría tener un futuro agradable y lleno de seguridad si se convertía en la duquesa de Huntley. Sin embargo, aquello nunca iba a ocurrir. Y no sólo por sus sentimientos enmarañados hacia Edmond.

Pese a todo el lujo y la protección que Stefan pudiera ofrecerle, Brianna todavía tendría que sufrir las cadenas de la posesión. Serían unas cadenas de oro, pero ella había jurado que nunca se pondría de nuevo bajo el poder de otro.

—Stefan es un caballero maravilloso.

Lady Aberlane se apenó.

—Pero no lo quieres.

—Claro que lo quiero. Siempre lo he querido. Pero...

—¿Quieres más a Edmond?

—No sé lo que siento por Edmond. La mayor parte del tiempo, lo que quiero es abofetearlo.

—Ah, querida.

Brianna se puso tensa ante el tono de tristeza de lady Aberlane. Lo último que deseaba era suscitar compasión.

—No importa. Stefan me ha prometido que tendré un hogar en Meadowland tanto tiempo como quiera. Cuando tenga mi herencia, voy a comprarme una casa.

Letty se quedó sorprendida.

—¿De veras?

—Sí.

—¿Y les has contado tus planes a los chicos?

Brianna se rió. Sólo lady Aberlane consideraría a dos de los hombres más poderosos de Inglaterra unos chicos.

—Cuando cumpla la mayoría de edad, no será nada de su incumbencia. Podré hacer lo que quiera. Es lo que siempre he deseado.

Lo que lady Aberlane pensara de los planes de Brianna siguió siendo un misterio, porque de repente el carruaje se balanceó violentamente, cuando otro coche se estrelló contra su costado.

—Oh, Dios mío —dijo Letty, agarrándose para no caer del asiento—. Algún bufón borracho, supongo.

—¿A estas horas? —preguntó Brianna, y miró por la ventanilla. El corazón se le encogió cuando reconoció la librea dorada y azul de los criados de su padrastro—. Oh, Dios mío. No.

—¿Qué ocurre?

—Es el carruaje de Thomas Wade.

Acababa de pronunciar aquellas palabras cuando oyó unos disparos. Brianna se arrojó al otro asiento para abrazar a la anciana. Reaccionó por instinto, aunque su mente se negara a aceptar lo que estaba ocurriendo.

Su peor pesadilla se estaba haciendo realidad, y no podía hacer nada por evitarlo.

Oyeron más disparos, y ambas gritaron cuando el coche viró hacia la cuneta y se detuvo bruscamente. No volcaron, pero aquel violento frenazo las envió contra la puerta contraria.

—¿Letty? —susurró Brianna, y se echó hacia atrás para observar a su acompañante—. Letty, ¿estás herida?

Lady Aberlane se llevó la mano temblorosa a la cabeza para colocarse el sombrero.

—No, no. Sólo un poco sofocada.

El alivio de Brianna sólo duró un segundo, porque la puerta se abrió de golpe y apareció Thomas Wade.

Brianna notó el sabor amargo de la bilis en la boca ante la horrenda visión del rostro grueso y enrojecido de su padrastro, y de sus ojos pálidos que brillaban de hambre.

—Tú, desgraciada —le dijo a Brianna mientras la agarraba por el brazo—. ¿Creías que podías escaparte de mí?

Brianna luchó desesperadamente contra él, pero Thomas tiró de ella con fuerza hacia la puerta.

—¿Te has vuelto loco? Podías habernos matado.

Él sonrió.

—Prefiero que estés muerta a que estés lejos de mi alcance.

De un último tirón, la sacó del coche y la agarró por el cuello. Brianna sólo tuvo un segundo para ver que dos de los lacayos de Stefan estaban tendidos en el suelo, sangrando, y que el mozo estaba rodeado por los esbirros de Thomas.

—Me perteneces, Brianna. No lo olvides nunca.

Brianna apenas podía respirar. Inútilmente, intentó arrancarse los dedos de su padrastro del cuello.

—Eres tan bella... te esconderé donde nadie pueda encontrarte —murmuró él, casi para sí mismo, aflojando un poco los dedos.

Brianna olvidó el dolor que sentía cuando el terror la invadió.

—Tú... canalla —le dijo—. Stefan hará que te cuelguen.

—Primero tendrá que alcanzarnos. Mi velero está esperando para llevarnos lejos de Inglaterra.

Sin previo aviso, lady Aberlane apareció en la puerta del carruaje y comenzó a golpear a Thomas con el bastón en la cabeza.

—Quítale las manos de encima, demonio.

—¡Ya está bien! —rugió Thomas, y arrastró a Brianna hacia su carruaje—. Nos vamos.

—No... por favor —jadeó Brianna.

—Suéltala, Wade.

Aquellas palabras hicieron que Thomas se detuviera en seco. Brianna notó que las rodillas le flaqueaban de alivio.

—Edmond —susurró, mientras los ojos se le llenaban de lágrimas al verlo salir de entre los árboles con una pistola en la mano, apuntando directamente a su captor.

Tras ella, Thomas se puso rígido, y le apretó tanto el cuello que ella vio puntos negros ante los ojos. Brianna supo que quedaría inconsciente en segundos si Edmond no hacía algo.

—No te acerques más o la mataré —dijo Thomas.

—El único que va a morir hoy eres tú, Wade.

—Tira el arma o le romperé el cuello —dijo Thomas, y zarandeó a Brianna con fuerza—. Tírala.

Edmond se detuvo. Entrecerró los ojos con furia. Después se agachó y dejó la pistola en el suelo.

Brianna notó que Thomas aflojaba los dedos al darse cuenta de que había superado la amenaza más inmediata. Ella pudo tomar un poco de aire.

—Así está mejor...

Sus palabras petulantes se interrumpieron cuando Edmond se irguió y, con un movimiento fluido, echó el brazo hacia atrás y arrojó una daga que llevaba escondida. Hubo un brillo de metal a través de la niebla, y después, la delgada cuchilla pasó junto a la mejilla de Brianna.

Los dedos de Thomas le apretaron el cuello brevemente antes de que el hombre cayera. Durante un largo momento, pareció que el mundo se detenía. Ella notó la brisa fría que le tiraba de la capa de lana, percibió el olor de las hojas mojadas, oyó el graznido de un pájaro.

Finalmente, fue Edmond quien acabó con aquel momento de pesadilla al recoger la pistola del suelo y encañonar a los asombrados hombres de Thomas.

—Tirad las armas y acercaos a vuestro amo —les ordenó.

Los sirvientes obedecieron apresuradamente. Brianna, aturdida, se volvió hacia el hombre que yacía en el suelo.

Al ver sus miembros sin vida, torcidos en ángulos extraños, notó que el estómago le daba un vuelco. Una parte de ella le pedía que se alejara, que lo que viera le provocaría pesadillas durante toda la vida. Pero otra parte, la parte que había soportado los meses de terror bajo el techo de su padre, poseía una necesidad morbosa de conocer el último destino de Thomas Wade.

Brianna tragó saliva y siguió recorriendo el cuerpo con la mirada. Vio su corbata empapada en sangre, y la empuñadura de la daga sobresaliendo del grueso cuello de Thomas, antes de que Edmond la abrazara contra su pecho.

—No, Brianna —le dijo, e hizo que escondiera la cara contra la curva de su cuello.

—¿Está muerto?

—Vuelve al coche, *ma souris* —le dijo él, y la llevó hacia la carretera, manteniendo su cara oculta contra la corbata.

—No, todo esto es por mi culpa —protestó Brianna— No dejaré que tú soportes la responsabilidad de... de...

—Brianna.

—¿Qué?

—Eso no ha sido una petición.

Antes de que ella pudiera seguir protestando, Edmond la subió al coche junto a lady Aberlane. La puerta se cerró de golpe y Edmond se alejó para hablar con el mozo.

—Llévatelas directamente a Meadowland. Dispara a cualquiera que intente detenerte. ¿Entendido?

—Sí, señor.

—Edmond... no.

Brianna tomó el abridor de la puerta, pero le temblaban tanto las manos que no pudo abrir. Entonces, el carruaje dio un brusco tirón y salió de la cuneta. Después, emprendió una rápida marcha hacia Meadowland.

CAPÍTULO 18

Edmond estaba junto a la ventana del estudio de Stefan. Al oír que se abría la puerta, se volvió a mirar a su hermano con las cejas arqueadas.

–¿Y bien?

–Los dos sobrevivirán, gracias a Dios, aunque pasará algún tiempo antes de que James pueda retomar sus deberes –dijo Stefan, refiriéndose a los lacayos heridos. Se acercó al escritorio, se sentó y tomó la pluma–. Voy a tomar nota de que debo ocuparme de esta familia. Creo que tiene bastantes hijos.

Edmond estaba mucho menos preocupado por los criados que por proteger a la mujer a la que habían estado a punto de arrebatarle. Brianna ya había soportado suficientes cosas. No iba a dejar que se convirtiera en objeto de más rumores desagradables si se sabía la noticia de que Thomas Wade había intentado secuestrarla.

–¿Y el médico?

Stefan lo miró con el ceño fruncido. Estaba pálido.

–¿Qué pasa con él?

–¿Le has contado nuestra historia?

–Está convencido de que mi carruaje se encontró con el de Wade en el momento en que lo estaban asaltando una banda de rufianes, y que los lacayos recibieron los disparos al intentar ayudarlo.

Edmond asintió. Aquella historia no era de las mejores que había inventado, pero era sencilla, y lo más importante, imposible de rebatir. No, a menos que alguno de sus protagonistas fuera lo suficientemente idiota como para hablar de más.

—¿Y estás seguro de que tus sirvientes se guardarán la verdad?

Stefan se ofendió.

—Por supuesto que sí. Mis criados son leales. Me preocupan mucho más los canallas que trabajaban para Wade.

—Saben que deben decir lo que yo les he ordenado que digan —le aseguró Edmond, y recordó cómo los criados se habían puesto de rodillas para rogarle que tuviera piedad. No dudaba que ya estarían de camino a Francia—. Han entendido que no dudaría en matarlos de lo contrario.

—Y yo tampoco —dijo Stefan. Se puso en pie y comenzó a caminar por la habitación—. Maldita sea. Nunca me perdonaré por permitir que Brianna se viera expuesta a tal peligro.

Edmond hizo caso omiso de la molestia instintiva que sintió ante la preocupación de Stefan. No podía culpar a nadie más que a sí mismo por haber dejado a Brianna al cuidado de su hermano, un error que no volvería a cometer.

—Stefan, no podías saber que Thomas Wade estaba tan desesperado como para intentar secuestrar a Brianna a plena luz del día.

—Pero tú sí.

—Lo averigüé muy tarde. Fui tonto por permitir que se alejara de mi vigilancia.

Stefan dio un paso hacia delante con los puños apretados a ambos lados del cuerpo.

—¿Qué demonios estás diciendo?

—Voy a llevármela a Londres.

—¿Lo dices en broma?

—No. Necesita mi protección.

—No estará más segura en Londres que aquí. De hecho,

tus enemigos son una amenaza mucho mayor que Thomas Wade. ¿O acaso se te ha olvidado que recibió un disparo cuando estaba bajo tu protección?

—Ten cuidado, Stefan —le dijo Edmond. Quería a su hermano más que a nadie en el mundo, pero Brianna se marcharía con él. Por la fuerza, si era necesario—. Además, no vamos a quedarnos en Londres. Viktor Kazakov va a viajar a Rusia el jueves, y yo iré en el mismo barco que él.

—Dios Santo. Edmond, no puedes llevarte a Brianna a Rusia.

—Viajaremos de incógnito. Nadie conocerá nuestra identidad.

—¿Y cuando lleguéis a San Petersburgo?

—¿A qué te refieres?

—Aunque consiguierais llegar al Palacio de Invierno sin que os reconozcan, ¿no eras tú el que siempre decías que la corte rusa es un lugar lleno de víboras que se lanzan contra los débiles o los estúpidos? ¿Vas a llevar a Brianna a un sitio tan peligroso?

—No tengo intención de presentar a Brianna en la corte.

—¿No? Entonces, ¿vas a tenerla encerrada en su habitación todo el tiempo? ¿La vas a esconder incluso del zar?

Edmond miró hacia el jardín con una expresión sombría.

—Eso lo decidiré cuando llegue a palacio.

—Por Dios, Edmond, has dedicado años a convertirte en uno de los asesores de confianza de Alexander. ¿De veras estás dispuesto a arriesgarlo todo por una extraña obsesión por una mujer?

—Ya he tomado la decisión, Stefan.

—Una decisión completamente irresponsable. No puedes llevarte a una muchacha inocente por el mundo como si fuera una maleta. Su reputación quedará destrozada, en el mejor de los casos, y en el peor, se verá atrapada en mitad de una conspiración para derrocar un gobierno —dijo Stefan. Caminó hasta su hermano y le posó la mano en el hombro—. Eso no es propio de ti, Edmond.

—Quizá no, pero no hay vuelta atrás.
Hubo un largo silencio. Después, Stefan bajó la mano y se apartó.
—¿Y Brianna?
—¿Qué pasa con ella?
—¿Y si no desea ir a Rusia? Acaba de instalarse en Meadowland.
—Vendrá.
—¿Porque vas a obligarla?
Edmond negó con la cabeza mientras se dirigía hacia la puerta.
—Porque me pertenece.

Poco antes del amanecer, Brianna se veía una vez más en uno de los elegantes carruajes de Stefan. En aquella ocasión, sin embargo, era Edmond quien viajaba frente a ella, en vez de lady Aberlane, y se dirigían a Londres a toda velocidad.

Ella sabía que debía estar indignada por la forma autoritaria en que Edmond la manejaba. Había entrado a su habitación dando órdenes y se había quedado a vigilarla mientras ella preparaba el equipaje, como si fuera una niña boba.

Sin embargo, Brianna no sentía ira. Sólo sentía una extraña aceptación mientras el coche recorría dando tumbos la carretera de tierra a una velocidad salvaje.

Brianna sabía que Edmond iba a volver por ella. Y sabía que, cuando lo hiciera, ella lo seguiría donde él quisiera llevarla.

Durante los tres días anteriores, se había dado cuenta de que nunca tendría paz, hasta que la pasión que ardía entre ellos se apagara y se convirtiera en carbón.

Siempre y cuando recordara aquello, se dijo, el tiempo que pasara con Edmond no sería más que una locura pasajera que terminaría pronto. ¿Para qué iba a luchar contra lo inevitable?

Frente a ella, Edmond iba repantigado en el asiento, con

las piernas estiradas y los brazos cruzados sobre el pecho, mirándola de una forma inquietante. Pese al frío, se había quitado el abrigo y el sombrero, y se había quedado con una elegante chaqueta de caza de color verde y un chaleco a rayas que se adaptaba perfectamente a su cuerpo.

—¿Vas a hacer todo el viaje de malhumor, *ma souris*? —le preguntó, interrumpiendo el denso silencio que había llenado el carruaje.

Brianna hizo caso omiso de sus palabras, que sólo estaban destinadas a provocarla, y le preguntó algo que la había angustiado desde que Edmond había salido de la niebla, justo cuando ella lo necesitaba.

—¿Cómo sabías que Thomas Wade iba a intentar secuestrarme?

—No sabía lo que estaba tramando, pero lo tenía vigilado. Cuando se marchó de Londres, lo seguí. Por desgracia, no pude alcanzarlo antes de que atacara tu coche.

Ella asintió. Debería haberse imaginado que Edmond mantendría a su padrastro bajo vigilancia. Era mucho más que un aristócrata despreocupado. Tenía una gran inteligencia y unas habilidades que sólo se encontraban entre los hombres obligados a vivir de su astucia.

—¿De veras piensas que la gente creerá que a Thomas lo asesinaron unos ladrones?

—¿Y quién iba a dudar de la palabra del duque de Huntley?

Ella frunció los labios.

—Sí, supongo que eso es cierto.

Pese a sus diferencias, los dos hermanos se habían criado con la firme creencia de que eran dueños y señores de su gran esquina de Surrey. Nunca se les ocurriría que nadie desobedeciera su mandato.

—No tendrás que preocuparte nunca más de Thomas Wade, Brianna.

—Me alegro de que haya muerto.

—Sin duda, mucha gente se alegrará. Por lo que he averiguado, era deshonesto en sus negocios, tramposo en el juego e infiel a su mujer. También se rumorea que pegaba a sus amantes. Un hombre completamente despreciable. Dudo que haya un alma que lamente su muerte.

—Ciertamente, yo no —dijo ella—. Ojalá...

—¿Qué?

—Ojalá lo hubiera matado yo.

—¿Tan sedienta de sangre, *ma souris*?

—No. No me gusta saber que he dependido de ti para que me rescataras. Yo debería ser capaz de cuidar de mí misma.

—¿Qué es lo que te preocupa, Brianna? ¿El hecho de que tuvieran que rescatarte, o el hecho de que fuera yo quien te rescató?

—Quiero tener mi independencia. ¿Es tan difícil de entender?

—Para ser una mujer que desea ser independiente a toda costa, te has quejado mucho cuando me he negado a que Janet nos acompañara.

—Janet no es sólo mi doncella, es mi amiga. Disfruto en su compañía.

—¿Una amiga?

—Sí.

—Entonces, ¿qué soy yo? ¿Amigo o enemigo?

Ella apretó los dientes.

—¿De veras deseas que responda a esa pregunta?

Brianna contuvo un escalofrío bajo la dureza de su mirada. Él se inclinó hacia ella y le tomó la barbilla con firmeza.

—¿Por qué has venido conmigo?

Aquella pregunta brusca la tomó por sorpresa.

—Tú me lo ordenaste, ¿no?

—Los dos sabemos que yo no podía obligarte. Si hubieras protestado de verdad, Stefan hubiera intercedido para que te quedaras en Meadowland.

—Ésa es una de las razones por las que no protesté.

—¿Qué significa eso?
—Stefan es la única persona del mundo a la que nunca haría daño voluntariamente.
—¿Y crees que no les has hecho daño marchándote y dejándolo?
—No tanto como si me hubiera quedado. No puedo darle lo que desea de mí, y es injusto permitir que piense que voy a cambiar de opinión.

Una intensa satisfacción se reflejó en los ojos de Edmond.

—Entonces, ¿no piensas convertirte en la siguiente duquesa de Huntley?
—No. Algún día, Stefan encontrará a una mujer que hará que se dé cuenta de que lo que siente por mí no es nada más que amistad, y cierta culpabilidad por haberme dejado en manos de Thomas Wade. Yo nunca lo hubiera hecho feliz.
—Por supuesto que no. Tú no puedes vivir una vida aburrida de dicha campestre. Tienes un espíritu aventurero.
—¡Claro que no!

Aquella respuesta estimuló la naturaleza depredadora de Edmond, y con un suave movimiento, se sentó junto a ella y le rodeó la cintura con los brazos.

—¿No? —preguntó mientras, descaradamente, le acariciaba con los labios la pequeña cicatriz de la sien—. ¿Qué otra mujer se habría atrevido a colarse en un baile de máscaras y chantajear a uno de los hombres más temidos de Londres?

Sin pensarlo, Brianna le agarró las solapas de la chaqueta. Bajo sus caricias, todo el cuerpo se le estaba despertando de un modo delicioso.

—No fue atrevimiento, fue desesperación.

Él se rió y movió la boca para explorar el pulso que latía bajo la oreja de Brianna.

—¿Por qué no quieres admitir que te gusta la emoción?
—Dios Santo, Edmond, mi madre me destrozó la vida en su búsqueda de emociones —murmuró ella

—¿De verdad crees que quiero seguir sus pasos?
Él le deslizó las manos por la espalda y recorrió con la lengua los pliegues de su oreja.
—Tu madre era una mujer engreída y débil que se permitió todos los caprichos por muy egoístas que fueran, sin tener en cuenta a quién hacía daño. Tú nunca podrías ser como ella —dijo, y le dio un mordisquito en el lóbulo—. Tú tienes valor —añadió, y le pasó los labios por la mejilla—. Inteligencia —le besó la comisura de la boca—. Fuerza.
Brianna intentó ignorar el cosquilleo que sentía en el estómago. Deseaba cerrar los ojos y abandonarse al calor que le ofrecía Edmond, pero la mera mención de su madre era suficiente para fortalecer su decisión. No se dejaría gobernar por las pasiones.
Nunca.
—Edmond.
Él intentó que separara los labios con la lengua.
—¿Mmm?
Brianna le puso las manos en el pecho y se arqueó para alejarse de él.
—Has dicho que nos íbamos a Rusia —le dijo ella, buscando cualquier distracción—. ¿Por qué?
—¿Importa eso?
—Claro que importa. No pienso dejar que me pasees por la corte del zar como amante tuya.
—¿Y por qué no? —preguntó Edmond con curiosidad—. Si estás decidida a evitar el matrimonio y a vivir en una soledad espléndida, ¿por qué te importa que la gente sepa que eres mi amante?
—Ser una mujer independiente no es lo mismo que ser una cualquiera sin moral. A mí me gustaría conservar cierta respetabilidad en la sociedad. Ya he soportado suficiente vergüenza por mi parentesco con Thomas Wade, y no podría...
—Nadie sabrá que estás conmigo —dijo él al oír sus argumentos—. Bueno, quizá Alexander Pavlovich, si vuelve a San

Petersburgo mientras estamos allí. Cada vez sospecha más de los que lo rodean, por muy inofensivos que sean. No puedo permitirme provocar su cólera en estos tiempos peligrosos.

—¿Y cómo piensas esconder mi presencia?

—Muy fácil. Vamos a viajar de incógnito, bajo una identidad falsa.

—¿Qué identidad?

—Yo seré un comerciante muy rico, y tú mi esposa.

—¿Tú, un comerciante? —preguntó Brianna, y soltó una suave carcajada. Edmond era un noble de pies a cabeza, y por mucho que se vistiera de harapos, nadie podría creer que era otra cosa que un aristócrata.

—Esto es absurdo. No puedes viajar así...

Sin embargo, las palabras de Brianna se interrumpieron cuando se le ocurrió algo de repente. Aquello no tenía nada que ver con proteger su honor, sino con su misteriosa decisión de librarse de ella tres días antes.

—Ah, claro. ¿Qué estás tramando? Y no me digas que vas a viajar de incógnito sólo para que yo pueda ir contigo. Estás ocultando algo.

Él sonrió mientras le abría la capa para poder pasarle un dedo, juguetonamente, por la línea del escote del vestido de viaje.

—Estoy dispuesto a desvelar mis secretos si tú desvelas los tuyos.

—No, no intentes distraerme. Dime por qué vamos a Rusia.

Edmond suspiró exageradamente.

—Eres una mujer dura, Brianna Quinn.

—Dímelo.

Edmond se acomodó contra el respaldo del asiento, aceptando de mala gana que tendría que confesarle a Brianna, al menos, una parte de la verdad.

Con mínimo alboroto, le contó lo que había descubierto durante los días anteriores, y su plan de seguir a Viktor Kazakov a Rusia. Brianna lo escuchó en silencio, pero incluso en la penumbra, a Edmond no se le escapó que fruncía el ceño de desagrado. Previsible, por supuesto. No era posible que él tuviera tanta suerte como para que ella siguiera sus planes sin objeciones ni protestas.

—Entiendo que necesitas advertir al zar de este peligro —le dijo ella cuando él terminó de hablar—. Creo que es deber de todo ciudadano proteger a su monarca. Sin embargo, ¿por qué piensas que es responsabilidad tuya arriesgar la vida siguiendo a ese Viktor? Seguramente, las autoridades pueden hacerse cargo de la situación.

Edmond agitó la cabeza.

—Hay muchísimas autoridades, *ma souris*. Por desgracia, los oficiales rusos suelen ser gente lenta, con poca imaginación, que no aceptan que pueda haber un traidor entre sus filas a menos que presencien el asesinato del zar.

—¿Y qué pasa con la guardia del zar?

—Los que son leales están a su lado en Prusia. Sin embargo, es más probable que los traidores intenten causar problemas en San Petersburgo, donde los ministros de Alexander Pavlovich no son tan leales como es de esperar.

—Dios Santo.

—La política es un asunto traicionero que se practica detrás de puertas cerradas, *ma souris*. Lo que el público ve es un espectáculo bien organizado, orquestado por poderes que prefieren las sombras. Y, realmente, algunas veces la corte rusa parece una guardería llena de niños maleducados, vanidosos, peleones.

De repente, los maravillosos ojos de Brianna brillaron de comprensión.

—¿Y tú eres uno de esos poderes de las sombras?

Edmond se encogió de hombros.

—Me he ganado un lugar en el círculo de confianza del zar porque tengo muchos asociados que me proporcionan información sobre los que quieren acabar con el gobierno ruso –respondió, y se quedó sorprendido. Nunca había hablado con nadie de su trabajo para el zar. Ni siquiera con Stefan.

–Entonces, ¿hay tantos traidores?

–En todos los países hay traidores. Los radicales, los sedientos de poder, los locos. Sin embargo, Rusia está en transición entre aquellos que quieren que siga anclada en sus tradiciones y aquellos que quieren que cambie y se parezca más a sus vecinos europeos. Y en esta época de agitación, hay muchas oportunidades de traición.

–No parece un lugar cómodo para vivir. ¿Por qué no te quedas en Inglaterra?

Él le acarició la mejilla con un dedo. Dios Santo, era una criatura bellísima. Aunque la luz del amanecer todavía era débil, su pelo brillaba como el fuego, y los rizos le enmarcaban el precioso rostro de color marfil.

–Como tú, yo amo la aventura. No podría soportar el tipo de vida que lleva mi hermano, ni pasarme los días recorriendo Londres de un lado a otro. Además, soy medio ruso. A mi madre le gustaría saber que su hijo está dedicado al bienestar de su patria.

De repente, la expresión de Brianna se suavizó.

–Por eso te arriesgas. Por tu madre.

Edmond se puso tenso. Había revelado más de lo que quería.

Debería contratar a aquella mujer para que se convirtiera en una de sus espías. Ella podría sonsacarle secretos al sinvergüenza más endurecido.

–No pienses que es por nobleza, *ma souris,* porque sólo conseguirás decepcionarte –le dijo burlonamente, pero se arrepintió al ver que Brianna se irritaba y se alejaba rápidamente de su caricia.

–Entonces, vamos a seguir a ese traidor a Rusia, ¿y después qué?

–le preguntó con frialdad.

Edmond se pasó los dedos por el pelo. Si intentaba agarrar a Brianna y sentársela en el regazo para consolarla, ella le daría una bofetada.

—Al final, él tendrá que reunirse con sus socios —le dijo—. Cuando sepa cuál es la identidad de la mayoría de los villanos, se los entregaré a Alexander para que él los lleve ante la justicia.

—Por algún motivo, me parece que no va a ser tan fácil como tú lo cuentas.

Él sonrió al percibir la ironía de su voz.

—No tienes por qué estar asustada, *ma souris*. Yo te mantendré a salvo.

—No estoy asustada. Sólo estoy confusa.

—¿Por qué?

—¿Por qué te has empeñado en que yo te acompañara? No tengo ninguna experiencia persiguiendo a traidores.

Él arqueó las cejas al oír aquella pregunta. No era posible que Brianna fuera tan ingenua.

—No puedo cazar traidores todo el tiempo.

—Entonces, ¿yo voy a ser tu entretenimiento cuando tengas tiempo libre? Qué bien.

Edmond se quedó inmóvil, asombrado por el deje de amargura de su voz.

—¿Estás sugiriendo que deseas ser algo más que mi amante?

—Claro que no.

—¿Pues qué quieres de mí?

—Nada.

—Mentirosa —dijo él—. Te he prometido que no serás fuente de rumores en la sociedad. ¿Qué otra cosa puede preocuparte?

—Yo... Sólo me sorprende que no tengas a una amante esperándote en San Petersburgo. O quizá sí la tengas.

Edmond se quedó perplejo.

—¿Crees que voy a estar con otra mujer cuando tú estás esperándome en la cama?

—No sería la primera vez.

—¿Qué demonios quieres decir?

—Sé muy bien que visitaste a La Russa cuando estábamos en Londres.

—Dios mío —susurró él—. ¿Cómo te...?

Se quedó callado y sacudió la cabeza. ¿Qué importaba cómo se hubiera enterado Brianna de su breve visita a la famosa cantante de ópera? Lo que de verdad importaba era que estaba claramente irritada porque pensaba que él había estado con otra mujer. La tensión que sentía Edmond comenzó a relajarse a causa de una enorme satisfacción. Alzó la mano y le acarició la mejilla.

—Brianna, no soy un santo, pero no tengo un batallón de amantes. No sólo son caras, sino que tengo responsabilidades más allá del dormitorio.

—Puedes decir lo que quieras, Edmond. Vi tu carruaje aparcado frente a su casa.

Él se rió.

—Ya entiendo por qué estabas tan fría aquella noche. Bueno, hasta que conseguí deshacer tu actitud glacial. ¡Estabas celosa!

Ella sintió que la piel le ardía bajo su caricia... aunque no sabía si era a causa de la ira o de los recuerdos de aquel ardiente encuentro.

—No estaba celosa.

Él la tomó por la nuca y la atrajo hacia sí suavemente.

—No temas, Brianna. Mi visita a La Russa fue una cuestión de negocios.

—Sé muy bien cuál es el negocio de La Russa.

—Brianna, sólo había ido a su casa a reunirme con un detective que estaba vigilando a mi primo —le dijo él, mientras le rodeaba la cintura y se la sentaba en el regazo—. No necesito que una cortesana me satisfaga. Y menos cuando tengo una mujer cálida, enérgica, exquisitamente bella que está bien dispuesta a hacerlo.

Entonces, Edmond escondió la cara en su cuello, inhalando profundamente su olor dulce. Tuvo un escalofrío.

¿Cómo había sido tan tonto de pensar que podía dejarla en Meadowland? Allí era donde ella tenía que estar. Donde siempre estaría.

—Deja que te lo demuestre.

Ella le pasó los brazos por el cuello mientras él le regaba de besos la garganta.

—Edmond, nosotros...

—Más tarde —le dijo él, y cubrió su boca con un beso que le reveló la salvaje necesidad que le hervía en la sangre—. Tenemos todo el tiempo del mundo.

CAPÍTULO 19

El viaje de Londres a San Petersburgo lo hicieron en una fragata inglesa de madera, de dos pisos, que tenía una gran cubierta para aquellos que desearan dar un paseo. El frío mantuvo a la mayoría de los pasajeros en sus camarotes, e incluso en los días durante los cuales el mar del Norte no estaba revolviéndose con furia, la lluvia que no cesaba impedía salir a tomar el aire.

Después del duro viaje por mar, viajaron por tierra durante días interminables en un pequeño carruaje, persiguiendo a Viktor Kazakov, a través de intensas tormentas de nieve.

Sin embargo, Brianna nunca había viajado más allá de Surrey, y pese a las constantes advertencias de Edmond para que no saliera del carruaje sin cubrirse la cara con un velo, se dio cuenta de que disfrutaba de aquel entorno extraño. Sentía impaciencia por recorrer más y más aquellas tierras extranjeras.

O al menos, se convenció de que era la impaciencia lo que le hacía despertarse con una sonrisa en los labios y una energía inusitada en el paso. De otro modo, se vería obligada a pensar en que la causa era la presencia constante de Edmond.

Podía admitir que ansiaba sus caricias durante las largas

noches que pasaban juntos. Incluso estaba empezando a sentir respeto por su inteligencia rápida y su sentido del humor. Sin embargo, no quería reconocer que él se estaba abriendo camino, implacablemente, hacia su corazón.

Aquello sería una locura.

Afortunadamente, su inquietud por aquellas sensaciones extrañas, casi vertiginosas, que la habían invadido, fue olvidada cuando llegaron a San Petersburgo. Aquella ciudad, que no tenía más de un siglo de vida, era enorme y bellísima. Se erguía a orillas del río Neva, que desembocaba en el Golfo de Finlandia.

Se decía que los muchos canales que atravesaban los pantanos habían inspirado a Pedro el Grande para construir su capital a imagen de Venecia, y que, con una indiferencia cruel hacia la miseria de la gente, había exigido que acudieran a la ciudad cuarenta mil campesinos cada año para llevar a cabo su obra maestra.

Y era una obra maestra, admitió Brianna a medida que el carruaje los transportaba por la ciudad.

Ella nunca había visto tantas cúpulas y capiteles dorados brillando bajo el azul del cielo. Aquellas construcciones añadían un contraste exótico a las estatuas de bronce y los monumentos en honor a Pedro el Grande.

Sólo vio de pasada el azul del mar y el Palacio de Invierno, con su profusión de columnas y pilares y su cúpula dorada, antes de pasar por delante de la Catedral de Nuestra Señora de Kazan y adentrarse en una estrecha calle jalonada de tiendecitas. Edmond le dijo a Brianna que estaban en Gostinny Dvor.

Finalmente, el carruaje aminoró el paso cerca de un palacio barroco conocido como el Palacio de Sheremetev, y tomó una calle hacia la izquierda, hacia el Neva.

Cuando se detuvieron frente a una enorme casa a la cual, aparentemente, llegaban unos invitados, pese a que era demasiado temprano para visitas, Brianna frunció el ceño.

—¿Qué es este sitio?

Edmond se caló el sombrero y se puso los guantes.
—Es la casa de una amiga.
Al notar un tono de afecto en su voz, Brianna apretó los dientes.
—¿Es guapa?
—Es maravillosa —respondió él con una carcajada suave, mientras la observaba con los ojos entornados—. Y da la casualidad de que también es lo suficientemente mayor como para ser mi madre.
Ella sintió un alivio tan intenso que casi le molestó tanto como la mirada petulante de Edmond.
—Creía que querías mantener en secreto tu llegada a San Petersburgo —dijo, volviendo la cabeza hacia la casa, que bullía de actividad—. Esto no parece un alojamiento clandestino.
—Más bien todo lo contrario —respondió él—. Vanya Petrova es famosa por su espléndido y generoso modo de vida. Es raro que su casa no esté llena de invitados —explicó, y se enrolló una bufanda al cuello, de modo que se tapó más de la mitad de la cara—. Lo cual significa que dos personas más no llamarán la atención.
—¿Y los otros invitados?
—La gente que asiste a sus tertulias literarias es recibida en los salones públicos, y ella me ha prometido que se librará de todos aquellos huéspedes que no sean de total confianza. Los que permanezcan en la casa no dirán una sola palabra de nuestra presencia.
Brianna se dispuso a informar a aquel hombre tan bobo de que cotillear era el pasatiempo favorito de cualquier huésped de una casa, cuando, de repente, se dio cuenta de algo.
—Oh... esta Vanya Petrova es una de tus colaboradoras, ¿verdad?
—En realidad, es más acertado decir que yo soy uno de sus colaboradores —respondió él—. Vanya ha sido una de las partidarias más incondicionales de Alexander Pavlovich

desde que él llegó al trono. Se puso en contacto conmigo cuando llegué a San Petersburgo para que yo la ayudara en sus esfuerzos de mantener a raya a los chacales.

—¿Y por qué se puso en contacto con un inglés para proteger al zar de Rusia?

—Era muy amiga de mi madre cuando eran jóvenes —dijo Edmond con afecto—. Y, quizá con falta de sabiduría, Alexander Pavlovich siempre ha preferido rodearse de asesores extranjeros. Me resultó fácil ganarme su confianza.

Brianna siempre había envidiado a aquéllos que tenían el poder, porque se había visto muchas veces a merced de los demás. Sin embargo, en aquel momento se dio cuenta de que el poder tenía un precio terrible.

—¿Sabes? Compadezco a ese pobre hombre. ¿Cómo puede vivir alguien sabiendo que hay traidores por todas partes, esperando la mejor oportunidad para ocupar su lugar, o incluso matarlo?

—Es una carga que lleva con tristeza. Algunas veces temo que...

—¿Qué?

—Nada.

Sabiendo que Edmond no le revelaría nada más, Brianna miró hacia la lujosa mansión. De repente, su coraje desfalleció.

—¿Qué has hecho con Boris? —preguntó. Echaba de menos la compañía del silencioso guerrero. Durante las semanas pasadas, había comenzado a apoyarse en su presencia sólida.

—Él va a seguir a Viktor Kazakov. Supongo que su destino es San Petersburgo, pero no quiero que me tomen de nuevo por sorpresa. No voy a dejar de vigilar a ese traidor. Además, estoy cansado de sus incesantes quejas por haberle negado la compañía de Janet. Tu doncella tiene la culpa.

—Te advertí que la trajeras con nosotros.

—¿Y renunciar al placer de ayudarte a que te desnudes? No seas tonta.

Ella se ruborizó.
—Edmond.
Edmond no dijo nada. Le bajó el velo del sombrero sobre la cara y abrió la puerta del carruaje.
—Vamos. Vanya va a empezar a preocuparse.

Entraron por la puerta principal, pero apenas habían pasado al vestíbulo de mármol cuando un sirviente uniformado los condujo hacia una amplia escalinata hacia el piso superior de la mansión.

Y, sorprendentemente, Brianna fue conducida a una suite privada de habitaciones, pese a las protestas de Edmond.

Con una sonrisa, Brianna le cerró la puerta en la nariz, ante su indignación, y exploró las maravillosas estancias con placer. Estaban decoradas al estilo europeo; los muebles eran de madera y las tapicerías de terciopelo, pero el amor de los rusos por el lujo y el exceso se percibía en las molduras doradas y los adornos con joyas incrustadas.

Brianna se quitó la capa y el sombrero y se acercó a una estufa de porcelana para calentarse las manos heladas. En aquel momento se abrió la puerta de su habitación y pasó una mujer alta, escultural, de pelo plateado y rasgos magníficos.

Brianna hizo una rápida reverencia al darse cuenta de que aquélla debía de ser su anfitriona.

—*Milady*.

La mujer, elegantemente vestida con un traje verde manzana a rayas plateadas, se acercó para tomar a Brianna de la mano y conducirla hacia un pequeño sofá.

—Por favor, debes tutearme. Soy Vanya —murmuró en un inglés perfecto mientras observaba a Brianna con sus ojos azul pálido, intensamente—. Espero que la habitación sea de tu gusto.

Brianna sonrió.

—Es maravillosa —dijo con sinceridad.

Vanya se rió, obviamente, complacida por la respuesta de Brianna.

—Ah, una mujer de buen gusto. Por supuesto, Edmond está furioso conmigo. Insistió en que compartieras su habitación, pero yo le he informado de que una mujer necesita tener privacidad de vez en cuando.

Brianna se ruborizó.

—Supongo que debes preguntarte por qué... por qué viajo a solas con...

—Por Dios, ¿qué tengo que preguntarme? —la interrumpió Vanya con una sonrisa encantadora—. Edmond es un hombre muy guapo. Si yo fuera más joven, me enfrentaría contigo por sus atenciones. Claro que yo he llegado a apreciar a los caballeros maduros, que no suelen desear tener el derecho exclusivo sobre una dama. Después de todo, la variedad es la sal de la vida —añadió con los ojos brillantes al ver que Brianna enrojecía hasta el pelo—. ¿Te he escandalizado?

Brianna se rió nerviosamente. Una mujer inglesa nunca revelaría sus deslices.

—No —dijo, y carraspeó—. No, claro que no.

Vanya le dio unos golpecitos a Brianna en el dorso de la mano.

—Descubrirás, mi pequeña, que aunque se me considera poco convencional y excéntrica, no soy una hipócrita. Vivo mi vida como quiero, y no juzgo a los demás.

—Gracias.

—Y, mejor todavía, soy una mujer de mundo que está dispuesta a enseñarte el mejor modo de manejar a un hombre difícil como Edmond.

—¿Incluye ese modo un látigo?

Vanya suspiró.

—Una idea tentadora, pero sólo serviría para que fuera más obstinado, sin duda. Es mejor utilizar métodos más sutiles. Por eso, precisamente, he insistido en que tuvieras tu propia habitación.

—Me temo que no lo entiendo.

—No sirve de nada permitir que un caballero te dé por garantizada. Si Edmond desea acompañarte en esta suite, entonces deberá asegurarse de que no hace nada que te empuje a cerrar la puerta con llave.

Brianna se rió. Una mera cerradura no serviría para impedirle a Edmond ir donde quisiera.

—Estás suponiendo que no echaría la puerta abajo.

—Admito que no se me había pasado por la cabeza —respondió Vanya—. Edmond no es un hombre que haga esfuerzos por una mujer —dijo con una sonrisa—. Hasta ti, pequeña. Nunca había permitido que una mujer lo acompañara en sus viajes, ni se había alojado bajo su mismo techo. Realmente, creo que estaría dispuesto a tirar unas cuantas puertas abajo para estar a tu lado.

Brianna sintió un peligroso aleteo en el corazón antes de reprimir aquella reacción con severidad.

Quería aceptar su relación con una frialdad que le permitiera alejarse con recuerdos agradables cuando todo terminara.

Así era, sin duda, como Vanya Petrova llevaba sus relaciones.

—Eso es sólo porque me ve como un desafío. Y porque no puede soportar la idea de que cualquier otro me tuviera.

Fue Vanya quien se rió en aquella ocasión.

—Dios Santo, qué ingenua eres.

—Créeme, Vanya, puede que Edmond... me tenga afecto, pero nunca se permitirá sentir ninguna otra cosa. Preferiría cortarse el cuello antes de permitir que alguien se acerque a él. Puede que yo sea ingenua, pero comprendo que la lujuria y el amor son dos cosas distintas.

—Supongo que eso es cierto. El pobre muchacho. Ojalá se diera cuenta de que sus padres nunca habrían querido que se culpara de su muerte. No fue nada más que un trágico accidente.

Brianna no quiso admitir que sentía una punzada de ternura por Edmond. Él no deseaba otra cosa que su cuerpo, y eso era lo que ella iba a ofrecerle.

Alzó la barbilla en un gesto de orgullo.

—Además, yo no quiero otra cosa que una aventura temporal.

Vanya parpadeó. Aquella afirmación la tomó por sorpresa.

—¿De veras?

—De veras.

Hubo un momento de silencio antes de que Vanya le apretara los dedos suavemente a Brianna.

—Querida, una mujer no es a menudo tan afortunada como para recibir las atenciones de un hombre tan rico y tan guapo. No sería inteligente apartarte de él sin pensar en tu futuro.

Aquel consejo era bienintencionado, sin duda, pero Brianna se estremeció al pensar en cambiar su cuerpo por la seguridad. No importaba cuánto deseara a Edmond. Ni a ningún otro hombre.

—Tengo una herencia con la que voy a establecer mi propio hogar —dijo ella con dignidad—. No estoy dispuesta a depender de un hombre a cambio de mi comodidad.

Vanya sonrió con placer.

—Ah, una mujer independiente. Mis favoritas. Realmente, debemos ser amigas, querida. Puedo contarte...

—Quizá sería mejor que les des tus consejos a invitadas menos inocentes, Vanya —dijo una voz masculina—. Yo preferiría que Brianna no se corrompiera por completo durante nuestra estancia aquí.

Ambas mujeres se dieron la vuelta y vieron a Edmond atravesar la habitación hacia ellas. En el poco tiempo que habían estado separados, él se había puesto un elegante traje gris y unos zapatos relucientes. Aquel estilo sobrio subrayaba la perfección de su cuerpo y la belleza morena de su rostro.

—Ah, Edmond —dijo Vanya Petrova, que se puso en pie

para saludarlo; le tendió la mano para que él le diera un beso–. Pensaba que te habías marchado a reunirte con Herrick Gerhardt.

–Todo a su tiempo. Antes quería asegurarme de que Brianna estaba bien instalada.

Vanya arqueó una ceja.

–¿Y para asegurarte de que no estoy convenciéndola de que sería más feliz con un amante más considerado?

El aire se heló. Edmond miró a su anfitriona con ira.

–Vanya, te quiero mucho, pero si alguno de tus huéspedes es lo suficientemente idiota como para aventurarse en esta suite, le pegaré un tiro. Que no se te olvide. No quisiera que ocurra nada desagradable.

Instintivamente, Brianna se puso en pie. Sin embargo, Vanya se limitó a sonreír.

–Vaya, hijo mío, qué aburrido eres. Pareces un marido.

Brianna se quedó horrorizada. Dios Santo, ¿aquella mujer no tenía miedo? ¿Ni sentido común?

Afortunadamente, Edmond se limitó a entornó los ojos.

–¿No necesitabas atender a tus invitados, Vanya?

Riéndose, ella se dirigió hacia la puerta, pero antes de salir se detuvo a mirar a Edmond.

–Me iré, Edmond, pero que no se te olvide que soy la señora de esta casa, y mi simpatía siempre irá a las mujeres. Si decido que no la estás tratando con el debido respeto, haré que te echen.

Cuando la mujer se hubo marchado, Edmond agitó la cabeza.

–Esto me pareció una buena idea cuando estábamos en Londres. Ahora empiezo a preguntarme si no he cometido un error.

Brianna se esforzó por aparentar indiferencia. Se acercó lentamente a una mesa de marfil sobre la que había varias figuras de adorno de jade.

–¿Por qué? –le preguntó–. A mí me cae bien Vanya.

–No me sorprende –murmuró él–. Esa mujer está convencida de que los hombres deberían ser mascotas adiestradas que se pueden tirar a una cloaca cuando se canse de ellos.

—¿Y qué tiene eso de malo? A las mujeres se las ha tratado así durante siglos.

Sin previo aviso, Brianna se vio aprisionada contra la pared, con el cuerpo de Edmond apretado contra el suyo.

—Edmond...

—No estaba bromeando, *ma souris* —le dijo con la voz ronca—. No soy un perro faldero, y la casa de Vanya es poco convencional, por decirlo de algún modo. Muchos caballeros estarán ansiosos por tener a una mujer joven y guapa a su alcance. No toleraré que te hagan ni la más mínima insinuación.

Brianna maldijo la satisfacción que sintió ante la actitud posesiva de Edmond.

—Por el amor de Dios, Edmond, no estamos en la Edad Media —dijo—. No soy una pertenencia tuya.

Él la besó con ferocidad mientras le tiraba de los botones del vestido.

—Eres mía —susurró contra sus labios—. Que no se te olvide.

Brianna jadeó cuando él le abrió el corpiño y deslizó los dedos bajo su corsé para jugar con sus pechos.

—Haces que sea muy difícil olvidarlo —murmuró.

Cerró los ojos cuando él le dibujaba un camino de fuego con los labios por el cuello.

—¿Difícil? Tengo intención de hacer que te resulte imposible.

La nieve comenzó a caer en abundancia mientras el elegante trineo trasladaba a Herrick Gerhardt y a Edmond lejos del bullicio de San Petersburgo, si bien las pieles que cubrían el interior del trineo no permitían entrar a la cabina el aire helado del exterior, ni los caminos resbaladizos aminoraban el paso de los doce jinetes que los acompañaban de guardia.

Herrick celebraba a menudo las reuniones más secretas lejos de las miradas curiosas del Palacio de Invierno, y era tan sabio como para asegurarse de que sus invitados estuvieran cómodos.

Recostado en su amplio asiento, Edmond tomó un sorbo de brandy perfectamente envejecido e hizo un esfuerzo por apartarse a Brianna de la cabeza. Después de sus apasionadas relaciones de aquel día, la había dejado acostada en su habitación de la casa de Vanya. Su abrumadora necesidad de satisfacerla tan completamente que ella no pudiera pensar en nadie más que en él, ni desear a nadie más que él lo había dejado muy afectado.

Sabía que era absurdo pensar que podría marcarla con su pasión. Ese deseo era tan ridículo como inquietante.

—¿Edmond?

Edmond agitó la cabeza y prestó atención al caballero que iba sentado frente a él.

—¿Conseguiste unirte a Boris y seguir a Kazakov desde el barco?

Herrick arqueó una ceja. Él rara vez cometía errores. Y mucho menos se encontraba con que alguien cuestionara su considerable habilidad.

—Por supuesto. Como tú sospechabas, viajó directamente a casa de su primo.

Edmond hizo una mueca de desagrado. Fedor Dubov era una débil imitación de su primo mayor, Viktor. Nunca poseería la misma posición, ni la riqueza ni el carisma de Viktor, pero era una persona muy fácil de usar para los demás.

—Desgraciado...

—Hay más —dijo Herrick.

—¿Qué?

—Nunca he confiado en el hecho de que Fedor Dubov aceptara la negativa de Alexander de que él formara parte de su consejo.

—Dios Santo, ese hombre declaró que Alexander mató a su propio padre. ¿Acaso pensaba que el zar iba a olvidarlo?

—Muchos otros dijeron lo mismo, y ahora hay algunos que ocupan puestos de poder en el gobierno.

—Pero al menos, fueron lo suficientemente inteligentes como para susurrar sus sospechas en privado, no anunciarlo públicamente ante toda la corte rusa. Fedor tuvo suerte de no verse ante el pelotón de fusilamiento.

Herrick metió la mano bajo su capa y sacó un pedazo de papel doblado que le entregó a Edmond.

—Quizá su suerte esté acabándose.

Edmond desplegó el papel con el ceño fruncido.

—¿Qué has descubierto?

—Este mensaje fue enviado al Palacio de Invierno pocos momentos después de que Kazakov llegara a San Petersburgo.

La escritura era casi ilegible, pero Edmond consiguió descifrar una cita de Voltaire con una nota breve al final.

Todos los asesinos son castigados a menos que maten a un gran número y lo hagan al son de las trompetas. El tiempo vuela... espero tu aviso.

A Edmond se le heló la sangre.

—¿Cómo has conseguido esto?

—Ya te dije que nunca he confiado en Fedor Dubov, así que he estado pagando a algunos de sus sirvientes para que me mantuvieran informado de sus movimientos y de las visitas que recibe —dijo Herrick, y señaló la nota que Edmond tenía entre las manos—. Uno de ellos me hizo llegar una copia de este mensaje antes de que fuera enviado. Lo he recibido hace pocos minutos.

Edmond emitió una maldición entre dientes. Claramente, Kazakov no tenía intención de perder ni un segundo antes de reclamar el poder que siempre había considerado suyo.

—¿A quién iban a entregar este mensaje?

—Me temo que el sirviente no lo sabía. Kazakov envió a su ayuda de cámara al palacio, y ese hombre es muy leal. He ordenado a los que vigilan en casa de Fedor Duvob que lo sigan la próxima vez que salga de casa.

—Dios Santo —dijo Edmond.

Arrugó la nota y la tiró al suelo del trineo. Era como si estuviera ante una avalancha y fuera incapaz de detenerla. Tenía una sensación insoportable que no había experimentado desde la muerte de sus padres.

Herrick lo miró y supo de la frustración que sentía.

—Descubriremos quién está detrás de esta conspiración.

Edmond tomó la botella de brandy y se la llevó a los labios. Tomó un largo trago, y agradeció el calor que el licor le extendió por el cuerpo, y que ayudó a relajar el nudo que tenía en el estómago.

—¿Has recibido noticias del zar?

Herrick asintió.

—Está a salvo, bien protegido.

—No voy a negar que me alegro de que tú volvieras a San Petersburgo en vez de permanecer con Alexander Pavlovich. Me temo que eres mucho más necesario aquí.

—Han firmado el tratado. No tenía razón para quedarme. En realidad, tenía el presentimiento de que se avecinaban problemas.

Edmond soltó un resoplido.

—Es una pena que el emperador no compartiera tu apremio. Aunque no deseo verlo en peligro, su lugar está aquí, entre su gente. Quizá entonces sus enemigos no estarían tan envalentonados.

Instintivamente, Herrick suavizó su expresión. Quizá confiara en Edmond, pero no iba a revelarle su opinión personal sobre el zar. Su lealtad era tan constante y sólida como las pirámides de Egipto.

—Los dos sabemos que la corona descansa inestablemente sobre la cabeza de Alexander. Él encuentra paz en sus viajes.

—Pero su gente lo necesita.

Herrick alzó una mano para acallarlo, con una expresión de tristeza.

—Todos hacemos lo que está en nuestra mano, amigo mío. Es lo que se puede pedir.

Edmond quiso protestar. Alexander Pavlovich tenía que hacer más de lo que estaba en su mano. Tenía que renacer de entre las cenizas de sus inseguridades y convertirse en el líder fuerte y determinado que Rusia necesitaba desesperadamente.

—Hablaré con mis colaboradores —dijo, tragándose su deseo de exigirle a Herrick que convenciera al emperador de que volviera. Alexander sólo regresaría a San Petersburgo cuando fuera de su conveniencia—. Quizá tengan información.

—Me la harás llegar.

—Por supuesto.

Herrick se inclinó a mirar por la ventanilla helada y le hizo un gesto al jinete más cercano. Al instante, el trineo dio la vuelta y se dirigió hacia la ciudad.

Durante un tiempo, los hombres permanecieron en silencio, ambos sumidos en sus pensamientos. Después, con un esfuerzo evidente, Herrick intentó relajar el ambiente.

—Bueno, háblame de esa mujer.

—¿Disculpa?

—Boris me ha dicho que has traído una inglesa a Rusia.

—Debería aprender a mantener cerrada la boca.

—¿Es bella? —preguntó Herrick, y chasqueó la lengua—. Qué pregunta más tonta. Claro que es bella. ¿Cuándo has elegido una mujer que no lo fuera?

—Es bella, pero, por una vez, no importaría. Mi fascinación no tiene nada que ver con la curva de su mejilla ni la deliciosa forma de sus labios.

Herrick se quedó asombrado.

—Ésa es una admisión peligrosa, amigo mío.

—No serviría de nada negarlo —dijo Edmond de mala

gana—. Tengo esperanzas de que la proximidad sea más efectiva.
—¿Crees que te cansarás de su compañía?
—Es el final inevitable de todas las aventuras.
—¿Y si no te cansas?

Edmond hizo caso omiso de la voz que le decía que en aquella ocasión lo había vencido una muchacha que podía alterar su estado de ánimo con una simple sonrisa.

—Entonces, será mi amante —gruñó—. Para siempre.

CAPÍTULO 20

Brianna durmió casi dos horas después de que Edmond se marchara, pero cuando se levantó, se dio cuenta de que todavía estaba aletargada y de que tenía una sensación de mareo. Culpó de ello a Edmond y al desenfrenado encuentro sexual de unas horas antes. Era un milagro que pudiera levantarse de la cama, pensó mientras se ponía un vestido de seda rosa. Le resultó difícil recogerse los rizos en un moño sin la ayuda de Janet, pero no quería molestar a los sirvientes de Vanya. Por el eco ruidoso de las voces que provenía de las estancias públicas, parecía que había suficientes invitados como para mantenerlos ocupados.

Brianna abrió la puerta de su habitación y salió al pasillo con la esperanza de superar aquella lasitud. Evitó bajar por la escalinata, que conducía a los salones, y recorrió el pasillo hasta que llegó a una habitación que parecía una sala de música.

Sonrió al ver el suelo de madera brillante, los muebles de caoba y los valiosos tapices que cubrían las paredes. El ambiente era íntimo y confortable, pero Brianna estaba segura de que había costado muchos rublos conseguirlo.

Pasó por delante de un arpa dorada y se acercó a un ventanal desde el que se dominaba el jardín. El aire estaba helado junto a los cristales, pero le calmó el estómago revuelto, y después de envolverse bien en el grueso chal de lana que se había puesto sobre los hombros, observó cómo la nieve caía suavemente en remolinos hipnotizantes.

Perdió la noción del tiempo con la frente apoyada en el cristal frío, mientras dejaba que su mente vagase. Era la primera vez que estaba completamente sola desde hacía semanas, y el silencio era un alivio.

Por supuesto, la paz no podía durar para siempre. Al final, oyó el sonido de unos pasos que se acercaban, y antes de que pudiera retirarse a su suite, en la sala de música entró un hombre alto que la miró con una sonrisa de desconcierto.

Era un caballero distinguido y guapo, con el pelo entrecano. Llevaba una elegante chaqueta morada y unos pantalones grises que indicaban que se trataba de un hombre rico, como el gran diamante que tenía prendido en los pliegues de la corbata.

Sin embargo, ella no podía saber si era uno de los huéspedes de confianza de Vanya, o un visitante que le preguntaría por su presencia en la casa.

—Ah, debe de ser usted la señorita Quinn —murmuró el caballero—. No tema. Tengo órdenes estrictas de no hablarle a nadie de su presencia en Rusia, y créame, cuando Vanya da una orden, un hombre sabio se apresura a obedecerla.

La inquietud de Brianna se convirtió en sorpresa cuando él se acercó a la ventana y se detuvo junto a ella.

—Es usted inglés.

—En efecto —respondió él, e hizo una marcada reverencia—. El señor Richard Monroe, a su servicio.

Ella lo observó atentamente. En sus rasgos tenía la marca de la nobleza, pero en sus ojos había una bondad que permitió relajarse a Brianna.

—¿Y qué es lo que está haciendo en San Petersburgo?

—¿La verdad?

—Bueno, si no es un secreto.

—No, no es un secreto —respondió él con una sonrisa—. Vanya fue a Londres hace diez años, y yo fui tan tonto como para enamorarme de ella. Desde entonces la he seguido con la esperanza de que se rinda y quiera convertirse en mi esposa.

—¿Diez años?

—Asombroso, ¿verdad?

—Yo... sí, bastante.

—¿Señorita Quinn? ¿He dicho algo que la haya perturbado?

—Diez años es mucho tiempo. Debe de ser usted un caballero muy paciente.

Él suspiró.

—De vez en cuando pierdo la paciencia y vuelvo a la finca de mi hermano, en Kent, pero siempre regreso. Mi vida es gris y tediosa sin Vanya.

Brianna se arrebujó en el chal al sentir un escalofrío. Tenía que ser el frío del ambiente.

—¿Vive en esta casa?

—No, tengo alojamiento en el Palacio de Invierno, razón por la cual Vanya continúa frecuentando mi compañía.

—No lo entiendo.

El caballero se encogió de hombros.

—Mi sitio en el palacio me permite mantener vigilados a aquéllos que están más cerca del emperador.

Brianna inhaló bruscamente. Al verla rodeada de tanto lujo, había sido muy fácil olvidar que Vanya estaba implicada en el mundo peligroso de la política rusa.

—Oh. Por supuesto. ¿Y eso no le produce inquietud?

—¿Que Vanya sólo me considere un arma que puede usar en su guerra particular por mantener a los Romanov en el poder?

—Sí.

—Algunas veces, pero por lo general estoy muy contento de tener cualquier espacio en su vida, por muy pequeño que sea.

—Debe quererla mucho —dijo Brianna suavemente.

—No existe el amor pequeño. O se ama, o no se ama.

Bueno, y ya hemos hablado suficiente de mí. Cuénteme cosas de usted, querida.

—Me temo que no hay mucho que contar. Siempre he llevado una vida protegida.

Él la miró con ironía.

—No tan protegida, si habéis venido a Rusia con uno de los caballeros más poderosos de Inglaterra y habéis caído en mitad de una conspiración política en Rusia.

—Edmond tiene el talento de hacer que la existencia de una mujer sea más emocionante, sin duda.

Richard se rió.

—Me lo imagino. Edmond es muy parecido a Vanya, pese al hecho de que no tengan parentesco de sangre. Ambos poseen esa atracción fascinante que es fatal para nosotros, las pobres almas ignorantes.

Brianna sintió una repentina opresión en el pecho. No. Ella no sería como el señor Richard Monroe. No pasaría el resto de su vida alimentando un amor no correspondido.

—Supongo que sí —murmuró.

Richard percibió su inseguridad y entornó los ojos.

—No parece que esté especialmente contenta. No la habrán traído aquí contra su voluntad, ¿verdad?

—No —dijo ella, sorprendida por aquella pregunta inesperada—. No, por supuesto que no.

El caballero no se quedó completamente convencido.

—Señorita Quinn, quiero que sepa que si necesita un amigo, puede confiar en Vanya o en mí. Puede que esté lejos de casa, pero no está sola.

—Es muy amable, pero...

—Admiro mucho a Edmond, pero sé que tiene el hábito de obligar a los demás a hacer su voluntad —dijo Richard con firmeza—. Una mujer joven e inocente quizá no tenga la capacidad de resistirse a su considerable determinación.

—Le aseguro, señor Monroe, que Edmond no me ha obligado a acompañarlo. Lo he acompañado a San Petersburgo por voluntad propia.

—Entonces, ¿por qué está tan pálida?
Ella sacudió lentamente la cabeza.
—No me encuentro muy bien. Creo que el viaje ha sido más agotador de lo que yo pensaba.

Apenas había terminado de hablar cuando él estaba atravesando la habitación para servirle una copa de un licor oscuro que había en una jarra, sobre una estufa. El caballero volvió a su lado y se sentó en el alféizar junto a ella y le dio la copa.

—Tenga.

El cristal estaba caliente, y el aire se llenó de olor a clavo.

—¿Qué es?

—Un ponche con especias. Hará que entre en calor —dijo él—. Bébalo despacio.

Ella tomó un sorbo y estuvo a punto de emitir un gruñido de alivio cuando el ponche se le deslizó por la garganta y con su calor le calmó las náuseas.

Era delicioso.

Mientras disfrutada de la calidez que se extendía por su cuerpo, Brianna no se dio cuenta de que ya no estaban a solas. No, hasta que una tos se oyó en la habitación.

Brianna se volvió y vio a Vanya en el centro de la estancia, con una expresión neutra en la cara, mientras observaba la intimidad que había envuelto a quienes estaban sentados en el alféizar.

Pese a que estaban en una posición completamente inocente, Brianna se ruborizó. Quizá fuera porque percibió que Vanya no sentía indiferencia pese a su compostura serena.

—Aquí estás, Richard —dijo la anfitriona con una sonrisa—. Veo que te has presentado a nuestra bella invitada. ¿Ocurre algo?

Richard, sin acusar la tensión que había llenado el ambiente, se levantó de su asiento y respondió:

—La señorita Quinn no se encuentra bien.

La expresión de Vanya se transformó en una de preocupación.

—Oh, querida, ¿necesitas un médico?

—No, no, por favor, no es nada —respondió Brianna, azorada por causar molestias—. Ya me siento mucho mejor.

Vanya se acercó a ella sin dejar de mirarla, aunque instintivamente se colocó junto a Richard. Incluso posó una mano, en actitud posesiva, sobre su antebrazo.

—Haré que te preparen un baño caliente en tu habitación. No hay nada más reconfortante.

—Oh, eso sería maravilloso —dijo Brianna con agradecimiento. Hacía mucho tiempo que no había disfrutado de otra cosa que no fuera una rápida limpieza con agua fría. Se puso en pie e hizo una reverencia—. Ha sido un placer conocerlo, señor Monroe.

Él sonrió.

—El placer ha sido mío, señorita Quinn.

Vanya observó al caballero con una expresión sombría.

—No le hagas caso, querida. Le encanta flirtear —murmuró.

—¿Cómo puedes decir eso? —protestó Richard, y se llevó la mano de Vanya a los labios para darle un beso—. Tú, amor mío, eres la maestra del coqueteo.

Ella se inclinó hacia él con la confianza de unos viejos amantes.

—Contigo nunca, Richard.

La expresión del caballero era tan tierna que podría haber ablandado el más duro de los corazones.

—Sí —susurró él—. Eso es lo que me hace conservar la esperanza.

Brianna sintió que estaba de sobra. Se marchó silenciosamente de la habitación y se dirigió a su habitación.

Tenía una sonrisa irónica en los labios cuando entró en la suite y cerró la puerta. Fueran cuales fueran las atrevidas palabras de Vanya sobre los amantes y la independencia, era evidente que le profesaba un gran cariño al señor Richard Monroe.

Quizá más que eso.

Sin embargo, obviamente aquella mujer era demasiado obstinada como para admitir sus sentimientos. Ni siquiera ante sí misma.

Y aquello era algo que a Brianna le produjo un escalofrío.

CAPÍTULO 21

El sol se estaba poniendo cuando Brianna oyó la voz de Edmond en el pasillo. No estaba segura de querer verlo en aquel momento, así que esperó hasta que oyó cerrarse la puerta de su habitación y se puso una capa ribeteada de armiño que Edmond la había obligado a comprarse antes de salir de Inglaterra y un grueso manguito. Con la capucha puesta, y sin el velo, salió de su suite y se dirigió hacia el jardín.

Aunque estaba preparada para sentir frío, se le cortó el aliento al notar el aire glacial. Durante un momento pensó en volver a la calidez de su habitación, porque por muy estimulante que pudiera ser el frío, tenía una humedad brutal que amenazaba con congelarla hasta los huesos.

Entonces, su mirada se detuvo en el río Neva, y olvidó la idea de volver.

Hechizada por la visión de cuento de hadas de los patinadores, los trineos, los vendedores y los paseantes que se movían por el hielo del río, Brianna caminó hasta el límite del jardín. Pese al frío, había cientos de personas allí, y el eco de sus risas llegaba hasta el jardín. Brianna sonrió.

Detrás de ella, oyó que se abría la puerta de la terraza y que alguien caminaba por la nieve.

No se molestó en darse la vuelta.

—¿Brianna?
—¿Mmm?
—¿Qué estás haciendo aquí? —le preguntó Edmond.
—Necesitaba tomar aire fresco.
—¿Fresco? Hace un frío atroz—dijo él, y le puso las manos sobre los hombros para hacer que se diera la vuelta y lo mirara a los ojos—. Vamos dentro.
—Dentro de un rato.

Él frunció el ceño ante su negativa a obedecer, pero parecía más preocupado que irritado.

—Vanya me ha dicho que no te encontrabas bien.
—Sí, estoy bien —dijo Brianna, aunque tenía la sensación de que iba a desmayarse si él no dejaba de mirarla de aquel modo—. De veras, estoy bien, Edmond. No ha sido más que un mareo sin importancia.

Él se acercó y le rozó con la punta del dedo las sombras oscuras que tenía bajo los ojos.

—No estás acostumbrada a hacer un viaje tan duro, *ma souris*. Tendrás que descansar durante los próximos días.

—No he hecho otra cosa que descansar en todo el día. Me sienta bien estar fuera de la casa —repuso ella. Después, nerviosamente, Brianna intentó distraer la atención de Edmond. Se apartó de él, se acercó a la barandilla de hierro forjado y señaló la isla que había en mitad del río helado—. ¿Qué es eso?

Hubo un silencio antes de que Edmond se colocara justo detrás de ella. Le rodeó la cintura con los brazos y la atrajo hacia su cuerpo.

—Es la Catedral de San Pedro y San Pablo —murmuró él—. Es el lugar de enterramiento de los zares rusos.

—Hay muchos árboles. ¿Tienen algún significado religioso?

Él se rió suavemente.

—En realidad, los dejaron crecer en la isla por la posibilidad, muy probable, de que los soldados necesitaran leña para hacer fuego en caso de que la isla fuera sitiada. Cuando me haya encargado de los traidores, te llevaré a visitar la isla.

Brianna inclinó la cabeza hacia atrás para mirarlo.
—¿Me vas a llevar de turismo?
—Por supuesto. Y también te voy a llevar a patinar al Neva.
—¿A patinar? ¿Tú?
Él le besó la punta de la nariz.
—¿Por qué te asombras tanto? Da la casualidad de que patino muy bien.

Ella volvió a mirar a los patinadores que se deslizaban por el río, y se imaginó fácilmente a Edmond entre ellos.
—Por supuesto —dijo irónicamente.
Él la abrazó con fuerza.
—Si lo prefieres, podemos pasear entre los comerciantes que vienen todos los días a vender sobre el río. Nunca habrás probado nada tan rico como su pan de jengibre.
—Parece un poco raro ver a los trineos moverse sobre el río como si fuera otra carretera más.

Él se encogió de hombros.
—Durante la mayor parte del invierno, es la carretera más importante de todo San Petersburgo, ya que los puentes se levantan una vez que el río se congela. Ah.
—¿Qué?
—Mira el cielo.
—¿Por qué?
—Ten paciencia.

Ella miró hacia arriba, preguntándose si iba a ver fuegos artificiales. Sin embargo, en vez de las explosiones, vio un lento caleidoscopio de colores que se extendía por el cielo a medida que el sol se ponía en el horizonte. Los colores rosa, lila y morado se entremezclaban sobre las cúpulas y los tejados de la ciudad. A Brianna se le cortó la respiración.
—Oh... yo nunca había visto nada tan maravilloso.

Entonces oyó un suave suspiro de Edmond.
—Yo tampoco.

Brianna volvió la cabeza y se dio cuenta de que Edmond estaba mirándola a ella, no a la puesta de sol. A ella se le aceleró el corazón cuando él inclinó la cabeza y atrapó sus labios en un beso dulce y salvaje a la vez.

Brianna se permitió saborear el gusto del brandy en su boca y disfrutar de sus manos en la cintura, mientras notaba que el cuerpo de Edmond se endurecía de necesidad.

Sin embargo, al poco tiempo se dio cuenta de que estaban a plena vista de todos desde la casa, y se apartó de él.

—Edmond, nos van a ver.

Edmond le bajó la capucha lo suficiente como para poder pasarle los labios por la mejilla.

—Que miren. No me importa —respondió él, y su respiración caliente le rozó la piel—. *Moya duska*.

Aquellas palabras en ruso consiguieron penetrar por entre las embriagadoras sensaciones que estaba experimentando. Ella se aferró a sus brazos, porque le flaquearon las rodillas.

—¿Qué has dicho?

—Que si el ocaso te parece bello en invierno, espera a ver las noches blancas del verano —mintió él, que claramente no quería revelar el significado de sus palabras—. Sin duda, el emperador nos invitará a la celebración anual del solsticio.

Ella se dio la vuelta en sus brazos y alzó la barbilla.

—No.

—Brianna, no puedes rechazar una invitación de Alexander Pavlovich, por muy aburridos que puedan ser esos actos oficiales —le dijo él—. Son una orden real.

—No tiene nada que ver con la invitación.

—Entonces, ¿con qué?

—No puedo quedarme en Rusia hasta el verano.

Edmond bajó los brazos y se apartó de ella con una expresión fría.

—¿Por qué no?

Ella se estremeció, aunque no de frío.

—En mayo cumpliré la mayoría de edad. Debo estar en Londres para firmar los documentos y recibir mi herencia.

—Eso puede arreglarse a través de un abogado.

—Ya sabes que esto es muy importante para mí, Edmond. Deseo gestionar este asunto en persona.

Edmond apretó la mandíbula y reprimió el deseo de dar órdenes.

—Muy bien. Podemos ir a Londres durante unas semanas. La primavera es una estación agradable en la ciudad, y Stefan siempre se alegra cuando voy a visitarlo.

Brianna se quedó asombrada ante su concesión. Como había señalado el señor Richard Monroe un poco antes, Edmond era un hombre acostumbrado a salirse con la suya. En todo.

Sin embargo, hubo una vocecita en su cabeza que la advirtió de que no flaqueara en cuanto a su impetuosa declaración. El señor Monroe había señalado algo más que la arrogancia innata de Edmond. La presencia del caballero en San Petersburgo revelaba el futuro de cualquiera que fuera tan tonto como para permitir que las pasiones rigieran su mente.

Un futuro que Brianna iba a evitar a toda cosa. ¿Y qué mejor modo de hacerlo que poner una fecha firme para sacar a Edmond de su vida?

—Edmond, yo voy a quedarme en Londres. Con mi herencia, podré comprar una pequeña casa y comenzar a construir la vida que siempre he deseado.

Los ojos de Edmond brillaron de furia.

—¿Es que quieres ponerme de malhumor, *ma souris*?

Ella sonrió irónicamente.

—Parece que te pongo de malhumor siempre que expreso mi opinión. Edmond, quizá fueras más feliz con una mujer más dócil que yo.

—Sería más feliz con una mujer que no estuviera siempre luchando contra su deseo de estar conmigo —replicó él—. Me deseas. Deseas estar conmigo. ¿Por qué intentas negarlo?

—Yo nunca he negado que... te deseo —murmuró ella—, pero eso no significa que vaya a ser tu amante durante el resto de mi vida. Hay otras cosas que quiero conseguir.

—¿Qué cosas?

—Todavía tengo que decidirlo —admitió ella de mala gana. En Londres había mucha gente pobre e indefensa. Había muchas obras de caridad a las que podría dedicarse—. Pero lo haré.

—Así que vas a dejarme para poder vivir en una casa pequeña en medio de Londres sin familia, sin amigos y con la esperanza de llevar a cabo una tarea vaga?

A ella se le hundieron los hombros. Él hacía que todo sonara tan... solitario. Casi patético.

Maldición. Ella sería feliz, y se realizaría, sin un hombre en su vida.

Podía conseguirlo.

—Tendré a Janet.

—¿Estás segura? Creo que Boris tiene algo que decir al respecto.

Ella le lanzó una mirada de frustración.

—Bien, pues viviré sola. Es mejor que...

—¿Mejor que qué? —murmuró él, y emitió una oscura imprecación al ver que ella se mantenía en silencio—. Dios Santo, ¿qué te ha dicho Vanya?

Brianna bajó la mirada. Que él pensara que Vanya la había convencido de que la vida de independencia tenía muchas ventajas. Era mejor que admitir que sentía terror a convertirse en un perro faldero, incapaz de separarse de él.

—Nada.

—Brianna...

El sonido de la puerta de la terraza fue de lo más oportuno. Brianna exhaló un suspiro de alivio al oír la voz de Vanya.

—Edmond.

La dura mirada azul se separó del rostro receloso de Brianna.

—Ahora no, Vanya.

—Perdonadme por entrometerme, pero acabo de recibir un mensaje de Richard —dijo Vanya—. Lo tiene todo preparado, pero tienes que marcharte ya si quieres entrar en el palacio sin ser visto.

Brianna apretó los dientes con preocupación.

—Dios Santo, ¿es que vas a colarte en el Palacio de Invierno?

Él se encogió de hombros. Al ver que ella lo observaba con ansiedad, se sintió muy contento, como si le hiciera feliz saber que ella estaba preocupada porque él pudiera estar en peligro.

—No será la primera vez que lo hago.

—¿Y los guardias?

—Por desgracia, el palacio es demasiado grande como para protegerlo de todos los intrusos. Sobre todo, de un intruso que tiene un cómplice en el interior.

Aquel cómplice tenía que ser el señor Monroe.

—¿Y qué es tan importante como para correr el riesgo de que te descubran?

—Fedor Dubov ha recibido una invitación para cenar. Voy a descubrir con quién habla mientras está allí dentro. No importa lo cuidadoso que pueda ser un traidor, siempre se delatan por algo, aunque sólo sea por la manera en que evitan a otro invitado.

—¿Y el señor Monroe no puede hacerlo? —preguntó Brianna.

Edmond arqueó una ceja, pero antes de que pudiera responder, Vanya se acercó a Brianna.

—Edmond está convencido de que es capaz de reconocer a un conspirador por sí solo —dijo con ironía.

—No es eso.

—¿De veras?

—Monroe estará entre los invitados. Será imposible para él vigilar constantemente a Fedor Dubov sin levantar sospechas.

—¿Y dónde vas a estar tú?

Él sonrió.

—No puedes esperar que revele todos mis secretos, *ma souris*. ¿Quién sabe cuándo voy a tener que vigilarte a ti?

Ella se puso rígida.

—Si alguna vez te atreves a espiarme, yo...

—¿Qué harás? —le preguntó él burlonamente.

—No puedes esperar que revele todos mis secretos —le dijo ella.

Vanya se rió.

—*Touché*, Edmond.

Edmond la miró.

—Pisas terreno peligroso, Vanya.

—No tan peligroso como tú, *mon ami* —replicó ella, mientras regresaba a la casa con una sonrisa petulante—. Enviaré recado a los establos para que preparen tu caballo.

Edmond no se sorprendió al encontrar a Boris esperándolo en los establos de Vanya, con una expresión sombría. El guerrero no se había puesto nada contento al descubrir que no iba a acompañar a su jefe. Su vida estaba dedicada a cazar traidores.

En aquel momento estaba en el compartimento del caballo de Edmond, cruzado de brazos.

—Debería ir contigo.

Edmond miró rápidamente a su alrededor para comprobar que estaban solos.

—Necesito que vigiles a Kazakov. Él no se atreve a dejarse ver por las calles de San Petersburgo, pero eso no significa que no esté tramando algo. Si tiene algún visitante, quiero saberlo.

—¿No es ése el deber de Gerhardt?

Edmond hizo una mueca.

—El príncipe pidió que fuera al Palacio de Invierno, y él no pudo negarse, porque habría tenido que revelar la verdad. Algo que detesta hacer, incluso al príncipe.

—¿Acaso sospechas que la conspiración llega tan alto? —preguntó Boris.

—Ha habido rumores al respecto, pero no, yo no creo que los Romanov estén implicados. Al menos, espero que no. No creo que Alexander Pavlovich se recuperara de semejante traición.

—Entonces, ¿tengo que pasar la noche en esta calle helada, vigilando a un hombre que no se atreve a salir de casa?

Edmond le dio una palmada en el hombro a su amigo.

—Podría ser peor, amigo mío.

—¿Peor?

—Podrías estar cenando en el Palacio de Invierno.

Boris se dio la vuelta y se encaminó hacia el compartimento más cercano, mascullando improperios.

Para la mayoría de los visitantes, el enorme Palacio de Invierno era un laberinto de mármol, pan de oro y suelos de madera encerada. Incluso en las estancias públicas era fácil perderse entre los pasillos interminables, las cámaras y las escaleras. Edmond, sin embargo, había memorizado los complejos planos de los pisos hacía tiempo, incluyendo las antesalas privadas del zar y los estrechos corredores de servicio.

Disfrazado con el uniforme gris y malva que llevaban los criados personales de Richard Monroe, Edmond se coló dentro del palacio sin llamar la atención. No fue difícil, teniendo en cuenta que Monroe había elegido deliberadamente una suite que tenía una terraza privada con acceso directo a los jardines traseros.

Edmond entró en el gabinete de Monroe, donde el aristócrata estaba sentado en su escritorio atestado de papeles, elegantemente vestido.

Aunque no estaba en Rusia a título oficial, Monroe era la voz de Inglaterra en aquellos asuntos que eran demasiado delicados como para que el embajador inglés se implicara en ellos. La astucia, la inteligencia y la calmada habilidad de Monroe para negociar bajo presión lo convertían en un colaborador inestimable para el rey George.

Había pocos caballeros a los que Edmond tuviera más estima.

Edmond se detuvo en mitad de la estancia y se pasó una mano por la chaqueta del uniforme, con una sonrisa de ironía.

—Te agradezco que me hayas enviado mi nueva vestimenta, aunque creo que los botones son demasiado sobrios —dijo, y acarició uno de los sencillos botones de oro—. Deberías haber hecho grabar tu sello personal.

Sorprendentemente, la expresión del caballero permaneció grave mientras miraba a Edmond.

—El uniforme puede engañar a algunos a distancia, pero tu rostro es demasiado familiar como para que no te reconozcan. Debes mantenerte escondido.

Edmond entrecerró los ojos al oír aquellas inesperadas palabras de advertencia. Por muy buenas intenciones que tuviera Monroe, a él no le gustaba que le dijeran lo que tenía que hacer.

—¿Hay algún motivo por el que me estés reprendiendo como si fuera un niño de colegio, Monroe?

Monroe se irguió en el escritorio, con la mirada fija.

—Porque los caballeros que están distraídos tienden a cometer errores.

—¿Distraídos?

—He conocido a la señorita Quinn esta tarde. Es muy bella.

—Sí, lo es. ¿Qué quieres decir?

—Desde que te conozco, hace muchos años, nunca le habías revelado tus secretos a una mujer. No lo habrías hecho si ella no fuera muy importante para ti.

—Mi relación con Brianna no le incumbe a nadie.

—Eso no es completamente cierto. Al traerla a casa de Vanya nos has puesto a todos en peligro.

Edmond dio un paso hacia delante.

—¿Es que quieres decir que es una traidora?

Monroe alzó una mano en señal de paz.

—Cálmate, Edmond. Sólo digo que tú la has considerado digna de tu confianza. Un honor que nunca le habías concedido a ninguna mujer, salvo a Vanya.

—Conozco a Brianna Quinn desde que nació. Esa muchacha puede ser fastidiosa y obstinada, independiente e incapaz de admitir que yo sé lo que es mejor para ella, pero nunca me traicionaría. Es incapaz de cometer una traición.

—Entonces, es una mujer de valía.

—Sí, en efecto.

—Como he dicho, una distracción.

—Creo que ya es hora de que vayamos a la cena.

El caballero se acercó a Edmond y le puso una mano sobre el hombro.

—Sólo te pido que estés alerta, Edmond. El ambiente de palacio esta noche es tenso. Y antes de que me pidas que te lo explique, no puedo. No es nada más que una sensación, como si fuera a estallar un trueno.

—O como si fuera a explotar un barril de pólvora —murmuró Edmond.

—Exactamente.

Cuando estuvo segura de que Edmond se había marchado hacia el Palacio de Invierno, Brianna se puso un camisón y se acostó con un suspiro de alivio. Volvía a sentirse mareada y estaba tan cansada que sólo quería acurrucarse bajo las mantas y dormir durante los quince días siguientes.

Una hora después, alguien llamó ligeramente a su puerta, y Vanya asomó la cabeza en la habitación.

—¿Puedo pasar?

Un poco azorada por el hecho de estar en la cama tan temprano, Brianna se sentó de un respingo.

Vanya pasó con una bandeja en las manos.

—Te he traído una pequeña sorpresa.

Brianna se avergonzó todavía más.

—Cielo Santo, tú no tienes que servirme, Vanya.

Su anfitriona sonrió y se acercó a la cama. Depositó la bandeja en el regazo de Brianna.

—Me gusta que mis invitados estén cómodos.

—Pero tu doncella ya me trajo la bandeja de la cena —dijo ella, mientras Vanya servía una taza de té caliente y le ponía azúcar.

—Una bandeja que ha vuelto intacta a la cocina. Mi pobre cocinera ha estado a punto de echarse a llorar.

—Oh —dijo Brianna, al recordar los platos exquisitos que le habían enviado—. Por favor, asegúrale a la cocinera que la comida era deliciosa; es que tengo el estómago muy revuelto hoy.

Vanya levantó una servilleta blanca de un plato y descubrió unas galletas de jengibre recién hechas.

—Quizá un té y unas galletas te sienten bien.

Brianna inhaló profundamente el aroma del té y se dio cuenta de que tenía hambre.

—Huele muy bien —murmuró, y le dio un mordisquito a una de las galletas antes de tomar un sorbo de té.

Vanya observó a Brianna con una expresión rara mientras ella tomaba dos galletas y la taza de té.

—¿Mejor?

—Sí —dijo Brianna, y se apoyó en el cabecero de la cama—. Es una tontería. Yo nunca me pongo enferma. Recuerdo que mi madre decía que yo tenía la salud de un caballo.

Vanya apartó la bandeja del regazo de Brianna y la puso sobre la mesilla de noche.

—¿Has pensado en que quizá exista una razón para este... malestar?

Brianna se encogió de hombros.

—Supongo que me he enfriado durante el viaje. Ha sido extenuante.

—Quizá.

La mujer no estaba muy convencida, y Brianna frunció el ceño con confusión. Notaba que Vanya estaba preocupada por algo.

—¿Vanya? —le preguntó suavemente.

—Creo que deberías pensar en la posibilidad de que estés embarazada, querida.

CAPÍTULO 22

Entre las sombras de la antesala, desde la que tenía una vista perfecta del salón, Edmond intentaba controlar la inquietud que sentía mientras observaba a los invitados que cenaban sentados alrededor de las mesas redondas. Aunque Alexander Pavlovich no estuviera presente, una cena de palacio siempre era un evento protocolario, en el que los criados mamelucos servían numerosos platos con silenciosa dignidad.

Desde aquel lugar privilegiado podía vigilar fácilmente a Fedor Dubov, que compartía mantel con los dignatarios de menor importancia, a un extremo de la sala. El caballero, de baja estatura, rotundo, sonreía con tirantez, sin duda, intentando disimular su irritación por estar sentado tan lejos del hermano menor del zar, el príncipe Michael, y de la familia real. Sin embargo, a Edmond no se le escapó cómo le temblaba la mano nerviosamente cuando se tocaba la corbata, ni cómo miraba constantemente por el salón.

Fedor nunca había tenido la habilidad de Viktor para besar la mejilla a su enemigo mientras le clavaba una daga por la espalda. Si alguno de los conspiradores iba a cometer un error, era él.

A las diez de la noche, los pocos miembros de la familia real que estaban presentes se levantaron de la mesa y, con una señal, dieron por terminada la cena.

Edmond se ocultó más entre las sombras y vio a Fedor llamar a alguien con un disimulado gesto de la cabeza, y después se dirigió hacia una puerta lateral que conducía a un salón de baile vacío.

Rápidamente, Edmond se fue hacia la escalera más cercana, aliviado por que los sirvientes tuvieran tanto trabajo con los invitados que iban al Ermitage a asistir a un concierto nocturno.

Cuando llegó al piso superior, evitó cuidadosamente los puntos de luz que emitían las velas y se apresuró a agacharse entre las sombras de la balaustrada de mármol que dominaba el corto pasillo que conducía al salón de baile. Apenas había contenido el aliento cuando Fedor entró por la puerta, seguido de cerca por un caballero muy alto que llevaba el uniforme del regimiento Semyonoffski de Infantería.

Edmond se quedó asombrado. Se sabía que, en su juventud, Grigori Rimsky había apoyado el movimiento de independencia polaco, pero desde que había sido transferido al regimiento que Alexander Pavlovich consideraba suyo, el militar había demostrado que era un comandante valeroso, y había destacado durante la guerra con Napoleón. Edmond no había dudado de su lealtad ni un momento.

Eso, precisamente, convertía a Rimsky en un traidor de los más peligrosos.

El oficial se volvió hacia el pasillo para comprobar que estuviera vacío antes de clavarle a Fedor una mirada de furia.

—¿Es que no tiene sentido común? —preguntó con un gruñido—. No podemos hablar aquí. Si nos ven juntos...

—No puedo arriesgarme a recibir más notas —lo interrumpió Fedor, y comenzó a secarse el sudor de la frente con un pañuelo—. Mi casa está vigilada.

—¿Por quién?

—Sin duda, es cosa de Gerhardt.

—Entonces, ¿él ya sabe que Viktor Kazakov ha vuelto a San Petersburgo?

—Eso no tendrá importancia en pocas horas.

Edmond se asustó. ¿En pocas horas? Dios Santo... por mucho que deseara que aquel desagradable asunto terminara cuanto antes, no estaba preparado para detener con tanta premura aquella misteriosa revuelta. Necesitaba información rápidamente, aunque para conseguirla tuviera que llevarse a aquellos dos traidores al calabozo más cercano. Quizá Grigori tuviera el valor suficiente para enfrentarse a la muerte antes que confesar detalles de su plan, pero Fedor no. Con unos cuantos latigazos lo confesaría todo.

—Además —continuó Fedor—, Gerhardt no es nuestra mayor preocupación.

—¿Qué quiere decir?

—Lord Edmond está aquí.

—¿En San Petersburgo? —ladró Grigori.

—Sí —dijo Fedor, sin dejar de enjugarse la frente—. Viktor tiene un espía en casa de Vanya Petrova.

Edmond se juró que entrevistaría personalmente a cada uno de los sirvientes de Vanya para descubrir quién los había delatado.

—Viktor me prometió que lord Summerville estaría demasiado ocupado protegiendo a su hermano como para molestarnos —dijo Grigori.

—Parece que mi primo estaba equivocado.

—Es evidente que su familia, Fedor, es incapaz de llevar a cabo sus deberes, por muy sencillos que sean. Han permitido que Summerville se diera cuenta de que el peligro que corría la vida del duque de Huntley sólo era un truco. Dios, no debería haber confiado en ustedes. Nos han puesto a todos en peligro.

Fedor palideció. Quizá fuera un cobarde, pero no era tonto. Se daba cuenta de que aquel soldado furioso podía romperle el cuello.

—Lord Edmond no será un problema —tartamudeó.

—¿Y cómo está tan seguro? —le preguntó Grigori—. Ha frustrado nuestros planes muchas veces.

—En el improbable caso de que descubra nuestro plan, Viktor y yo nos hemos asegurado de que no interfiera.

Edmond frunció el ceño, mientras Grigori emitía un sonido de disgusto.

—¿De veras? ¿Va a pegarle un tiro en el corazón?

—Una buena idea, pero no. Lord Edmond no vino solo a Rusia. Trajo a la prometida de su hermano.

—¿A la prometida de su hermano? Eso es imposible. Todos sabemos que es un bastardo implacable, pero también que haría cualquier cosa por su precioso hermano. Ésa fue la razón por la que decidimos hacerle creer que el duque estaba en peligro.

—Lo cual significa que tiene que estar loco por esa mujer —dijo Fedor—. Y que hará cualquier cosa por protegerla.

—¿La tienen? —preguntó Grigori.

—He recibido un mensaje durante la cena, en el que Viktor me comunicaba que está preparándose para capturarla de casa de Vanya Petrova mientras hablamos.

—Prepararse para capturarla y conseguirlo son dos cosas distintas. Ella estará protegida.

—Viktor decía en su mensaje que había sorprendido al sirviente de Summerville, Boris, merodeando fuera de su casa, y que lo había atrapado. Lo tiene atado en la bodega hasta que yo pueda ir a liquidarlo discretamente. Ella no está tan protegida como parece.

—¿Dónde...? —el soldado se interrumpió y tomó a Fedor por el hombro para arrastrarlo hacia la puerta más cercana—. Maldita sea, viene alguien. Vaya con los demás al Ermitage. Yo debo poner las cosas en marcha.

—¿Ahora?

—No permitiré que lord Edmond interfiera en esta ocasión —dijo Grigori, mientras se alejaba—. Conseguiré mi trono.

Sobre los dos hombres, Edmond bajó la pistola hacia al suelo mientras intentaba respirar.

Se daba cuenta de que su deber era seguir a Grigori desde el palacio, descubrir a los demás traidores y detenerlos para que Alexander los juzgara. La intriga estaba a punto de desencadenarse, y sólo Dios sabía cuánta gente inocente podía morir si no se detenía a tiempo.

Sin embargo, para Edmond todo aquello no era comparable con el dolor que le oprimía el corazón.

Brianna.

Aquel desgraciado de Viktor Kazakov pensaba entrar subrepticiamente a casa de Vanya y poner sus sucias manos sobre...

—No. Oh, no.

Lo mataría.

Edmond iba a matarlo. Después le sacaría el corazón y se lo daría a los buitres.

Brianna volvió a marearse con fuerza. Se sintió sofocada, apartó las mantas de la cama y se puso en pie.

—No —dijo, apretándose el vientre con una mano mientras se acercaba tambaleándose al armario—. Es... es imposible.

—¿Estás segura? ¿Completamente segura?

Brianna hizo un esfuerzo por pensar por encima del pánico. Las semanas anteriores habían pasado como en un remolino, y no era sorprendente que se hubiera olvidado de sus funciones corporales normales.

¿Cuánto había pasado desde su último periodo?

Demasiado tiempo.

Temblando, se acercó a la silla más próxima y se dejó caer en ella.

—Oh, Dios Santo.

—Brianna —dijo Vanya. Se acercó a ella y le puso una mano sobre el hombro—. Por favor, no te angusties.

—¿Cómo no voy a angustiarme? ¿Y si es cierto? ¿Y si estoy embarazada de Edmond?

—Entonces, te sentarás y hablarás con él de lo que quieres para tu futuro.

—¿Qué futuro? —susurró Brianna, apretándose los dedos contra las sienes—. Oh, Dios mío, ya iba a ser lo suficientemente difícil volver a Londres y establecer mi casa sin ser completamente rechazada por la sociedad. Ahora será imposible.

—Puedes quedarte aquí conmigo hasta que el bebé nazca.

Brianna miró a Vanya.

—¿Y después?

—Entonces, podrás entregar a tu hijo en adopción a una buena familia y volver a Londres sin que nadie sepa nada.

—¿Dar a mi bebé?

Vanya sonrió con melancolía.

—No es una situación tan rara, querida.

—Para mí sí es muy rara —murmuró Brianna con lágrimas en los ojos—. Demonios.

—Brianna... todavía no sabemos nada con seguridad. Quizá sólo tengas un resfriado común.

Sin embargo, Brianna no estaba dispuesta a aferrarse a una esperanza tan débil. Se irguió de hombros y se secó las lágrimas.

—No soy tonta. Sabía que si me convertía en la amante de Edmond, habría complicaciones. Sin embargo, pensaba que nuestra aventura sería corta y que no habría tiempo para un... hijo. Mi madre estuvo casada durante diez años con mi padre antes de que yo fuera concebida, y ella no tuvo hijos con su segundo marido.

—Cada mujer y cada hombre son distintos.

Brianna se percató nuevamente de la tristeza que se había apoderado de su anfitriona, y tuvo una repentina idea.

—¿Y tú? —le preguntó suavemente.

—¿Cómo?

—¿Tienes...?

Vanya bajó el brazo de repente, y en sus ojos apareció un dolor oscuro, hiriente, antes de que consiguiera recuperar la compostura.

—Tengo una hija —dijo—. Acaba de cumplir nueve años.

—Oh.

Brianna miró a la mujer con el ceño fruncido. No le extrañaba que Vanya tuviera una hija, puesto que era evidente que había disfrutado de muchas aventuras, pero lo que sí le extrañaba era aquel dolor que no conseguía disimular.

—¿Vive aquí contigo?

—No. Se la di a un abogado y a su esposa, una pareja que vive aquí cerca y que no podía tener hijos. Naturalmente, yo ayudo a pagar su manutención y su educación. Ellos la llamaron Natasha.

—¿Y sabe que tú eres su madre?

Vanya se estremeció.

—Cuando la tuve, pensé que lo mejor sería que nunca supiera la verdad. Incluso con un hogar confortable y mucho dinero, sería difícil superar el escándalo de haber nacido ilegítima. Ella siempre ha creído que es hija de sus padres.

—Sin duda, eso es lo mejor —dijo Brianna, aunque aquello le sonó falso. Era evidente que algo había muerto en Vanya al perder a su hija. Algo precioso.

—Por ella, creo que sí ha sido lo mejor. Sin embargo, para mí ha sido muy difícil tenerla tan cerca y no poder reconocerla como mi hija. Al menos, puedo verla de lejos, y sus padres son buenos conmigo; me envían pequeños recuerdos que me ayudan a sentirme como parte de su vida.

Con un movimiento torpe, Vanya se quitó un relicario que llevaba prendido al pecho y lo abrió para mostrarle a Brianna una miniatura de una preciosa niña morena con ojos castaños.

—Ésta es Natasha.

—Es preciosa —dijo Brianna. Al mirar bien el retrato, reconoció sus rasgos—. Oh.

Vanya frunció los labios.

—Sí, Richard es su padre.

—¿Lo sabe él?

—No —dijo Vanya, y apretó el relicario en un puño—. Cuando supe que estaba embarazada, él estaba volviendo a Inglaterra. En aquel momento, pensé que nunca iba a volver.

Brianna recordó que Richard le había confesado con ironía que a veces escapaba de Rusia hacia la finca de su hermano, en Inglaterra, y sintió mucha tristeza por él.

El dolor que hubiera sufrido Vanya al tener que entregar a su hija no era nada comparado con la pérdida de Richard. Él nunca había podido saber que tenía una niña preciosa. Nunca había tenido la oportunidad de verla de lejos, ni de llevar su retrato en un pequeño relicario.

Aquello era una traición para un caballero que estaba tan solo.

Brianna sacudió lentamente la cabeza.

—¿Por qué nunca se lo has dicho?

Vanya se alejó hacia la ventana con una expresión de dolor.

—Porque nunca me lo perdonaría.

Brianna reprimió un jadeo.

—No puedo decir que conozca bien al señor Monroe, pero él te quiere, y no hay nada que el amor no pueda perdonar —le dijo suavemente a Vanya.

—Quizá si hubiera sido sincera con él cuando volvió... pero cuando me di cuenta de que él... bueno, ya es demasiado tarde.

—¿Por eso te has negado a casarte con él durante todos estos años? ¿Temes que pueda averiguar la verdad?

—Sí.

—Vanya, no es demasiado tarde...

Las palabras de Brianna se vieron interrumpidas cuando un hombre moreno y delgado atravesó la puerta de la habitación apuntando con una pistola el corazón de Vanya.

—Ah, Vanya Petrova, perdona mi intromisión, pero tienes algo que yo necesito.

Después de buscar a Herrick en el palacio, informarle de lo que acababa de averiguar y decirle que arrestara a Grigori Rimsky como líder de los conspiradores, Edmond le pidió que enviara a algunos soldados a casa de Fedor Dubov para liberar a Boris. Cuando Gerhardt le preguntó si él no iba a acompañarlo, Edmond le dijo que debía ir a casa de Vanya porque Viktor Kazakov tenía la intención de secuestrar a Brianna. Antes de que Gerhardt pudiera preguntarle más detalles, él se dirigió a los establos, tomó su caballo y lo espoleó. Su mente sólo le ordenaba que llegara a la mansión de Vanya antes que Viktor Kazakov.

Se las arregló para recorrer las calles sin que el caballo resbalara y saltó de la montura sin preocuparse de si el nervioso animal se escapaba. Hubo un momento de tensión cuando entró por la puerta sin identificarse y un grupo de sirvientes quiso detenerlo. Sin embargo, el mayordomo ordenó que lo dejaran pasar, y él subió las escaleras corriendo.

El miedo frío y salvaje que le atenazaba el estómago se confirmó cuando llegó a la habitación de Brianna y encontró a Vanya retorciéndose las manos con desesperación. Nadie tuvo que decirle que Viktor Kazakov se la había llevado. Sentía un vacío helado en la habitación, y una punzada de dolor le atravesó el corazón.

—Brianna.

Vanya se volvió a mirarlo con un sobresalto.

—Edmond.

—¿Dónde está?

—Viktor Kazakov se la ha llevado.

—¿Adónde?

—No... no lo sé, Edmond. Apareció aquí con una pistola y le ordenó a Brianna que lo acompañara —dijo Vanya con angustia, y le enseñó un papel que tenía arrugado en la mano—. Dejó esto para ti.

Edmond abrió la nota y la leyó.

Un sacrificio no merece la pena a menos que sea de sangre. Tú debes elegir: tu corazón o tu alma. Tu amante o tu país. Uno de los dos derramará su sangre.

En otras circunstancias, quizá se hubiera reído de aquella nota tan melodramática. Sin embargo, el miedo que sentía por Brianna no se lo permitió.

—Si le hace una sola magulladura, lo mataré —murmuró con furia.

—Oh, Edmond, perdóname —le dijo Vanya.

—¿Por qué, Vanya?

—Debería haber hecho algo por detener a Viktor —susurró ella, con las mejillas llenas de lágrimas—. Siempre había pensado que era valiente, capaz de enfrentarme a cualquier situación. Sin embargo, me dio miedo de que él se volviera violento si llamaba a los sirvientes, así que dejé que se la llevara sin protestar. Soy una cobarde.

Sabiendo que ella se torturaría por no haber podido proteger a Brianna, Edmond la abrazó.

—Cállate, Vanya, no digas eso —le dijo—. Pronto traeré a casa a Brianna sana y salva.

—¿Cómo? —preguntó ella, y se apartó un poco para mirarlo. Tenía una expresión de terror—. Dios Santo, Edmond, ¿cómo la vas a encontrar?

CAPÍTULO 23

Acurrucada en un rincón del elegante carruaje, abrazada a sí misma, temblando, Brianna luchó contra el pánico que amenazaba con consumirla. Con rendirse ante el terror no iba a conseguir nada, se decía una y otra vez. Viktor Kazakov iba sentado frente a ella, y en sus ojos oscuros brillaba el ansia de violencia.

Sabía que aquel hombre no la había secuestrado por casualidad. Tenía que saber que Edmond lo había seguido hasta San Petersburgo y que ella era su amante.

Lo cual significaba que, al llevársela, quería tener controlado a Edmond. O peor todavía, conducirlo a una trampa. Ella no permitiría que ocurriera ninguna de aquellas dos cosas.

Permaneció en silencio mientras salían a toda velocidad de San Petersburgo y se dirigían hacia el sur. Brianna era consciente de que no podía escapar. Viktor Kazakov no se lo permitiría, y además ella no podía tirarse a la nieve helada desde el carruaje. No, siempre y cuando existiera la más mínima posibilidad de estar embarazada de Edmond. Había ciertos sacrificios que no estaba dispuesta a hacer.

Su única oportunidad era convencer a su captor de que ella no era tan valiosa para Edmond como él pensaba.

—Está asombrosamente calmada para ser una mujer a la

que acababan de tomar como rehén —dijo Viktor, observando atentamente el rostro impenetrable de Brianna.

—¿Preferiría que gritara de terror? —preguntó ella, disimulando su miedo.

—Sería una reacción más previsible para una mujer de buena educación que se encuentra en esta situación.

—Puede que tenga buena educación, señor, pero puedo asegurarle que estoy acostumbrada a que los hombres aparezcan en mi vida y me usen para lograr sus propósitos —dijo ella, pensando en Thomas Wade y en Edmond—. Si siento algo, es resignación.

—¿De veras?

—Y quizá un poco de fastidio por el hecho de que hayáis elegido una noche tan desapacible para este secuestro —dijo Brianna, y fingió un escalofrío. Había salido de casa de Vanya en camisón, con una bata y unas zapatillas bordadas.

Con una carcajada, Viktor tomó una manta que estaba doblada en el asiento, junto a él, y se la tiró a Brianna.

—No sois en absoluto lo que me esperaba. No es raro que hayáis atraído la atención de Edmond.

Brianna se tapó con la manta, tanto por ocultar su cuerpo a la mirada lujuriosa de Viktor Kazakov como para protegerse del frío.

—Eso no es un halago —murmuró—. Cualquiera que lleve falda puede atraer su atención.

—No. Por mucho que me desagrade ese hombre, no puedo negar que tiene la costumbre de elegir amantes exquisitas. Tiene un gusto —con deliberación, él pasó la mirada sobre la espesa melena rizada de Brianna, que se le derramaba por los hombros— ...perfecto.

Brianna agarró con fuerza el borde de la manta.

—Tendré que aceptar su palabra. En realidad, sé muy poco de Edmond. No pasamos mucho tiempo conversando —dijo.

—Estoy seguro de que posee usted muchas habilidades, señorita Quinn, pero la de mentir no es una de ellas.

—¿Cómo?

—Sé perfectamente que no es una amante más para Edmond. Y antes de que intente convencerme de lo contrario, le diré que llevo meses estudiando a ese maldito; conozco sus costumbres mejor que las mías.

—Ése es un modo muy aburrido de pasar el tiempo.

—Pero necesario. La única manera de vencer a un enemigo es estudiar sus puntos fuertes y débiles. Y usted, querida, es una de sus debilidades.

—Tonterías. Yo no soy nada para él.

—Me intriga saber cómo habrá reaccionado Stefan ante la traición de su hermano —prosiguió él—. Siempre se han querido mucho, pero creo que el hecho de que Edmond haya seducido a su prometida ha debido de enfadar al duque.

Brianna hizo una mueca. Dichoso Edmond y dichoso plan el de fingir que estaban prometidos mientras él se hacía pasar por el duque de Huntley. Ella había sabido que era mala idea desde el principio.

—¿Qué quiere de mí? —le preguntó.

—Nada más que el placer de su compañía. Y, por supuesto, tener la seguridad de que Edmond va a tener un buen comportamiento.

—¿A qué se refiere?

—Estoy seguro de que sabe, señorita Quinn, que su amante tiene el fastidioso hábito de interferir en los asuntos de la corte rusa, aunque no sean de su incumbencia.

—¿Asuntos como la traición?

La sonrisa petulante de Kazakov no vaciló.

—Sólo sería una traición si fracasáramos. Sin embargo, cuando lo hayamos conseguido, seremos liberadores.

—¿Y cree que teniéndome a mí como rehén van a conseguir su objetivo?

—Al menos, impedirá que lord Edmond interfiera en nuestros planes.

—Dios Santo, y decía que ha estudiado a Edmond. Si eso es cierto, usted es un observador muy inepto —dijo Brianna, y en aquella ocasión no tuvo que fingir su desdén. Kazakov tenía que saber que aunque Edmond tuviera la necesidad instintiva de proteger a los demás, su lealtad era del zar.

Los ojos oscuros de Kazakov se llenaron de furia.

—Hay una diferencia entre el valor y la estupidez, señorita Quinn. Si me enfada, va a morir.

—Sólo estoy diciendo que Edmond ha dedicado su vida a proteger a Alexander Pavlovich —replicó ella—. Nunca permitiría que una amenaza, ni siquiera mi secuestro, le impidiera cumplir con su deber.

—No estoy de acuerdo. Edmond ha arriesgado todo aquello que quería, incluso la relación con su hermano, para tenerla a su lado. Además, los vi en el jardín.

Ella se estremeció bajo la manta.

—¿Nos estaba espiando?

—Por supuesto —dijo él, y volvió a sonreír—. Y debo decir que me divertí mucho viendo la expresión de ansia de Edmond mientras la atendía con tanta ternura conmovedora. Es evidente que todavía está muy confuso por sus emociones hacia usted.

—Confuso o no —dijo ella—, nunca se distraerá de sus responsabilidades. Es incapaz de permitirse un fallo.

De nuevo, una ira peligrosa se reflejó en el rostro de Kazakov.

—Esperemos que esté equivocada por el bien de todos.

Brianna se mordió el labio. Tenía el estómago encogido de miedo. Sabía que era mejor no seguir con la discusión. Viktor Kazakov estaba convencido de que había impedido que Edmond interfiriera en la revolución que habían preparado, y sugerir que sus esfuerzos habían sido en vano no merecía la pena.

—¿Dónde me lleva?

Él sonrió con crueldad.

—Ésa es una pregunta que me ha inquietado durante casi todo el día. Pese a su modesta negativa a aceptar que Edmond está cautivado con usted, yo no dudo que vendrá a buscarla. Les prometí a... mis amigos que la llevaría lejos de San Petersburgo, quizá hasta Novgorod.

—¿Tan lejos? —murmuró ella, intentando controlar su desesperación. ¿A qué distancia estaba Novgorod? ¿A un día? ¿A una hora? ¿A una semana?—. Pensaba que su presencia sería esencial en un momento tan importante.

—Con mucho esfuerzo, he conseguido que todo esté perfectamente organizado.

—Entiendo. Entonces, usted no es el líder de los conspiradores.

Viktor enrojeció, pero a ella le resultó imposible saber si era por su interrogatorio o porque él estaba molesto por no poder reivindicar la autoría de la conspiración.

—No voy a negar que estoy... decepcionado por no tener el placer de presenciar la destrucción final y gloriosa de la era Romanov. Después de todo, es por lo que he luchado desde que Alexander Pavlovich se hizo con el trono mediante el asesinato.

—Sí, no es justo que usted esté atrapado en este miserable carruaje, mientras los demás están celebrando la victoria —murmuró Brianna—. Y quizá haciendo algo más que celebrarlo.

Él entornó los ojos.

—¿Qué quiere decir?

—Si consigue derrocar al zar, entonces habrá una encarnizada lucha por el poder. Y usted no podrá competir si está en Novgorod. Oh. Pero claro, sin duda, ésa es la razón por la que le han ordenado que me llevara allí.

—No sabe nada de mis compatriotas. Yo les confiaría mi vida. Y no habrá ninguna lucha por el trono, tal como habéis señalado tan encantadoramente. El trono será para el más capacitado de todos nosotros.

—¿Y quién es?

—Por supuesto, un asunto tan importante será decidido por los nobles rusos.

Aquellas palabras fueron tan suaves que le revelaron a

Brianna que las había practicado muchas veces. Sin embargo, percibió un apetito oscuro tras ellas. Tal vez Viktor Kazakov quisiera decir lo correcto, pero en su corazón había ansia de poder. Un ansia que, sin duda, compartía con sus compañeros de conspiración.

¿Lo sospechaba él también?

Parecía razonable pensar que sí.

—Sí, bueno, estoy segura de que usted lo sabe mejor.

El rostro del hombre, delgado y atractivo, se congestionó.

—Sé lo que está intentando hacer.

—¿De veras? —preguntó ella encogiéndose de hombros—. ¿Y qué es?

—No pudo convencerme de que no es más que un entretenimiento pasajero para Edmond, y ahora intenta preocuparme para que vuelva a San Petersburgo muerto de miedo por una posible traición de mis hermanos.

Brianna no se molestó en contradecirle. Sospechara o no que ella estaba intentando infundirle desconfianza, Brianna sabía que había conseguido avivar el miedo de Viktor Kazakov.

—Incluso usted tiene que admitir que es bastante irónico confiar en otros que se han agrupado en nombre de la deslealtad. Una causa así no puede atraer a personas de moral recta. De hecho, pienso que tal propósito sólo puede atraer a gente sin conciencia ni escrúpulos.

—Me han insultado muchas veces en muchos idiomas, pero nunca con una inocencia tan falsa —dijo él con una furia fría que le dio a entender a Brianna que había llegado demasiado lejos—. Pobre Edmond. Es usted una mujer lista y peligrosa.

—No muy lista —repuso Brianna—, teniendo en cuenta que he permitido que me tomaran como rehén y en este momento estoy en peligro de congelarme en un carruaje, que sin duda va a atascarse mucho antes de que lleguemos a Novgorod.

Ella notó que su captor se removía nerviosamente en el

asiento. La tensión se iba haciendo más espesa a medida que se alejaban de San Petersburgo.

—Puede consolarse pensando que, si nos quedamos atorados, su amante nos alcanzará fácilmente y me meterá una bala en el corazón. Entonces, podrá volver a San Petersburgo y a toda la comodidad que desea.

—Incluso pensando en que Edmond estuviera dispuesto a arriesgarlo todo por intentar rescatarme, ¿cómo espera que pueda seguirnos? —le preguntó Brianna—. ¿Acaso le ha dejado instrucciones?

Viktor emitió un sonido de disgusto.

—Quizá no conozca a lord Edmond Summerville tan bien como yo pensaba. Ese desgraciado tiene el don de conocer todos mis pasos. No puedo estornudar sin que él se entere. Hay ocasiones en las que me pregunto si no tendrá a una adivina a su servicio.

—Si eso fuera cierto, ¿por qué no le preocupa que nos alcance en el camino?

—Tardará en descubrir que la he secuestrado, y más todavía en saber adónde nos dirigimos. Además, me he asegurado de que mis hombres vigilen la carretera. Tienen órdenes de disparar a cualquiera que se nos acerque. Con suerte, alguno tendrá puntería y...

—No —dijo ella, e interrumpió sus palabras mirándolo con ferocidad.

Viktor frunció los labios y alzó una de sus finas manos.

—Perdóneme. Veo que Edmond no es el único que ha caído en las redes del amor.

Brianna hubiera deseado negarlo, pero tenía el corazón oprimido, con sólo pensar en que Edmond pudiera estar en peligro.

Oh... Dios. Era una estúpida.

—¿Qué va a ocurrir cuando lleguemos a Novgorod? —preguntó bruscamente.

—En realidad, me estoy dando cuenta de que no es necesario que lleguemos tan lejos.

—Entonces, ¿vamos a volver?
—No, no vamos —respondió él con una sonrisa burlona.
—¿Qué quiere decir?
—Es suficiente con haber conseguido sacar a Edmond de la ciudad. Cerca de aquí hay una iglesia. La dejaré allí amordazada y maniatada, y yo volveré a San Petersburgo.
—Pero... me congelaré —dijo ella, sin intentar disimular el horror que sentía.
—Cabe la posibilidad de que la encuentre un cura, o quizá de que Edmond llegue a tiempo, antes de que a usted le suceda una desgracia.
—Por favor... no puede... —Brianna se tragó las palabras de súplica al ver que Viktor entrecerraba los ojos con un gesto de desprecio. A ella le pareció posible que el muy bruto la arrojara del vehículo en marcha si le molestaba.
—Es muy inteligente por no rogar —dijo él, mientras se sacaba una pistola del bolsillo y encañonaba a Brianna—. No puedo soportar a una mujer lloriqueando.

Ella se hundió en su rincón del carruaje y se envolvió en la manta, intentando calmar sus pensamientos frenéticos.

De algún modo, iba a sobrevivir.

Costara lo que costara.

CAPÍTULO 24

El pequeño bosquecillo le había parecido el lugar perfecto para esperar la llegada de Boris. No sólo estaba lo suficientemente cerca de la carretera como para que Edmond pudiera vigilar a los pocos viajeros que se atrevían a enfrentarse a la nieve y la temperatura glacial, sino que además lo protegía del viento cortante.

Aunque muy poco, pensó Edmond mientras se estremecía bajo su pesado abrigo.

Después de esperar unos minutos, pudo distinguir la figura de Boris entre los árboles. Su amigo había llegado justo antes de que Edmond saliera en persecución de Kazakov, y se había empeñado en unirse a él. En aquel instante, estaba interrogando a un joven campesino que estaba aparcado junto a una posada, para ayudar a los carruajes que se quedaban atascados en la nieve.

Sólo hacía unos minutos que Boris se había alejado para hablar con el campesino, pero Edmond tenía el estómago atenazado por el miedo. A cada latido de su corazón, Brianna se alejaba más de él. Cada pequeño retraso le provocaba deseos de aullar de frustración.

Por desgracia, la información que había recibido de varios individuos que habían visto a Viktor Kazakov salir de casa de Vanya sólo llegaba hasta las afueras de San Petersburgo, al sur. Por mucho que él quisiera seguir avanzando como un loco a través de la nieve y el hielo, sabía que eso podría costarle la vida a Brianna si él perdía su rastro.

No podía arriesgarse.

Edmond vio cómo Boris se daba la vuelta y regresaba a su lado por entre los árboles.

—¿Y bien? —le preguntó Edmond, con impaciencia, sin esperar a que detuviera el caballo a su lado.

—El carruaje de Viktor pasó por aquí hace menos de una hora. El sirviente está seguro de que tomó el camino izquierdo en la bifurcación.

—Entonces, va hacia Novgorod, no hacia Moscú.

—Siempre pensando que no es un mero truco —dijo Boris—. Sabes que es muy posible que Viktor Kazakov dejara que su carruaje fuera visto saliendo de San Petersburgo a toda velocidad, precisamente para llamar la atención. Sin duda, ese canalla está huyendo escondido en algún carruaje de alquiler.

—No. Su propósito es hacer que yo lo siga para impedirme frustrar los planes de Grigori. No se arriesgará hasta que esté seguro de que estoy lejos de San Petersburgo.

—Será mejor que tengas razón. Si Viktor nos da esquinazo...

—¡Ya está bien! Encontraremos a la señorita Quinn, no tengas duda.

Edmond tiró bruscamente de las riendas y dirigió al caballo hacia la carretera. Boris se puso rápidamente a su lado.

—Como tú digas —gruñó.

Cuando ya estaban de camino, Edmond le dijo:

—Tengo que admitir que me has sorprendido, Boris.

—¿Por qué?

—Hubiera pensado que preferirías quedarte en San Petersburgo, para ayudar a detener a los traidores y ser un héroe.

Boris soltó un resoplido sin dejar de mirar a su alrededor, vigilando constantemente.

—Hemos frustrado varias revoluciones, y todavía no me han elevado a la categoría de héroe. Maldita sea, ni siquiera me han dado las gracias en la mayoría de las ocasiones.

—Puedo pedirle a Alexander Pavlovich que te ponga una medalla —dijo Edmond irónicamente—. A él le gustan mucho esas ceremonias.

Boris no tuvo que fingir su espanto.

—Dios no lo quiera.

Edmond esquivó cuidadosamente un remolino de nieve, y recordó con claridad la negativa de su amigo a quedarse atrás cuando Edmond anunció su intención de perseguir a Viktor Kazakov.

—De todos modos, no has respondido a mi pregunta, Boris. ¿Por qué estás tan ansioso por rescatar a la señorita Quinn, en vez de estar luchando contra los conspiradores?

Boris suspiró con resignación.

—Para empezar, me he encariñado con la señorita Quinn —dijo—. Y para continuar...

—¿Sí?

—Janet me envió una carta antes de que nos marcháramos de Londres, diciéndome que haría que me castraran si permitía que su querida señora sufriera un solo rasguño durante su estancia en Rusia.

La carcajada de Edmond resonó en el silencio que envolvía el paisaje. Boris era uno de los soldados más temidos y respetados de la caballería, pero Edmond había visto cómo, con una sola mirada, Janet podía ponerlo de rodillas.

—Todo un aliciente para rescatarla.

Hubo una breve pausa; después, Boris carraspeó.

—Ése no es el mayor aliciente.

—¿Y cuál es?

—Tú.

—Boris, quizá yo sea un jefe exigente, pero te aseguro que nunca te amenazaré con castrarte —protestó Edmond.

Boris agitó la cabeza.

—No. Lo que quiero decir es que no podría soportar lo que significaría para ti que a la señorita Quinn le ocurriera algo.

Después de aquellas palabras, la conversación cesó. Boris siguió vigilando con sus cinco sentidos mientras avanzaban, y Edmond siguió intentando dominar todas las emociones que lo embargaban.

Continuaron el camino en silencio, haciendo caso omiso de la nieve que caía y del frío brutal. Edmond mantuvo un ritmo constante, consciente de que el carruaje de Viktor Kazakov estaría luchando por no quedar atorado en la nieve. Estaba seguro de que alcanzarían a Brianna en una hora, siempre y cuando él no permitiera que a su caballo se le rompiera una pata.

Con aquello en mente, siguió avanzando con las manos entumecidas de frío y los ojos llorosos por el viento helado.

—Hay un carruaje ahí delante —dijo Boris por fin, señalando hacia delante—. ¿Está atascado?

—No lo sé, pero vamos a averiguarlo. Quédate aquí —ordenó Edmond.

—Ni lo sueñes —respondió Boris—. Por si acaso no te habías dado cuenta, hay media docena de jinetes esperando junto a la carretera.

—Muy bien. Pero, por el momento, sólo quiero asegurarme de que es el coche de Viktor, y no un señuelo.

Boris asintió, y juntos siguieron cabalgando a un lado del camino. Habían llegado hasta la parte trasera del carruaje cuando la puerta se abrió y alguien empujó a una mujer esbelta hacia la nieve.

—Brianna —susurró Edmond, mientras Boris lo agarraba con fuerza por el brazo.

—Espera —le dijo al oído, mientras Viktor Kazakov salía del coche tras ella y apretaba la mano contra su cintura, por la espalda—. Tiene una pistola.

Boris siguió agarrando a Edmond mientras observaban cómo Kazakov se la llevaba por el camino nevado. Edmond frunció el ceño, y después miró hacia las cúpulas doradas de la iglesia. La estructura de madera de la edificación era como cualquier otra del paisaje ruso. Entonces, ¿por qué había llevado Viktor Kazakov a Brianna a aquélla, precisamente?

—¿Una iglesia? —murmuró Boris, haciéndose la misma pregunta.

—Debe de querer esconderla ahí para poder volver a San Petersburgo.

—Entonces, sólo tenemos que esperar a que se vaya. A menos que...

Boris hundió los dedos en el brazo de Edmond mientras se volvía hacia el rostro tenso de su amigo.

Como todas las iglesias ortodoxas rusas, aquélla estaba construida en forma de cruz, y el altar estaba situado de cara al este. Brianna fingió que se tropezaba en el umbral, y aprovechó el momento para mirar bien a su alrededor por el templo.

Había atriles con iconos y filas de velas, algunas encendidas, e incienso en honor de los santos y los difuntos. Sin embargo, al contrario que en las iglesias europeas, no había bancos. Se suponía que los fieles debían mantenerse en pie en señal de respeto durante su estancia en el templo.

Sin embargo, en su observación, Brianna no encontró nada que pudiera usar como arma, ni siquiera un lugar donde esconderse en caso de que pudiera zafarse de su secuestrador.

Viktor la empujó con el cañón del arma.

—Continúe caminando. No se entretenga —le dijo en tono de advertencia mientras cerraba la pesada puerta de madera.

—No me estoy entreteniendo. Es que tengo las piernas entumecidas.

Él la empujó por el hombro.

—Vamos, adelante.

En silencio, Brianna obedeció. Cuando llegaron al lujoso

altar, Viktor Kazakov se detuvo a su lado. ¿Acaso iba a dispararle allí mismo, o tenía la suficiente compasión como para dejarla allí, simplemente, mientras él volvía a San Petersburgo?

Kazakov se metió la mano bajo el abrigo y sacó una cuerda enrollada.

—Arrodíllese.

Brianna dio un paso atrás, sorprendida.

Viktor la agarró por el brazo y tiró de ella hacia sí.

—Como le he dicho, si obedece no la mataré. Sin embargo, no permitiré que pueda dar la voz de alarma antes de que yo esté camino de San Petersburgo.

—¿Va... a atarme con esa cuerda? —preguntó ella.

—Es tan lista como bella —respondió él burlonamente.

—Por favor... ¿y si Edmond no nos ha seguido? Con esta tormenta de nieve, pueden pasar días antes de que alguien vuelva a esta iglesia.

—Tiene muy poca fe en su amante, querida.

—Ya le he dicho que ha dedicado su vida al zar.

—Bueno, pues es una pena —replicó él, mientras desenrollaba la cuerda—. Sin duda, Edmond se quedará obsesionado durante toda su vida con la imagen de su cuerpo congelado junto al altar, con la mirada de sus bellos ojos llenos de una esperanza inútil en la llegada de su salvador.

—¿Ha pensado alguna vez dedicarse al teatro?

Viktor se puso furioso al notar el desprecio de Brianna.

—Arrodíllese.

Edmond entró en la iglesia silenciosamente y cerró la puerta antes de que la corriente apagara las velas.

Pegado a la pared, miró por el templo y vio a Viktor y a Brianna junto al altar.

¿Por qué demonios la había llevado allí?

Con sigilo, Edmond continuó caminando hacia ellos mientras el olor intenso del incienso y la cera de las velas invadía sus sentidos.

A medida que se acercaba, vio con claridad a Viktor; tenía una expresión decidida y una pistola en la mano. Después vio a Brianna, envuelta en una manta, con la cara muy pálida en contraste con la melena rojiza que se le derramaba pro los hombros.

Fue su expresión lo que hizo que se le helara la sangre en las venas.

Aquella forma obstinada y desafiante de alzar la barbilla le dio a entender que ella iba a hacer algo increíblemente estúpido.

Entonces, presenció con espanto cómo Brianna dejaba caer la manta y le daba un golpe a la pistola, que se le escapó de la mano a Viktor. En el mismo movimiento, se dio la vuelta y salió corriendo hacia la puerta de la iglesia.

—Brianna... no —gritó Edmond, mientras corría hacia Kazakov.

El noble se había tirado en pos de la pistola, que se había metido bajo el altar. Edmond vio cómo la agarraba y la elevaba en el aire para puntar a Brianna. Después oyó el sonido seco del disparo y sintió un intenso dolor en el corazón. Con impotencia, vio cómo Brianna se detenía y cómo después, con un movimiento lento y lleno de gracia, caía sobre el suelo de piedra.

CAPÍTULO 25

¡No!
Edmond corrió hacia Brianna, pero cuando casi la había alcanzado, se dio cuenta de que Viktor Kazakov había sido más rápido. Ya estaba sobre ella, pero había cambiado la pistola descargada por una daga.

—Vive, milord, pero debe quedarse atrás, o terminaré mi tarea.

—¡Canalla! —dijo Edmond—. Apártese de ella, Kazakov, o lo desollaré y les daré su carne a los lobos.

Viktor palideció al oír aquella amenaza, pero con determinación apartó la mirada del cuerpo de Brianna, que estaba inconsciente a sus pies.

—Entrégueme la pistola que lleva en el bolsillo —dijo, mientras apuntaba la daga hacia ella—. Con cuidado.

Edmond apretó los dientes y se agachó para hacer deslizar la pistola por el suelo, hacia los pies de su enemigo.

—Ahí tiene.

—Muy bien —dijo Kazakov, y se agachó para tomar el arma. Después apuntó directamente al corazón de Edmond, con una sonrisa de petulancia—. ¿Sabe, lord Edmond? Me acostumbraría con facilidad a darle órdenes. Cuando esté en el Palacio de Invierno, quizá os tenga a mi servicio como bufón.

—En el Palacio de Invierno... ¿de verdad cree que Grigori Rimsky le va a ofrecer un sitio en el establo cuando tenga el control?

—¿Cómo...?

Viktor se tambaleó de la sorpresa. Había palidecido al darse cuenta de que Edmond conocía la identidad del líder secreto de la conspiración. Después, con un evidente esfuerzo, intentó recuperar la compostura.

—No, no importa. Es demasiado tarde para evitar el levantamiento. Mañana por la mañana, toda Rusia será libre del yugo de los Romanov.

Edmond sonrió con frialdad.

—No había necesidad de que yo hiciera personalmente los honores, Viktor. Herrick ha tomado el mando de la situación. Mañana por la mañana, Grigori, su primo y los soldados del regimiento Semyonoffski que se hayan unido a esta conspiración estarán encerrados en el calabozo a la espera de que regrese Alexander Pavlovich.

—¿Cómo? —preguntó Kazakov con desesperación—. ¿Cómo lo sabe?

—Porque Fedor Dubov es imbécil.

—No tenía que haber confiado en él.

Edmond se encogió de hombros y miró disimuladamente a Brianna, que se movió en el suelo.

—Ha apostado y ha perdido, Viktor —dijo—. No puede hacer nada salvo aceptar la derrota con algo de dignidad.

—¿Dignidad? Oh, Summerville, sabe que yo no iré al infierno con la cabeza alta. Prefiero sacrificar cualquier cosa por salvar el pellejo.

—¿Qué quiere?

—Quiero escapar de este maldito país sano y salvo.

Edmond arqueó las cejas.

—No puede hablar en serio. Ha cometido una traición. No hay ningún sitio donde pueda esconderse de la justicia.

—Oh, escaparé —dijo Viktor, y se humedeció los labios—. Porque usted va a ayudarme.

—¿De veras?

—Sí, lo hará, a menos que la señorita Quinn tuviera razón y le importe más su precioso zar que la vida de su amante.

Dios Santo. ¿Acaso Brianna creía de verdad que él permitiría que muriera? ¿Que él estaba dispuesto a sacrificarla a ella por su deber para con Alexander Pavlovich?

Pero, ¿por qué creía ella una cosa así?

Cuando estaba a punto de conceder cualquier petición indignante que Viktor Kazakov pudiera hacer, Edmond se quedó rígido al ver que Brianna había conseguido tumbarse de costado y estaba observándolo con los ojos muy abiertos, llenos de dolor. A él se le subió el corazón a la garganta.

Al instante, ella alzó la mano con intención de alcanzar la daga que Viktor había dejado a sus pies cuando la había reemplazado por la pistola de Edmond.

Por el amor de Dios, iba a intentar distraer a aquel hombre. Y, al hacerlo, iba a conseguir que los mataran a los dos.

—Bien, milord, va a... —Viktor interrumpió sus palabras con un agudo grito cuando Brianna consiguió clavarle la daga en el muslo, por encima de la bota de cuero.

Sin darle tiempo a Kazakov para que se diera cuenta de quién lo estaba atacando, Edmond se lanzó hacia él y lo derribó.

Ambos cayeron al suelo con tanta fuerza que Viktor se golpeó la cabeza contra la piedra y perdió el conocimiento. Al percatarse, Edmond se levantó y, con angustia, se acercó a Brianna y se arrodilló junto a ella.

Brianna tenía el camisón lleno de sangre y estaba muy pálida a la luz de las velas. La tensión de sus rasgos delataba el dolor que debía de estar sufriendo.

Él vaciló. Quería tomarla entre sus brazos, pero como había recibido un disparo en más de una ocasión, sabía que ella debía de sentirse como si le estuvieran atravesando el hombro con un hierro al rojo vivo. Edmond no podía moverla más de lo estrictamente necesario.

Se conformó con apartarle, delicadamente, un rizo de la mejilla pálida.

—¿Está muerto? —preguntó ella con la voz ahogada.

Todavía no —murmuró él, y emitió una maldición entre dientes mientras ella intentaba incorporarse—. No, Brianna, no te muevas. Viktor Kazakov nunca volverá a hacerte daño. Eso te lo prometo.

Con un gemido de dolor, ella volvió a tumbarse.

—Edmond... no deberías estar aquí.

Él no hizo caso de sus palabras. Se quitó el abrigo y la envolvió con él.

—Muy bonito, decirle eso a un caballero que se ha arriesgado a la congelación por rescatar a una dama en apuros —dijo él, intentando que su tono fuera ligero.

—No, Edmond. Debes volver a San Petersburgo.

—Voy a volver, en cuanto pueda conseguir un carruaje —dijo él—. Por el momento, te ruego que tengas paciencia.

—No. A mí sólo me han secuestrado para sacarte de la ciudad. Quieren levantarse esta misma noche.

—Shhh —susurró Edmond—. Ya conozco sus planes.

—Entonces, debes hacer lo necesario por detenerlos.

—Eso va después. Esta noche, tú eres lo más importante.

—Pero...

Edmond le tapó la boca con la mano al oír el chirrido de las bisagras de la puerta que se abría tras ellos. De rodillas, se volvió y encañonó a la figura que acababa de entrar.

—Demonios, no dispares, Edmond —dijo Boris, sacudiendo la cabeza para quitarse la nieve que tenía en el pelo—. Aunque preferiría que me pegaras un tiro en el trasero antes que salir otra vez a la tormenta de nieve.

—¿No se suponía que estabas vigilando a los jinetes de Viktor?

Boris vio de una vez a Viktor Kazakov, inconsciente en el suelo, y a la mujer herida, e hizo una mueca.

—Están junto a la entrada principal, discutiendo de si deben entrar a la iglesia para asegurarse de que su jefe está bien.

—Maldita sea.

Edmond miró a Brianna, que cada vez estaba más pálida.

Al darse cuenta de que no podían huir con la señorita Quinn tan gravemente herida, Boris sacó la pistola y miró a su alrededor por el templo vacío.

—¿Cuántas veces te he dicho que las iglesias deberían tener bancos? —murmuró—. Uno nunca sabe cuándo va a necesitar bloquear las puertas.

—Pensaba que querías que hubiera bancos para poder dormirte durante la misa.

—Bueno, eso también —respondió Boris—. ¿Y en el altar? ¿Hay algo que podamos usar para cerrar la puerta?

—No, a menos que haya una llave escondida entre el oro y el incienso.

—Entonces, vamos a tener que matarlos a todos.

—Creo que tengo otra sugerencia —dijo Edmond, mirando a Boris.

—¿Y cuál es?

—Necesito una distracción.

Boris frunció el ceño.

—Puedo hacer que me sigan para alejarlos de la iglesia, pero no creo que todos lo hagan.

—Te seguirán si piensan que es Kazakov quien les ordena que lo hagan.

—Quizá. Por desgracia, no creo que él esté en su momento más colaborador.

—Ya veremos.

Boris observó en silencio cómo Edmond se acercaba a Viktor Kazakov y, sin miramientos, le quitaba el abrigo y se lo ponía. Después, se puso también su sombrero y la bufanda del conspirador.

—¿Y piensas que con un abrigo y un sombrero vas a conseguir pasar por Viktor Kazakov? —le preguntó con escepticismo.

—Confía en mí —murmuró Edmond, y tomó la manta

que se le había caído a Brianna durante su carrera. Con sumo cuidado, la envolvió y la tomó en brazos.

Ella gimió de dolor cuando Edmond la levantó del suelo con un movimiento suave.

—Aguanta, *ma souris* —le susurró.

Boris dio un paso adelante.

—¿Qué necesitas?

—Quiero que vuelvas por tu caballo. Cuando yo abra la puerta y comience a gritar, tú sal en estampida por la carretera haciendo todo el ruido que puedas.

—¿Y tú?

—Cuando los jinetes salgan en tu persecución, yo llevaré a Brianna al carruaje y le ordenaré al cochero que nos lleve a San Petersburgo. Entre la tormenta y la confusión, los sirvientes me tomarán fácilmente por su amo.

Boris disimuló sus dudas con una sonrisa de ironía. Se metió la pistola al bolsillo y se volvió hacia una puerta lateral.

—Supongo que es tan absurdo que puede salir bien.

—O conseguiremos que nos maten a todos —dijo Edmond, dando voz a lo que ambos pensaban.

—Entonces, cuanto antes descubramos nuestro futuro, mejor. Dame diez minutos para llegar hasta el caballo antes de que comiences a gritar.

—Boris —le dijo Edmond suavemente—. En cuanto te alejes de la iglesia, líbrate de los jinetes y vuelve a San Petersburgo.

El soldado sonrió.

—Tu preocúpate de la señorita Quinn y yo me cuidaré solito.

—Boris...

La puerta se cerró, y Edmond llevó a Brianna hacia la puerta principal.

Contando en silencio, esperó hasta que estuvo seguro de que Boris había llegado a su caballo. Después, abrió la pesada puerta de madera y salió al exterior entre remolinos de nieve, manteniendo la cabeza agachada.

—¡Es Summerville! —les gritó a los jinetes mientras Boris salía al galope—. ¡No lo dejéis escapar! ¡Seguidlo, idiotas!

Pasó un segundo durante el cual Edmond no se atrevió a respirar. Si sospechaban que él no era Viktor Kazakov...

Los hombres montaron rápidamente y siguieron a Boris. Él aprovechó la ventaja del caos y, con esfuerzo, abrió la puerta del carruaje sin dejar caer su preciosa carga.

—Llévame a San Petersburgo —le ordenó al cochero, que estaba encorvado en el pescante del vehículo.

—¿Y Summervile?

—No cuestiones mis órdenes.

—Yo... sí, señor.

CAPÍTULO 26

Llegaron a San Petersburgo sin incidentes, y después de una corta y violenta lucha con el cochero de Viktor, Edmond llegó a casa de Vanya y descubrió que su amiga lo tenía todo preparado para su regreso.

Con mínimos movimientos, Brianna fue depositada en su cama, donde fue atendida por el médico personal del zar. El doctor le extrajo la bala del hombro con eficiencia y luego le limpió la herida. Después, con una mirada de advertencia a Edmond, que vacilaba junto a la cama, para que dejara descansar a la herida, recogió sus instrumentos, los metió en el maletín y se marchó en busca de Vanya.

Durante las horas siguientes, Edmond vigiló en silencio el sueño de Brianna.

No era la culpabilidad lo que le hacía estar junto a su cama, aunque sabía que lamentaría aquello durante toda la eternidad. Tampoco temía que no se recuperara. Brianna ya tenía un buen color en las mejillas, y su respiración era suave y constante.

Edmond no se separaba de su lado porque necesitaba tenerla a su alcance. Temía que desapareciera en la niebla helada que envolvía la ciudad si la perdía de vista.

Entendía que aquel miedo era ilógico. El médico había advertido que Brianna quizá durmiera durante toda la mañana, o que si estaba despierta, se encontraría muy débil.

Aquello, sin embargo, no mitigó el pánico que le oprimía el corazón.

Alguien entró en la habitación contigua al dormitorio, y el ambiente se impregnó del inconfundible aroma del pan recién hecho. A Edmond se le encogió el estómago de hambre; durante todo el día, Vanya había enviado un desfile de sirvientes con bandejas para intentar que comiera algo. Incluso había ido personalmente a llevarle un plato de su flan de ciruelas favorito. Sin embargo, el dulce se había quedado frío sobre la mesilla de noche.

En aquel momento, con actitud resignada, esperó un sermón. Sin embargo, tuvo que arquear las cejas debido a la sorpresa al ver a un caballero adusto, de pelo canoso, en vez de a su anfitriona.

—¿Cómo está? —preguntó Herrick Gerhardt.

Edmond miró a Brianna.

—Siempre y cuando no haya infección, el médico confía en que la herida sanará en pocas semanas.

—¿Y también te dijo que no se pondría bien a menos que tú estuvieras aquí como una gallina con sus polluelos? —le preguntó Herrick irónicamente.

Edmond se puso en pie y se frotó los músculos tensos de la nuca.

—¿Qué deseas, Herrick?

—Pensaba que estarías ansioso por tener noticias de lo que había ocurrido con Grigori y los demás.

—Teniendo en cuenta que no hay luchas callejeras, supongo que te las has arreglado para sofocar el levantamiento.

—Ah, bueno, si no tienes interés...

—Espera.

Con un largo suspiro, Edmond se inclinó a darle un beso a Brianna en la frente. Después se acercó a Herrick, y ambos pasaron al gabinete contiguo. Edmond hizo caso omiso de la bandeja que había sobre la estufa. Sin embargo, se sirvió una copa de brandy y se la tomó de un trago.

—Dime lo que ha pasado —le ordenó.

Con una sonrisa, Herrick le quitó la copa de la mano a Edmond y le obligó a sentarse en una silla junto a la bandeja.

—Come.

—No tengo hambre.

—Quizá no, pero no le vas a servir de nada a la señorita Quinn si te desmayas —replicó Herrick, y señaló un plato de estofado—. Vamos, come.

—¿Y ahora quién se está comportando como una gallina con sus polluelos? —murmuró Edmond mientras tomaba la cuchara.

Sin embargo, metódicamente, comió todo el estofado y el pan con miel, que no le proporcionó el calor calmante del brandy, pero que le ayudó a aclararse la cabeza. Al final, apartó la bandeja, descansó contra el respaldo de la silla y miró a Herrick con los ojos entornados.

—Dime lo que pasó.

El caballero sonrió nuevamente.

—Gracias a tu aviso, capturé a Grigori Rimsky antes de que llegara a su barracón.

—¿Vive todavía?

—Hubo una fea pelea, que provocó una hemorragia nasal y varios huesos rotos, pero todavía respira —dijo Herrick—. Al menos, hasta que vuelva Alexander Pavlovich.

Edmond se puso en pie y se sirvió otra copa de brandy. Le dolía todo el cuerpo de extenuación, pero no podía relajarse hasta estar seguro de que Brianna no lo necesitaba.

—No dudé, ni por un momento, de que podrías atrapar a los conspiradores sin problemas.

—En realidad, no fue enteramente sin problemas.

Edmond se puso tenso.

—¿Qué quieres decir?

—Por desgracia, incluso sin su comandante, un grupo de soldados irrumpió en mitad del desfile matinal.

—¿Fue grave?

Herrick suspiró y se acercó a la ventana para mirar a la calle.

—No habría sido nada más que un altercado sin importancia si el príncipe Michael no hubiera estado presente.

Edmond apretó la copa entre los dedos. Tenía la esperanza de poder solventar el problema sin que los Romanov intervinieran para empeorar las cosas.

Sin embargo, esa esperanza se desvaneció.

—¿Y qué demonios estaba haciendo el príncipe allí?

Herrick se encogió de hombros.

—Yo no lo invité, te lo aseguro, pero no podía ordenarle que permaneciera en el palacio.

Edmond se estremeció al pensar en cómo había podido reaccionar el impredecible y vehemente príncipe ante el más mínimo signo de insubordinación. Al contrario que Alexander Pavlovich, el príncipe Michael no había aprendido todavía la inteligencia de responder con templanza y proporción a sus súbditos.

—Dios Santo.

—Exacto. Su reacción fue... excesiva.

—Cuéntame lo peor.

—Permitió que el general los desnudara y los golpeara frente a todo el regimiento. Después, hizo que los arrastraran por los tobillos hasta los calabozos.

—¿Murió alguno? —preguntó Edmond con la voz ronca.

—No, pero ese tratamiento brutal sólo ha servido para azuzar el resentimiento de los demás soldados. Hemos tenido suerte de que el levantamiento sólo se extendiera a algunos de los miembros del regimiento.

Edmond se pasó una mano por la cara. No necesitaba estar en los barracones para saber la furia que debían de sentir los soldados. Esa furia podía provocar el derramamiento de sangre que ellos habían evitado con tanto esfuerzo.

—Los dos sabemos que no lo van a olvidar, y mucho menos a perdonar. Me temo que sólo hemos conseguido retrasar la hora de la verdad.

—Quizá —admitió Herrick de mala gana.

—¿Sabes, Herrick? Muchos países funcionarían con más suavidad si su gobierno estuviera en manos de los plebeyos.

La expresión del otro caballero se volvió neutra. Por muy irritado que estuviera con el príncipe Michael, Herrick seguiría siendo leal de una forma estoica.

—Un hombre sabio se guardaría esas reflexiones.

Edmond sabía que no debía contradecirlo y decidió cambiar de tema.

—¿Y Viktor Kazakov?

Herrick volvió a sonreír.

—Lo encontraron en la iglesia donde tú lo dejaste. Como la prisión de los barracones ya estaba llena, creo que ahora está encerrado en una suite del Palacio, con su primo Fedor Dubov.

Edmond se rió con ganas al imaginarse a Viktor prisionero en una de aquellas lujosas estancias. Debía de ser más mortificante que estar en un calabozo húmedo.

—Ah, así que al final consiguió sus habitaciones en palacio. Estará muy complacido.

—Para ser sincero, no parecía que estuviera muy contento —ironizó Herrick—. De hecho, amenazó con todo tipo de venganzas para ti y toda tu genealogía. Si lo deseas, puedo concertar un encuentro con él para que le arranques la lengua y pongas fin a su molesta fanfarronería.

—No, tengo cosas más importantes que hacer. Interroga tú a Viktor para descubrir quiénes más estaban implicados.

—Por supuesto —dijo Herrick. Después, observó a Edmond durante un largo momento, con una expresión sombría.

—¿Qué ocurre?

—Esa mujer...

—Brianna —dijo Edmond secamente.

—Brianna —repitió Herrick rápidamente, para contemporizar—. ¿Es algo más que una aventura pasajera para ti?

Bruscamente, Edmond se encaminó hacia la estufa. La postura rígida de sus hombros indicaba que no estaba complacido con la pregunta del otro hombre.

—Ya sabes que nunca hablo de mis asuntos privados.

—Y yo no tendría interés siempre y cuando pensara que esta aventura es... pasajera. Si, por el contrario, piensas que la señorita Quinn sea algo más que tu amante, entonces no sólo debes tener en cuenta su reputación, sino también la tuya.

—Dime claramente qué estás pensando, Herrick.

—Por mucho que quieras olvidarte de tus deberes hacia el zar, no puedes. Uno de los más importantes es presentar a tu prometida en sociedad.

Prometida.

Edmond se estremeció. Había pasado años intentando convencerse de que estaba maldito. Que el destino exigía que estuviera solo para siempre como castigo por haber causado la muerte de sus padres.

Un miedo irracional, quizá, pero un miedo que él no podía superar. Y menos después de haber visto a Brianna a punto de morir dos veces entre sus brazos.

—¡No quiero hablar de esto!

Herrick frunció el ceño. Se había quedado asombrado por el tono áspero de Edmond.

—Entiendo que todavía estés preocupado por la seguridad de la señorita Quinn, pero los traidores ya están bajo arresto, y el único peligro que corre ahora esa joven es que se descubra que es tu amante antes de que podamos detener los feos rumores. Sabes que Alexander Pavlovich perdonará cualquier indiscreción siempre y cuando pueda disimularse bajo una visión de pureza —le dijo Herrick, y le dio una palmada afectuosa en el hombro—. Debemos hacer que la señorita Quinn se traslade a una casa más... convencional, y proporcionarle una acompañante adecuada.

—Ella se quedará aquí conmigo, Herrick.

—Pero...

—Ya está bien, Herrick —dijo Edmond, y se dio la vuelta, con irritación, para servirse otro brandy—. Brianna nunca será mi esposa.

—¿Y quién demonios ha dicho que yo quiero ser tu esposa? —preguntó una aguda voz femenina desde la puerta.

A Edmond se le resbaló la copa de entre los dedos mientras, rápidamente, se volvía y veía a Brianna, que se apoyaba débilmente contra el marco de la puerta. Estaba muy pálida, y tenía un aspecto frágil. Sin embargo, en sus ojos había una mirada herida, y su cuerpo estaba muy rígido. Él dio un paso hacia delante.

—*Ma souris*...

No tenía ni idea de lo que iba a decir mientras se acercaba a ella, pero al final, no tuvo importancia. Brianna le clavó una mirada que le hirió como una daga, y con las pocas fuerzas que le quedaban, le cerró la puerta en las narices.

Brianna se sentía muy débil, pero llegó a su habitación a tiempo de cerrar la puerta con llave antes de que Edmond la hubiera alcanzado. Después se metió en la cama.

Maldito fuera Edmond Summerville.

¿Cómo se atrevía a decirle a su amigo que ella nunca sería su esposa?

Brianna nunca le había pedido algo semejante. Tampoco se había quejado por el hecho de que su reputación quedara destruida. Ni siquiera le había pedido que le asegurara que su relación era algo más que algo pasajero.

Por Dios, no le había dicho a aquel idiota que quizá estuviera esperando un hijo suyo.

Y menos mal. Lo que menos deseaba era obtener sus atenciones a causa de un sentimiento de culpabilidad, o que le ofreciera dinero, cuando él estaba tan inclinado a deshacerse de ella.

Brianna cerró los ojos e intentó sobreponerse a aquella gran decepción.

Las cosas no habían cambiado, pese a que él hubiera acudido corriendo a rescatarla a aquella iglesia, y que hubiera dejado en segundo plano su deber para con su país y su profunda lealtad al zar.

Tampoco aunque él hubiera permanecido sentado junto a su cama toda la noche, acariciándole suavemente el pelo y susurrándole palabras de ánimo y consuelo al oído.

Ella había sido tonta al despertarse con la cálida sensación de ser amada. También había sido tonta al levantarse de la cama, con esfuerzo, para estar más cerca de él. No iba a empeorar las cosas sintiéndose herida por el hecho de no ser más que la mujer que compartía su cama en aquel momento.

Aquel pensamiento tan valiente se desvaneció cuando Brianna oyó que él llamaba a la puerta con impaciencia.

—Brianna, abre la puerta.

Si ella lo ignoraba durante suficiente tiempo, él acabaría por marcharse.

Seguro.

Cerca de dos horas después, se demostró que ella tenía razón. Edmond desapareció. O al menos, dejó de llamar a la puerta y de exigirle que le permitiera entrar.

Con un suspiro de alivio, Brianna se tapó bien y se concentró en el dolor intenso de su hombro herido.

Su humor sombrío sólo se vio interrumpido por la voz de Vanya, que llamó suavemente a la puerta.

—¿Brianna? Brianna, vengo a traerte un poco de comida —dijo—. ¿Puedo pasar?

Brianna sacó la cabeza de debajo de las mantas.

—¿Estás sola?

—Salvo por mi doncella.

—Un momento, por favor.

Cuando estaba a punto de salir de la cama, Brianna dijo:

—No, no te levantes. Tengo una llave —dijo. Hubo un sonido en la cerradura, y después la puerta se abrió. Vanya entró seguida por una doncella—. Aquí tienes, querida.

Con un movimiento enérgico, Vanya le indicó a la doncella que se adelantara. La muchacha le acercó la bandeja a

Brianna y se la puso sobre el regazo. Después hizo una reverencia y salió de la habitación.

Brianna inhaló profundamente los deliciosos aromas que llenaron el aire. El ligero mareo que había sentido durante las últimas horas no fue suficiente para acabar con su apetito.

—¿Es pan de jengibre? —preguntó mientras levantaba una servilleta de lino, bajo la cual había un cuenco de caldo y un plato con una rebanada de pan.

—Recién salido del horno, aunque he tenido que prometerle a la cocinera que no te dejaría comer ni una miga hasta que te hubieras tomado su famoso caldo de pollo, que según jura y perjura, es capaz de curar cualquier enfermedad.

Brianna obedeció. Tomó la cuchara y probó el rico caldo, y a medida que le bajaba por la garganta, un agradable calor se le extendió por el cuerpo.

—Está delicioso —murmuró.

Terminó la sopa y el pan y después se tumbó sobre las almohadas. Vanya la miraba con preocupación.

—¿Cómo te sientes?

—Débil.

—¿Tienes dolores?

—Me duele el hombro, aunque, por desgracia, me estoy acostumbrando a las heridas de bala.

Vanya sonrió.

—No es un hábito que yo recomendaría.

—Yo tampoco —dijo Brianna. Bajó la mirada hacia la bandeja para intentar ocultarle su expresión a Vanya—. Afortunadamente, cuando vuelva a Londres, mi futuro será mucho más tranquilo.

—¿A Londres? ¿Tienes intención de marcharte de San Petersburgo?

—Por supuesto. Rusia es un país precioso, si bien helado, y tú has hecho que me sintiera muy bien recibida, pero mi hogar es Inglaterra.

Claramente, aquella insistencia en marcharse de Brianna había tomado por sorpresa a su anfitriona.

—Entiendo que desees volver a casa, pero no creo que Edmond quiera viajar hasta que estés completamente restablecida.

—Edmond no está incluido en mis planes de viaje, Vanya —dijo Brianna, en un tono duro—. Tampoco en mi futuro.

Con el ceño fruncido, Vanya le tomó la mano a Brianna y se la apretó suavemente.

—Oh, querida, espero que no culpes a Edmond de lo que te ha ocurrido. Él no podía saberlo de ningún modo.

Brianna se encogió de hombros. No lo culpaba por su secuestro, al menos directamente.

—Quizá no, pero te aseguro que nunca me dispararon, ni me secuestraron, ni me atacaron antes de que Edmond me convenciera para hacerme pasar por su prometida.

Vanya arqueó una ceja.

—En realidad, eso no es del todo cierto, ¿no?

—¿Qué quieres decir?

—Edmond me comentó que tu padre intentó secuestrarte sólo cuatro días antes de que emprendierais el viaje hacia Rusia.

—Dios Santo, casi se me había olvidado —susurró ella con verdadero asombro. Thomas Wade y el miedo que había llegado a inspirarle a Brianna estaban muy lejos en el pasado—. Lo cual demuestra lo agitadas que han sido estas semanas.

—¿Y culpas a Edmond?

Brianna reprimió una sonrisa de arrepentimiento al darse cuenta de que Vanya no podía ocultar completamente su desaprobación. Aunque su anfitriona la hubiera tomado afecto, su lealtad seguía siendo para Edmond.

—No es una cuestión de culpa.

—¿No?

—Es... —Brianna suspiró—. Sólo quiero volver a Inglaterra y tener una vida tranquila. Eso es lo que siempre he querido.

Vanya le apretó los dedos a Brianna.
—¿Y si estás embarazada de Edmond?
—Entonces, iré a una casita de campo de un pueblo pequeño, donde nadie me conozca —respondió Brianna—. Tengo suficiente dinero como para mantener una casa; podré fingir que soy viuda.
—¿Y Edmond?
—¿Qué pasa con él?
Vanya la miró con incredulidad.
—No puedes pensar que Edmond va a permitir que desaparezcas sin más. Sobre todo, si descubre que vas a tener un hijo suyo.
—¿Y por qué no? —preguntó Brianna, intentando hacer caso omiso del agudo dolor que sentía en el corazón—. Nuestra relación siempre estuvo destinada a ser pasajera, tal y como Edmond ha dejado bien claro. Sin duda, ya estará buscando otra mujer para sustituirme.
Vanya se rió.
—Dios Santo, Brianna, verdaderamente eres una inocente.
Brianna se ruborizó.
—No tan inocente como era antes —dijo secamente.
Vanya le dio unas palmaditas en la mano.
—Querida, ¿puedo darte un consejo?
—Si quieres...
—Nunca he pensado que fuera muy sabia, pero la vida me ha dado unas cuantas lecciones. La más importante es que el amor es algo raro y maravilloso, que nunca debe darse por sentado.
—Edmond no me quiere.
—Yo no estoy tan segura de eso como tú, pero no me refería a aceptar el amor de los demás, sino a permitir que el amor crezca en tu corazón —dijo Vanya, y los ojos se le llenaron de lágrimas—. A causa de mis miedos y mi orgullo, yo me cerré a los sentimientos que tenía por mi hija, y también por un hombre bueno y decente, que me ha profesado siempre lealtad. No cometas el mismo error, Brianna. No

niegues las emociones que te llenan el corazón. Ese camino sólo te llevará al arrepentimiento.

Brianna hizo caso omiso del escalofrío que le provocó la advertencia de Vanya, y se concentró en aquella mujer, que, claramente, aún sufría por el pasado.

Al contrario que ella, Vanya tenía cerca de un hombre que la quería. Un hombre que no quería nada más que tenerla por esposa.

—No es demasiado tarde, Vanya —insistió Brianna con suavidad. No se sorprendió cuando Vanya le soltó la mano y se levantó—. El señor Monroe te adora, y estoy segura de que te perdonará si le das la oportunidad.

—Pero primero debo perdonarme yo misma, querida —dijo Vanya con una sonrisa llena de melancolía. Después se dirigió hacia la puerta—. Al menos, piensa en lo que te he dicho. Edmond está fuera, paseándose de un lado a otro. Está desesperado por verte.

—No —dijo Brianna—. No, no quiero hablar con él.

—Muy bien —dijo Vanya con un suspiro—. Entonces descansa, querida. Todo saldrá bien.

¿Que todo saldría bien?

Brianna se estremeció nuevamente cuando Vanya salió del dormitorio y cerró la puerta.

CAPÍTULO 27

Edmond se apoyó cansadamente en la chimenea mientras esperaba que Vanya saliera de la habitación de Brianna. Notaba la aspereza de la barba contra las palmas de las manos, y supo que su aspecto era tan malo como su estado de ánimo.

No recordaba cuándo había dormido o comido por última vez. Ciertamente, no lo había hecho durante los dos últimos días. Sin embargo, no era capaz de alejarse de la habitación de Brianna. Tenía que...

¿Qué?

Vanya entró en la habitación y lo sacó de su ensimismamiento. Edmond se adelantó, pero no con la suficiente celeridad. Antes de que estuviera a mitad de la habitación, la astuta mujer ya había cerrado la puerta con llave.

—¿Cómo está? ¿Ha comido?

Vanya arqueó las cejas.

—Está débil, pero despierta, y sí, ha comido.

—Entonces voy a verla.

—No, Edmond. Ella no desea verte.

—Maldita sea, Vanya, necesito estar con ella.

Vanya pasó por delante de Edmond para servirse una copa de jerez.

—Sí, ya has dejado bien claras tus necesidades, Edmond.

Sin embargo, en este momento me preocupa más lo que necesita Brianna.

—Está disgustada. No sabe lo que quiere de verdad.

—Pues a mí me parece que sí sabe lo que quiere, o más exactamente, lo que no quiere. Y no quiere estar en tu compañía —dijo Vanya, mirándolo con los ojos entrecerrados—. ¿Qué le has hecho?

Edmond se pasó las manos por el pelo.

—No le he hecho nada. Me oyó hablar con Herrick.

—¿Estabas hablando de otra mujer?

—Por Dios, claro que no.

—No sé por qué te sorprende tanto la pregunta. Brianna está convencida de que vas a dejarla por otra.

—No, nunca.

—Entonces, tiene que haber alguna razón por la que está tan disgustada contigo. ¿Qué le has dicho?

Edmond titubeó. Se sentía muy avergonzado, pero tuvo que confesar la verdad.

—Estaba intentando impedir que Herrick organizara una boda inminente.

—¿Con Brianna?

—Sí.

—¿Y ella oyó que la rechazabas?

—Yo nunca he mantenido en secreto mi negativa a casarme, Vanya. No tiene nada que ver con Brianna.

—No, claro —respondió Vanya con ironía.

—Aparte de lo cual, Brianna me ha informado muchas veces de que no quiere tener marido ni familia, así que el hecho de que esté tan enfadada no tiene lógica.

Vanya sacudió la cabeza.

—Una mujer no tiene que ser lógica, y además, no hay ninguna mujer que no se sintiera ofendida al oír que su amante proclama que no va a casarse con ella. Hace que una se pregunte si tiene algún defecto.

—Ésa es la razón por la que quiero hablar con ella.

—¿Y qué vas a decirle, Edmond? ¿Que está bien como

pasatiempo, pero que no es lo suficientemente valiosa como para formar parte de tu vida permanentemente?

—¿Preferirías que le mintiera, Vanya? ¿Que hiciera promesas que no puedo cumplir?

—¿Y por qué no puedes cumplirlas? Brianna es una muchacha encantadora y bella, y es evidente que te hace feliz. Cualquier hombre estaría orgulloso de tenerla por esposa.

—Yo no...

Edmond se mordió la lengua para no admitir que su negativa a casarse con Brianna estaba motivada por el miedo. Tenía miedo de que ella sufriera un destino horrible. Vanya pensaría que estaba loco.

—¿No qué?

—No voy a casarme nunca.

—¿Por qué, querido? —preguntó ella, y con el ceño fruncido, se acercó a Edmond y le puso una mano en el brazo—. Es evidente que quieres a Brianna. ¿Por qué te opones a casarte con ella?

—No quiero hablar de esto, Vanya —dijo él.

—Muy bien —respondió Vanya con disgusto, y se alejó hacia la puerta que daba al pasillo—. Entonces, vas a perderla.

—¿Qué has dicho?

—He dicho que vas a perderla —repitió Vanya con una expresión resignada—. Brianna tiene planes de volver a Inglaterra.

—Sé que desea volver a Londres para poder reunirse con su abogado y solucionar el asunto de su herencia. Yo la acompañaré cuando esté recuperada.

—Ella no ha mencionado que vaya a volver a Londres contigo. De hecho, está decidida a volver sola, para poder organizar su casa sin interferencias de otros.

—Eso es sólo porque ahora está enfadada conmigo. Cuando se le haya pasado, se dará cuenta de que eso es una tontería.

Vanya suspiró.

—Edmond, te quiero como si fueras mi propio hijo, pero algunas veces me dan ganas de darte una bofetada. Deja de

aferrarte al pasado antes de que sea demasiado tarde, querido.
—¡Esto no tiene nada que ver con el pasado!
—Oh, Edmond.
Con una última mirada de lástima, Vanya salió de la habitación y desapareció por el pasillo.
Edmond se quedó solo y se hundió en una butaca. Cerró los ojos. Malditos fueran sus supuestos amigos y su entrometimiento.

Tres días después, Edmond se vio obligado a reconsiderar su arrogante idea de que Brianna iba a recuperar el sentido común e iba a perdonarlo. La muchacha era tan obstinada que estaba decidida a mantenerlo a distancia.

Por mucho que él la visitara, ella permanecía impasible, pálida y con sus hermosos ojos vacíos de expresión.

Daba la impresión de que era su fantasma lo que estaba bajo las mantas, mientras su alma se había retirado de modo que él no pudiera alcanzarla.

Edmond había intentando por todos los medios conseguir una respuesta suya. Le había hecho bromas, la había provocado, incluso le había ofrecido chantajes, pero no había conseguido sacarla de aquel extraño letargo. Era como si Edmond fuera invisible.

La mañana del cuarto día, Edmond entró bruscamente en la sala de desayunos de Vanya. Quería hablar con ella en privado; Lord Summerville no se encontraba perdido con mucha frecuencia, y su orgullo ya había recibido suficientes golpes sin tener que admitir su derrota públicamente.

Vanya estaba sentada en un banco de abedul, junto a una mesa dorada, casi escondida detrás de grandes bandejas de huevos revueltos, tostadas y anguila guisada. Ataviada con un elegante vestido de brocado que tenía varias esmeraldas cosidas al corpiño, con el pelo recogido en un complicado moño que enmarcaba sus delicados rasgos, era el vivo retrato de una aristócrata rusa, imagen reforzada por el hecho de que recibió al furioso Edmond limitándose a arquear una ceja.

—Buenos días, Edmond. ¿Te apetece un poco de té?

—No, demonios, no quiero té —respondió él—. Quiero que me digas por qué Brianna me trata como si ya no existiera.

—No puedo hablar contigo cuando estás caminando de un lado a otro como una bestia enjaulada. Al menos, ten la educación de sentarte para que no tenga que torcer el cuello.

—Maldita sea, Vanya, no tengo humor para ser educado.

—Sí, ya lo veo —dijo Vanya, y le dio un sorbito a su té. Después sonrió ligeramente—. ¿Sigue negándose a verte?

Edmond se pasó los dedos entre el pelo.

—Como si se negara. Cuando voy a verla, me trata como si fuera un extraño. Demonios, preferiría que me gritara a que me trate con esa indiferencia suya.

—Todavía está recuperándose, Edmond. Debes tener paciencia.

—¿Que se está recuperando? —preguntó él con incredulidad—. Oh, he oído que el doctor decía que la herida se está cerrando y que ya no hay peligro de infección, pero Brianna está muy pálida y muy delgada. Cuando hablé con él esta mañana, me dijo que era normal, y que ella recuperaría el apetito a su debido tiempo.

Edmond percibió una expresión extraña en el rostro de Vanya, algo como una emoción misteriosa que no supo descifrar.

—Debemos confiar en él —dijo ella vagamente.

Edmond la miró con los ojos entornados. Tenía la sensación de que en la enfermedad de Brianna había algo que no le estaban contando.

—En realidad, no tengo por qué confiar en lo que diga ese tonto —respondió él—. He llamado al médico de Herrick para que la examine esta tarde.

Vanya se puso en pie con enfado.
—Edmond, eso no es necesario.
—Es decisión mía.
—No. Es decisión de Brianna, y ella está contenta con los cuidados que recibe. No creo que agradezca tu interferencia.
—Ella no va a agradecerme nada en este momento. Está...
—¿Qué?
—Alejándose.
La expresión de Vanya se suavizó.
—Te lo advertí, Edmond.
Edmond volvió a caminar de un lado a otro.
—¿Se está comportando así porque no quiero casarme con ella?
—No puedo decir lo que siente otra persona, pero creo que cualquier mujer inteligente tiene la sabiduría necesaria como para protegerse a sí misma.
Edmond se puso rígido.
—Yo no le haría daño a Brianna.
—Quizá no intencionadamente, pero, querido, te conozco. Has disfrutado de las atenciones de muchas mujeres. ¿Por qué no iba a estar Brianna preparándose para convertirse en un recuerdo?
—Porque yo no tengo ninguna intención de que eso suceda.
Vanya chasqueó la lengua.
—Claro que sí. Es inevitable. Y estás enfadado sólo porque Brianna ha decidido soltar amarras antes que tú. Te hiere el orgullo.
—Por Dios, eso no tiene nada que ver con mi orgullo. Y te aseguro que no pienso permitir, por nada en el mundo, que se me escape. Nunca.
Vanya lo miró con recelo.
—Edmond, ¿qué quieres decir?
—Yo... tengo afecto por Brianna.
—Todos le tenemos afecto. Es una muchacha dulce y buena

que se ha enfrentado a las dificultades de la vida con notable dignidad.

—Yo no la describiría como dulce —respondió Edmond secamente—. Tiene el corazón de una tigresa, y no le importa usar las garras cuando es necesario. ¿Sabes que me chantajeó descaradamente para que la admitiera en Huntley House?

—Lo que quiero decir es que tener afecto a una persona no es lo mismo que estar enamorado de ella. Brianna es... vulnerable, y tú podrías hacerle mucho daño sin querer.

—Acabo de decir que quiero que forme parte de mi vida.

—Por el momento.

—Para siempre.

Vanya arqueó lentamente las cejas con una expresión escéptica.

—Perdona que no crea en la sinceridad de tus palabras, Edmond.

—¿Por qué?

—Porque te niegas a casarte con ella —respondió Vanya—. Si estuvieras verdaderamente enamorado de ella, entonces querrías que vuestra relación fuera permanente.

—Por Dios, precisamente porque me importa es por lo que no quiero ponerla en peligro.

Hubo una larga pausa, mientras Vanya intentaba comprender los miedos de Edmond.

—Los traidores han sido arrestados, y que yo sepa, no hay nadie más que quiera secuestrarla —dijo, y sonrió débilmente—. Claro que es posible que ella quiera huir cuando deba enfrentarse a la corte de los Romanov.

—No lo entiendes —murmuró Edmond.

—No, a menos que me lo expliques, querido —dijo Vanya—. Dime por qué dudas. ¿Tiene algo que ver con tus padres.

Edmond cerró los ojos al sentir aquel viejo dolor estrujándole el corazón.

—Murieron por mi culpa.

—No, Edmond. Fue un accidente —dijo Vanya, y esperó

pacientemente hasta que él abrió los ojos y la miró–. No tuvo nada que ver contigo.

Edmond había oído aquellas palabras muchas veces. Demasiadas como para encontrar consuelo en ellas.

–No habrían estado en el velero aquella noche de no ser porque yo tuve problemas con la justicia.

Vanya sacudió la cabeza con impaciencia.

–¿Y quién te dice que no habrían muerto en un accidente de carruaje mientras se dirigían a una fiesta? ¿O que no habrían sucumbido a las fiebres que arrasaron Surrey pocas semanas después? Tú no eres Dios, Edmond, por mucho que te guste desempeñar ese papel. No tienes el poder sobre la vida y la muerte.

–Puedes decir lo que quieras, Vanya, pero mis padres murieron como consecuencia de mis decisiones. Eso no va a pasarle a nadie más.

–¿A nadie más? –preguntó Vanya, y al instante se dio cuenta de lo que quería decir. Después, sin previo aviso, se puso en pie y le acarició la mejilla–. Oh, querido, qué carga más pesada has llevado sobre los hombros.

–Si es una carga, yo mismo la fabriqué.

–No. Ya te has castigado durante suficiente tiempo. Edmond, fui amiga de tu madre durante más de cuarenta años, y puedo decirte que lo que más deseaba en el mundo era que sus hijos estuvieran contentos con su vida. Buscar la felicidad no es traicionar a tus padres. Por el contrario, es la mejor forma de recordarlos.

Edmond se acercó a mirar por la ventana. Las espesas nubes se habían disipado por fin, y el sol de la mañana se reflejaba en la nieve con un brillo impresionante, de modo que parecía que las calles estaban salpicadas de diamantes. A lo lejos, se distinguían las siluetas de los patinadores y los transeúntes por la superficie helada del Neva.

La vista de San Petersburgo en una mañana de invierno tenía magia, pero Edmond apenas notaba toda la belleza que se extendía ante él. En vez de eso, estaba esforzándose por reflexionar sobre lo que le había dicho Vanya.

—No estoy intentando castigarme —se dijo, más para sí mismo que para ella.

Ella negó con la cabeza.

—Es exactamente lo que estás haciendo —respondió—. Y lo peor es que estás castigando también a esa preciosa muchacha que está arriba. Brianna se merece algo mejor.

Edmond se dio la vuelta bruscamente. Era la primera vez que pensaba en el hecho de que, por proteger a Brianna, quizá la estuviera hiriendo más. Se le encogió el corazón al recordar su mirada de dolor y su semblante pálido antes de que le diera con la puerta en las narices.

Edmond hizo caso omiso de la mirada de especulación de Vanya y lentamente caminó por la habitación, intentando poner orden en el caos de su cabeza.

¿Y si...?

Una doncella entró en la sala e interrumpió su meditación.

—Los invitados han llegado —anunció la criada.

—Gracias, Sophie, eso es todo —dijo Vanya. Después, como si se diera cuenta de que había plantado las semillas de la duda en su cabeza, Vanya se dirigió hacia la puerta con una sonrisa de satisfacción—. Piensa en lo que te he dicho, querido.

Edmond observó a Vanya saliendo de la habitación antes de volverse hacia la ventana nuevamente. Había ido a hablar con ella en busca de respuestas, no para que lo reprendiera como si fuera un niño. Y, para empeorar las cosas, no podía quitarse de la mente sus reproches.

Permaneció en la sala, ensimismado, durante un rato, hasta que oyó el sonido de unos pasos. Se giró y vio a Boris en la entrada, con el abrigo lleno de nieve y las botas manchadas de barro. Con un movimiento de la mano, Boris le lanzó un paquete de papel marrón. Edmond percibió el olor de las castañas recién asadas e hizo una mueca. Le había pedido a Boris que comprara las castañas con la esperanza de estimular el apetito de Brianna. Una tarea inútil que llevaba intentando desde hacía días.

—¿Es que has comido anguila rancia para desayunar hoy, Summerville?

—¿Qué demonios...? Ya sabes que detesto la anguila, Boris.

—Entonces, debe de haber otra razón por la que tienes aspecto de estar enfermo. Voy a llamar al médico.

Edmond frunció el ceño.

—No estoy enfermo, estoy enfadado. No entiendo por qué las mujeres tienen que complicar lo que podría ser una relación sencilla.

—Mi madre te diría que si una mujer no te está creando problemas en la vida, entonces ya no le importas.

A Edmond se le encogió el estómago de miedo.

—Maldita sea.

Boris se acercó a él.

—Se suponía que eso debía de servirte de consuelo. No le ocurre nada a la señorita Quinn, ¿verdad?

—Físicamente no. El doctor está contento por su recuperación. No tienes que preocuparte de que Janet te espere en Londres con un cuchillo afilado.

Boris carraspeó.

—En realidad, hemos decidido que, una vez que llegue la primavera, ella va a venir a Rusia. El zar siempre ha deseado que yo me uniera a su guardia personal, y Janet se acostumbrará a la vida en San Petersburgo. Mi única preocupación es si San Petersburgo sobrevivirá a Janet.

—¿Vas a casarte con ella?

—Ella todavía no ha aceptado un arreglo formal de la situación, porque es muy cabezota, pero tengo confianza en mis dotes de persuasión.

—Dios Santo.

Boris se rió.

—¿Te sorprende porque siempre pensaste que yo nunca me casaría, o porque haya una mujer dispuesta a estar conmigo?

—Nunca habría pensado que querías formar una familia.

—Dudo que eso le ocurra a ningún hombre hasta que encuentra a una mujer que le revela la satisfacción de un compromiso así.

Edmond se acercó a su amigo y le dio una palmada en un hombro.

—Voy a echar de menos tenerte a mi lado, amigo.

—No, si tienes sentido común y aceptas lo que es evidente para todos.

—Dios, tú también no.

Boris lo observó atentamente.

—Has luchado contra la esperanza de ser feliz durante demasiado tiempo. Ya es hora de que aceptes lo que te ha ofrecido el cielo.

—No es tan sencillo.

—Sí, Summerville. Precisamente, es muy sencillo.

Era casi la hora de comer cuando se abrió la puerta de la habitación y entró Vanya con una sonrisa que no ocultaba del todo su preocupación. Se sentó al borde de la cama.

Brianna contuvo un suspiro mientras se incorporaba y se recostaba en la almohada. Sabía que su letargo debía de ser motivo de preocupación para su anfitriona, pero por el momento no podía salir de la niebla que la envolvía. Sin embargo, estaba segura de que era una sensación pasajera y que pronto estaría en pie y preparada para enfrentarse a lo que la vida le ofreciera.

—Brianna, querida, esto no puede continuar así –le dijo Vanya.

Como esperaba las acostumbradas palabras de ánimo, Brianna se quedó sorprendida al escuchar la reprimenda.

—¿Cómo?

—Para tu información, hace mucho tiempo que se me considera una de las mejores anfitrionas de San Petersburgo. De hecho, mi invitación para la fiesta de Nochevieja es la más buscada de toda la ciudad. Ahora, me da miedo que el hecho de que te quedes como un suspiro destruya mi reputación. Ya se rumorea que te estoy matando de hambre.

—Sabes muy bien que me encantan los platos de tu cocinera. Es una artista. Lo que pasa es que... no tengo hambre.

—¿Es el bebé? ¿Te sientes mareada?

Brevemente, el dolor atravesó la neblina que rodeaba a Brianna.

—No estoy embarazada.

—¿Estás segura?

—Tengo el periodo.

—Oh, querida. Lo siento. Seguramente, es lo mejor.

—Seguramente.

Vanya suspiró y le apretó la mano con fuerza a Brianna.

—Bueno, querida. Hay que mirar hacia delante. ¿Qué puedo hacer para agradarte?

Sorprendiendo a Vanya, y a sí misma, Brianna apartó las mantas y se sentó al borde del colchón. Ciertamente, debía reaccionar. Aunque tenía las rodillas débiles y todavía le dolía el hombro, se puso en pie y se acercó a la ventana para mirar al jardín. Pese al frío, le sentó bien estar levantada.

—¿Brianna?

Ante la insistencia de Vanya, Brianna se volvió y la miró.

—Quiero irme a casa.

—¿A casa? ¿A Inglaterra?

—Sí.

—Pero... Eso es imposible, al menos por el momento.

Brianna parpadeó.

—¿Por qué?

—Además de que tu estado todavía es delicado como para emprender semejante viaje, el tiempo no va a mejorar hasta dentro de unos meses.

Meses.

—Pero... yo no puedo quedarme aquí tanto tiempo.

—Me temo que no tienes más remedio. Ni siquiera los viajeros más intrépidos se aventuran a viajar durante el invierno ruso.

—No... —murmuró Brianna, mordiéndose el labio—. Tiene que haber algún modo de que encuentre un pasaje.

Vanya sonrió ligeramente al percibir cierto horror en su tono de voz.

—Vaya, querida, creo que estoy ofendida. No sólo te vas a morir de hambre, sino que te pones histérica al pensar que tienes que quedarte en mi casa durante las próximas semanas. Cualquiera creería que soy un monstruo.

Brianna se rió.

—Dio Santo, tú me has tratado con toda la amabilidad del mundo, Vanya. Con mucha más amabilidad de la que merezco. Si las cosas hubieran sido distintas, entonces, quizá...

—¿Quieres decir, si Edmond hubiera sido diferente?

—Entre otras cosas, incluyéndome a mí misma.

—Querida, creo que si le das una oportunidad, Edmond te demostrará que ha cambiado —le dijo Vanya, y se dio cuenta de que Brianna se estremecía ante la mera mención de su nombre—. O de que, al menos, tiene la oportunidad de cambiar con tu ayuda.

—Gracias, Vanya, pero quizá sea yo quien deba hablar —dijo una voz masculina grave desde la puerta.

CAPÍTULO 28

Era precisamente lo que había temido, pensó Brianna. Se dio cuenta mientras Edmond se acercaba a la cama y a ella se le aceleraba el corazón al verlo. Su sensación de irrealidad se desvaneció, y todas sus emociones quedaron expuestas, en carne viva.

Por ese motivo tenía que huir de San Petersburgo.

Dios Santo, Edmond sólo tenía que entrar en una habitación para que ella se echara a temblar de impaciencia. Y cuando le sonreía... todo su mundo parecía un lugar más luminoso.

La única forma de conservar algo de paz para el futuro era encontrar la manera de volver a Inglaterra y organizar la vida que había esperado durante tanto tiempo. Eso sería preferible a permitir que Edmond se convirtiera en una parte más vital de su existencia.

Con gentileza, Vanya le dio unos golpecitos en la mano antes de ponerse en pie y mirar a Edmond con severidad.

—Te permito que hables con ella sólo si me prometes que no vas a empeorar las cosas.

—No puedo prometerte algo así. Hace tiempo que he aprendido que mi estrategia de negociación no impresiona a la señorita Quinn —le dijo Edmond con ironía—. Sin embargo, creo que prefiero hablar por mí mismo, antes de que tengas que hacerlo tú.

—Como quieras.

Vanya se adelantó y se detuvo a darle a Edmond un beso en la mejilla. Después salió de la habitación y cerró la puerta.

Aprovechando aquella momentánea distracción, Brianna se metió en la cama de nuevo y se tapó el cuerpo tembloroso. No era por el frío del aire, sino por la vulnerabilidad que sentía cuando Edmond la estaba mirando con una intensidad tan insoportable.

Aunque Edmond no hizo nada para impedirle que se tapara, se acercó y la miró con una sonrisa.

—Realmente, pareces un ratoncillo, como yo te llamaba cuando eras pequeña, con sólo los ojos y la nariz por encima del embozo. ¿Tienes miedo de que salte sobre ti?

—He aprendido a no intentar predecir lo que vas a hacer.

—Sabio por tu parte, sin duda.

Sin previo aviso, Edmond le acarició la mejilla y le dejó un rastro de fuego en la piel.

—Estás muy pálida. Dios mío, Brianna, si quieres castigarme no comiendo, lo has conseguido —susurró—. He recorrido todo San Petersburgo para encontrar alguna comida que te tentara, pero todos los manjares que he traído han vuelto a la cocina prácticamente intactos.

Brianna intentó dominar la calidez que la invadía al darse cuenta de que él era el artífice de todas las exquisiteces exóticas que le habían llevado en las bandejas de la comida.

—No era mi intención castigarte. ¿Necesitas algo, Edmond?

Hubo un momento de vacilación antes de que su voz atravesara el aire.

—A ti.

A ella se le cortó el aliento. Tuvo que carraspear para poder hablar de nuevo.

—¿Cómo?

Brianna esperó a que él se riera y le dijera que había sido

una broma ridícula. Sin embargo, Edmond le acarició los labios con los dedos mientras la miraba con gravedad.

—Te necesito, Brianna. Sé que no es una declaración muy elegante ni romántica, pero así es. Te necesito.

Perdida en la belleza oscura de sus ojos, Brianna no conseguía pensar con claridad.

—¿Para qué?

—Creo que para todo. No eres la única que no ha podido dormir ni comer estos días, *ma souris*. No me he movido de la habitación contigua si no era para realizar alguna tarea que pudiera agradarte —dijo, y se volvió hacia las flores y las cajitas de dulces que estaban sobre la repisa de la chimenea cuando ella se había despertado aquella mañana—. Si hubiera visto a cualquier otro caballero absorto con una mujer de una forma tan patética, me habría reído.

Ella sacudió la cabeza lentamente. Todavía sentía el dolor de su rechazo con intensidad.

—Pero tú...

—¿Qué?

Ella se tapó todavía más con la manta.

—Has dejado bien claro que no me consideras más que una mujer práctica para que te caliente la cama.

—¿Conveniente? —inquirió él, y después se rió—. Señorita Quinn, ha sido usted la mujer más molesta, irritante e intratable que se ha cruzado en mi camino.

Brianna se ofendió por aquellas palabras burlonas.

—No soy irritante.

Él se puso serio.

—Lo que quiero decir es que sólo tengo que salir por la puerta para descubrir a una mujer más conveniente.

—Entonces, ¿por qué no lo haces?

—Porque no quiero a ninguna otra —dijo Edmond. Después la besó brevemente, y se retiró para mirarla—. No he podido mirar a otra mujer desde que tú entraste a mi casa. Y en cuanto a lo que oíste cuando yo estaba hablando con

Herrick, bueno... Supongo que no tengo excusa. He sido un imbécil.

Brianna hizo caso omiso del brinco que el corazón le dio en el pecho, y miró a Edmond con los ojos entrecerrados de desconfianza.

—No voy a contradecirte.

—No me sorprende. Brianna, siento haberte hecho daño. No era mi intención.

—Conozco tus intenciones, Edmond, y nunca has intentado engañarme.

—No, sólo a mí mismo —murmuró él.

—¿Cómo?

Con una mueca, Edmond se puso en pie y se acercó a la ventana. Tenía los hombros rígidos y los puños apretados.

—Desde el principio, supe que ibas a ser algo más que otra mujer a la que pudiera desear. Sin embargo, estaba tan empeñado en seducirte que no me permitía pensar en que era yo el que estaba siendo seducido. Ni siquiera cuando me di cuenta de que no podía estar lejos de ti sin sentir que me faltaba algo esencial.

Brianna, asombrada por aquellas palabras, se incorporó y se sentó en la cama con el ceño fruncido. No podía creer que ella tuviera ningún poder sobre aquel hombre.

—Absurdo.

—Absurdo, pero innegable. De lo contrario, ¿por qué te pedí egoístamente que te quedaras en Londres conmigo, cuando era evidente que hubieras sido más feliz en Meadowland con Stefan? Ni siquiera cuando recuperé el sentido común y te llevé a Surrey era capaz de dejarte en paz.

—Pero viniste a rescatarme —dijo Brianna, defendiendo instintivamente su rápido regreso a Surrey. No podía olvidar la deuda que tenía con aquel hombre, por muy insoportable que pudiera ser—. De no haber sido por ti, Thomas Wade me habría...

—No me conviertas en un héroe, *ma souris* —la interrumpió él, mientras se daba la vuelta desde la ventana para mirarla con una expresión sombría–. Los dos sabemos que debería haberme marchado de Meadowland una vez que tú ya estabas a salvo, y haber permitido que te casaras con mi hermano, aunque me hubiera destrozado el corazón. Y por nada del mundo debería haberte pedido que viajaras conmigo directamente al meollo de una revolución incipiente. No ha sido un comportamiento muy heroico.

–Pero no me has obligado, Edmond. Yo podía haberme negado.

Él suspiró.

–¿De veras?

–No soy una mujer débil. En realidad, ya estoy harta de seguir metida en esta cama, como una cobarde.

–No, eso no –dijo él. Se acercó a la cama rápidamente y le acarició la mejilla–. Ni siquiera la mujer más fuerte del mundo habría podido pasar por lo que tú has pasado estas semanas sin la necesidad de recuperarse. Sobre todo, con la preocupación de saber que tenías que cuidar de algo más que de ti misma.

Brianna se quedó asombrada. Con un movimiento inconsciente, se puso una mano sobre el vientre vacío.

–¿Lo sabías?

–Acabo de oírte hablando con Vanya.

–¿Y estás aliviado de que no haya niño?

–¿Aliviado? –preguntó él, y la miró con una expresión tan intensa que Brianna apenas podía respirar–. Dios Santo, no se me ocurre nada que pudiera darme más satisfacción que saber que estás embarazada de un hijo mío.

Brianna se había preguntado muchas veces cómo reaccionaría Edmond al saber que ella estaba embarazada. Se había imaginado diciéndoselo en cien ocasiones. Sin embargo, ni en sus mejores fantasías habría pensado que vería reflejado en su semblante aquel anhelo, que él no disimulaba.

–Oh.

Edmond se sentó al borde de la cama y le tomó la mano.

—Por supuesto, preferiría que estuviéramos casados antes de que naciera el bebé. Ahora será muy fácil evitar el escándalo pronunciando los votos. Sería mucho más difícil conseguirlo si recorres el camino hacia el altar con nuestro hijo.

Brianna se puso rígida.

—¿Edmond?

—Sí, lo sé. No es una proposición muy encantadora, pero la verdad es que tengo muy poca experiencia pidiéndole a una mujer que se case conmigo. Espero que tengas paciencia conmigo.

—No.

Ella sintió pánico. No hacía falta ser muy inteligente para darse cuenta de que Edmond se sentía obligado a hacerle aquella proposición de matrimonio. Él sería desgraciado si ella aceptaba.

—No. Tú no quieres esto, Edmond.

Él entornó los ojos.

—¿Es que puedes leerme el pensamiento?

—En esto sí.

Con brusquedad, Brianna apartó las mantas y se levantó de la cama. Rápidamente, él se puso en pie y se acercó a ella, y la tomó por la cintura como si estuviera hecha de cristal.

—Brianna, ten cuidado —le dijo—. Todavía estás débil.

Ella se encogió al oír aquellas palabras, como si Edmond hubiera echado sal en sus heridas más vulnerables.

—Te doy lástima. Por eso crees que debes pedirme que me case contigo.

—¿Que me das lástima? ¿Alguna vez te ha parecido que soy un hombre compasivo, *ma souris*? —le preguntó Edmond burlonamente, con una sonrisa petulante al ver que ella vacilaba—. Exacto. Haré siempre lo que deseo, y lo que sienta que va a proporcionarme los mayores beneficios. O, como en este caso, el mayor placer.

Brianna hizo acopio de valor y se separó de su contacto cálido, reconfortante. No podía pensar con claridad si su propio cuerpo estaba temblando de alegría por tenerlo tan cerca.

—Muy bien —dijo—. Si no me has pedido que me case contigo por lástima, ¿qué es lo que ha ocurrido durante estos tres días para que se alterara tu profunda convicción de que no querías que yo fuera tu esposa?

Edmond dio un paso adelante y la abrazó con fuerza.

—Lo que ha ocurrido es que he terminado por aceptar, aunque haya tardado mucho, que me provocas una fiebre de la que no voy a poder librarme nunca.

—Nunca has ocultado que me deseabas, Edmond. Eso es muy diferente a quererme como esposa.

Con una sonrisa, él le tomó la barbilla y la obligó a que lo mirara.

—Estás empeñada en que lo diga, ¿verdad?

—¿En que digas qué?

—Que te quiero —dijo él, y sonrió al ver la expresión de completa incredulidad de Brianna—. Ya está. ¿Contenta?

Brianna intentó recuperar el aliento. No sabía con seguridad si estaba más asombrada por su confesión o por la manera poco elegante en que él le había lanzado las palabras a la cara.

—No, cuando es evidente que te hace tan infeliz —musitó.

—Oh, Brianna —dijo él con un suspiro—. No es que me haga infeliz. Es que me ha resultado muy difícil superar mis miedos.

—¿Miedo a qué?

—Miedo a destruir a todo el mundo que quiero. Después de lo de mis padres...

—Edmond...

—No, deja que termine —susurró él, y subió la mano por su espalda, por su nuca, para acariciarle el pelo—. Después de que mis padres se ahogaran, me culpé a mí mismo.

A ella se le encogió el corazón.

—Fue un accidente, Edmond, un trágico accidente.

—Por lógica, eso lo entiendo, pero una parte de mí siempre creerá que, si yo no me hubiera metido en problemas con la justicia, ellos todavía estarían vivos —dijo con emoción—. Y que yo no me merezco querer a nadie más.

Brianna apoyó la mejilla en su hombro. Se sentía incapaz de soportar que él hubiera pasado tantos años castigándose.

—¿Y ahora?

—Ahora me doy cuenta de que soy demasiado egoísta como para negarme que te necesito. Quizá debería estar condenado al infierno por mi pasado, pero deseo desesperadamente estar bendecido —dijo Edmond. Apartó ligeramente la cabeza y la miró con una sonrisa de melancolía que habría podido derretir un corazón de granito—. Brianna, dime que vas a ser mi esposa.

La alegría embriagadora que invadió a Brianna estuvo a punto de ser su ruina. Quería decir que sí. Por mucho que deseara convertirse en una mujer independiente, estaba aprendiendo que estar completamente sola era un precio muy alto que pagar por la serenidad.

—¿Brianna?

Ella sacudió lentamente la cabeza y disimuló el deseo que le oprimía el corazón.

—No puedo responderte en este momento, Edmond. Necesito tiempo para pensar.

Él se quedó inmóvil y la miró fijamente. Sin embargo, no se puso furioso; sus labios se curvaron con una sonrisa de picardía.

—Si no te convenzo con palabras, mi obstinada belleza, entonces quizá pueda hacerlo por otros medios.

Edmond la tiró suavemente de los rizos e hizo que inclinara hacia atrás la cabeza, observando con una mirada abrasadora el color que se extendía por sus mejillas y la suave curva de sus labios, que se separaron ligeramente. Sólo cuando ella se arqueó contra él sin poderlo evitar, Edmond bajó la cabeza y la besó con un deseo dulce que llegó al corazón de Brianna.

Siguió besándola durante un largo tiempo, acariciándole

el pelo y la cintura. Después movió la boca por su rostro hasta que llegó a su oreja y le mordisqueó suavemente el lóbulo.

—No cometas un error, Brianna. Serás mi esposa —le dijo con la voz ronca contra la curva del cuello—. Nunca dejaré que te escapes. Nunca.

CAPÍTULO 29

Londres, Inglaterra
Tres meses después

La casa de Londres de lady Aberlane, en St James Square, era un edificio largo y estrecho, de suelos de mármol y elegantes ventanas venecianas. Pese a su refinamiento algo rígido, la dama había conseguido crear un ambiente confortable en el que Brianna se sintió cómoda al instante.

Lo cual explicaba, probablemente, por qué todavía estaba en casa de la anciana en vez de buscar su propia vivienda, pensó Brianna mientras tomaba un poco de tostada y esperaba que su anfitriona se uniera a ella en el comedor.

Cuando Edmond había cedido, de mala gana, a su exigencia de volver a Inglaterra, había sido con la condición de que Brianna se alojara con su tía. Señaló que Brianna estaba demasiado débil después de aquel viaje extenuante como para enfrentarse a todas las gestiones necesarias para comprar una casa. Y, como era cierto que estaba agotada después del trayecto peligroso y frío desde San Petersburgo a Londres, Brianna no había protestado.

En aquel momento, sin embargo, ya estaba completamente restablecida, y sabía que ya no tenía más motivos para quedarse allí. Nada, aparte del placer de la compañía de Letty y de las incesantes atenciones de Edmond.

Ella había pensado que él se cansaría rápidamente de perseguirla cuando volvieran a Inglaterra. No sólo había muchas mujeres bellas para tentarlo, sino que, además, Brianna vivía en casa de lady Aberlane, lo cual significaba que sólo podían darse algún beso casto. Ella, mejor que nadie, sabía que Edmond era un hombre de fuertes pasiones. Le habría resultado muy fácil reemplazarla con otra.

Sin embargo, lejos de estar cansado, parecía que Edmond estaba más empeñado que nunca en convencerla de que sus atenciones eran sinceras.

Todas las mañanas, Brianna encontraba un precioso regalo esperándola en la mesa del desayuno, y todas las tardes, a la hora más apropiada, él la visitaba y le llevaba sus rosas favoritas.

Era... bueno, romántico.

Brianna disimuló la sonrisa boba cuando lady Aberlane entró en la sala. Llevaba el pelo recogido en un sencillo moño, y tenía los ojos brillantes de excitación.

—Bueno, querida, ¿ha llegado ya?

Brianna no pudo resistir bromear un poco mientras tomaba la tetera.

—Buenos días, tía Letty. ¿Te apetece un poco de té?

La dama agitó las manos, haciendo caso omiso de la infusión humeante que le ofrecía Brianna.

—No, no seas cruel y no me dejes en la ignorancia. Ya sabes cómo me gusta ver tus regalitos.

—¿Regalitos? —preguntó Brianna, y se rió al recordar los pendientes de esmeraldas, la pulsera de diamantes, el collar de zafiros y otra docena de joyas que él le había enviado—. Sólo una familia ducal consideraría que los regalos de Edmond son regalitos —dijo, y para ilustrarlo, le señaló una cajita de terciopelo que había junto a su plato—. El regalito debe de valer una fortuna.

Con un gorjeo de felicidad, Letty abrió la caja y su expresión se tornó en una de puro asombro.

—Oh... vaya.

El placer que sentía Brianna al mirar el perfecto rubí rodeado de diamantes vaciló ante la extraña reacción de Letty.

—Debería devolverlo —dijo, arrugando la nariz—. Incluso yo, que no sé nada de joyas, sé que debe de ser un regalo demasiado generoso.

Letty carraspeó.

—Es más que generoso, querida.

—¿A qué te refieres?

—Este anillo era de la madre de Edmond —dijo Letty. Cerró la cajita y la puso sobre la mesa, junto a Brianna—. De hecho, es una herencia familiar.

A Brianna le dio un salto el corazón, aunque no supo si era de emoción o de pánico.

—Dios Santo, ¿en qué está pensando?

Letty arqueó una ceja.

—Está pensando en que desea que su esposa tenga su más preciada posesión.

—Pero... —Brianna se humedeció los labios, que de repente se le habían quedado secos—. ¿Este anillo no debería ser para la esposa de Stefan?

—Stefan heredó las joyas de la familia Huntley, como es propio de su posición. Edmond heredó las joyas de su madre para que las usaran su esposa y sus hijas.

—Su esposa.

—Sí.

—Realmente, es el hombre más cabezota e intratable que he conocido —murmuró ella, aunque sus palabras estaban teñidas de cariño.

Letty le dio un sorbito a su té y observó a Brianna por encima del borde de la taza.

—Me parece que el cabezota no es él.

—No te estarás refiriendo a mí, ¿verdad?

—Puede que sea vieja, pero no estoy ciega, Brianna. Es evidente que quieres a mi sobrino.

No tenía sentido negarlo. Aunque quisiera fingir indiferencia, cualquiera se daría cuenta de que estaba completamente enamorada de Edmond.

—Sí, lo quiero.

—Entonces, ¿por qué sigues rechazando sus proposiciones?

Brianna se encogió de hombros.

—Al principio, creía que Edmond sólo actuaba así por culpabilidad y porque sentía pena por mí. No podía soportar la idea de que finalmente lamentara haberme pedido que me casara con él y me culpara por su infelicidad.

—¿Y ahora?

—¿Ahora? —Brianna se ruborizó—. Me da vergüenza confesar la verdad.

—Dímelo, Brianna —le pidió lady Aberlane.

—Para ser sincera, estoy disfrutando del hecho de las atenciones de Edmond.

Ya lo había dicho. Brianna se irguió de hombros esperando una reprimenda de Letty. Después de todo, Edmond era su sobrino, y no estaba bien que Brianna jugara con él como si él no tuviera orgullo.

En vez de eso, Letty asintió.

—Ah.

Su reacción calmada hizo que Brianna se sintiera más culpable, y decidió darle una explicación.

—Por culpa de Thomas Wade, nunca pude disfrutar de una temporada social de Londres, ni siquiera ir a una fiesta, como las otras chicas —dijo ella, y se mordió el labio inferior—. Me pasaba los días sola en casa, fantaseando con algún príncipe azul que nunca vino a visitarme.

—Te entiendo perfectamente, querida. Deseas que te cortejen.

—Supongo que es una tontería, teniendo en cuenta las circunstancias.

—En realidad, a mí me parece muy sabio. Todas las mujeres se merecen que las cortejen —le dijo Letty, y le dedicó una sonrisa de ánimo—. Y, en realidad, probablemente es lo mejor también para Edmond.

—Me temo que él no estaría de acuerdo contigo.

—Eso es porque está acostumbrado a que las mujeres caigan a sus pies —dijo Letty con aspereza—. Edmond es un caballero a quien le gusta tener que luchar por aquello que desea. Y a ti, querida, te desea mucho.

—Nunca he dudado de su deseo —dijo Brianna, y miró la cajita que había sobre el mantel—. Es su corazón lo que yo quiero.

—Eso también lo tienes —le aseguró Letty—. Nunca lo había visto tan implacable. Creo que tiene intención de pasar el resto de sus días enviándote regalos y viniendo a mi casa si es necesario.

—Yo creía que ya estaría cansado de todo esto —admitió Brianna.

—No, querida, él ya ha tomado una decisión —dijo lady Aberlane, con una expresión complacida—. Sospecho que tendrás que casarte con mi pobre sobrino para que yo vuelva a tener paz en mi casa.

Antes de que Brianna pudiera responder, un criado uniformado entró en la habitación y se inclinó.

—Lord Edmond, *milady*.

—Ya lo ves —dijo Letty con una sonrisa—. Por favor, que pase, Johnson.

—Muy bien.

Brianna tuvo que hacer un esfuerzo por no retorcerse de los nervios como si fuera una colegiala, y se metió la cajita del anillo a un bolsillo del vestido. Después se dio la vuelta para mirar a Edmond, que entraba en la sala.

Como siempre, a ella se le cortó la respiración.

Él atravesó el espacio que los separaba de dos zancadas, le tomó la mano y le dio un beso en el dorso.

—Buenos días, *moya duska* —dijo él con la voz ronca. Al

oírlo, Brianna sintió un escalofrío por la espalda. Edmond miró disimuladamente el escote de su vestido de seda lila y después se volvió hacia su tía con una sonrisa–. Mmm. ¿Por qué me da la impresión de que me habéis diseccionado durante el desayuno?

Letty ni siquiera se inmutó.

–¿Té, Edmond?

–No, gracias –dijo él, y miró a Brianna, que se había ruborizado–. En realidad, he venido a invitar a la señorita Quinn a dar un paseo.

–Es un poco temprano para ir al parque –dijo Letty, antes de que Brianna pudiera responder.

–Entonces, es una suerte que no vayamos al parque.

–¿Adónde vamos? –preguntó Brianna.

–Es una sorpresa.

Ella arqueó las cejas, pensando en el magnífico anillo que llevaba en el bolsillo.

–Creo que ya ha habido suficientes sorpresas por hoy, milord.

Él sonrió. –Vamos, Brianna, te prometo que ésta te gustará.

–No incluye nada de las joyas de la corona, ¿verdad?

A Edmond le brillaron los ojos.

–Me temo que no. El rey es bastante tacaño con las joyas de su familia. Es bien conocido que ni siquiera las comparte con su reina.

–Eso espero –dijo Letty–. Esa fea extranjera las habría mancillado sin remedio.

–Palabras de una verdadera inglesa, tía Letty. Sin embargo, la fea extranjera se aseguró de que William Pitt incrementara la asignación económica del príncipe, y George estaba muy ansioso de echarle las manos encima a la fortuna.

–Es una pena que no esté igual de ansioso por ponerle las manos encima a ella, y tendrían más de un hijo.

–Dios Santo, he traído a Brianna aquí porque estaba convencido de que serías una buena acompañante, tía Letty —le dijo Edmond, fingiendo horror ante las palabras de su tía—. Es evidente que hubiera hecho mejor dejándola en las calles.

Letty se encogió de hombro.

—Sólo he dicho lo que todo el mundo piensa.

—Sí, siempre lo haces, y lo haces agitando inocentemente las pestañas, para que nunca te den una respuesta adecuada. Ése es un talento que he admirado toda la vida.

Lady Aberlane se rió de aquel modo suyo con el que podía convencer a todo el mundo de que era un poco boba.

—De veras, Edmond, no tengo la menor idea de qué estás hablando.

—Lo sabes perfectamente —dijo Edmond, sacudiendo la cabeza, aunque con un gran cariño por su tía—. Rezo porque Brianna no se haya corrompido por completo.

Letty miró con astucia a la mujer que estaba sentada a su lado.

—Oh, me parece que Brianna tiene suficiente personalidad como para decidir si quiere que la corrompan o no.

—Pues sí —dijo Edmond, y le ofreció el brazo a Brianna—. Bueno, querida, ¿quieres venir conmigo?

—Yo...

Brianna asintió y se puso en pie. Por mucho miedo que le tuviera al futuro, sabía que no quería terminar como Vanya Petrova, lamentando amargamente sus decisiones del pasado. Quería alcanzar la felicidad que le ofrecían.

—Muy bien.

Edmond observó en silencio cómo Brianna se ponía la capa y un precioso sombrero adornado con lazos de satén y flores de cerezo. El corazón se le encogió con un dolor familiar al ver el sol de la mañana arrancándole brillo a sus rizos rojizos y bañándole la piel en un suave color dorado.

Sólo el hecho de estar cerca de ella era suficiente para

ponerle de buen humor. Le parecía que el día era más luminoso. Sin embargo, por mucha satisfacción que obtuviera en su compañía, había una parte de él que se sentía cada vez más frustrado por la distancia que ella mantenía entre los dos.

Edmond había tenido paciencia. Entendía que ella necesitara estar segura de que sus sentimientos no estaban basados en una culpabilidad ridícula y que podía confiar en él.

Sin embargo, había llegado el momento de reclamar a la mujer que había aparecido de repente en su vida y le había robado el alma.

Mientras se negaba a reconocer que el cosquilleo que sentía en el estómago era de nervios, Edmond acompañó a Brianna por las escaleras y la ayudó a subir a la calesa. Después, de un salto, se sentó a su lado y tomó las riendas de manos del mozo. Esperó a que el sirviente subiera a la parte trasera del vehículo y puso a los caballos en marcha.

El aire de la mañana era fresco, pero el sol proporcionaba calor, y Brianna parecía contenta de disfrutar aquel paseo durante unos momentos. Cuando él dejó Pall Mall y tomó St James's Street, sin embargo, ella lo miró con desconcierto.

—¿No vas a decirme adónde vamos?

Él sonrió mientras se concentraba en adelantar a una carreta de carbón.

—No.

—Mmm —murmuró Brianna, pero, sorprendentemente, no insistió—. La tía Letty me ha dicho que Stefan está en Londres.

Edmond se encogió de hombros. La noche anterior se había citado con su hermano en el club, y había descubierto que su relación no se había estropeado, pese al alocado comportamiento de Edmond.

Stefan no sólo se había resignado ante el hecho de que Edmond quisiera casarse con Brianna, sino que, además, estaba muy satisfecho de que su hermano menor estuviera tan enamorado de una joven tan bella.

—Hay una de esas tediosas votaciones en el Parlamento —dijo Edmond, mientras hacía que los caballos frenaran el paso para entrar en York Street—. Estuvo casi tres horas aburriéndome con los detalles anoche, pero debo admitir que sólo me enteré de algo relacionado con los impuestos y los arrendados furiosos. Esos asuntos tan aburridos no me entran en la cabeza.

Brianna resopló.

—¿Sabes, Edmond? La tía Letty es una amateur cuando se trata de hacerse el aristócrata tonto. Tú eres el verdadero maestro. Te he visto frustrar una revolución, por si no te acordabas.

Edmond sintió una absurda calidez en el corazón ante su defensa instintiva. ¿Era síntoma de que ella sentía algo por él?

—En realidad, dejé que Herrick detuviera la revolución mientras yo me iba detrás de mi bella prometida —dijo él—. De vez en cuando, tengo mis prioridades en orden.

Ella sonrió, pero su expresión continuó siendo de cautela.

—Me sorprende mucho que no hayas vuelto a Rusia. ¿No te necesitan?

Edmond frunció el ceño, preguntándose si ella quería librarse de él. No era una idea muy reconfortante.

—Cuando Alexander Pavlovich vuelva a San Petersburgo, yo iré a presentarle mis respetos, pero he escrito una carta a Herrick para informarle de que no volveré a implicarme activamente en la política rusa.

—¿Por qué?

—Porque tengo deberes más importantes que reclaman mi atención —dijo él, y se giró hacia ella con una mirada abrasadora.

—Deberes, ¿eh? —dijo Brianna, con una mirada divertida en sus ojos verdes—. ¿Es eso lo que soy?

La irritación de Edmond se transformó en pura lujuria. Dios. Si no se casaba pronto con aquella mujer y la llevaba a la cama, iba a volverse loco de remate.

—Un deber maravilloso y tentador del que voy a ocuparme con exquisita atención —le prometió, con la voz ronca de deseo.

Ella bajó la cabeza, pero antes, Edmond se dio cuenta de que se había ruborizado.

—¿Y sobrevivirá la dinastía Romanov sin ti?

Con esfuerzo, Edmond volvió a fijar su atención a la carretera.

—En realidad, no lo sé. Rusia siempre será una complicada mezcla de tradición e ilustración, de grandeza y miseria, de emociones profundas y sentido común. Quizá un país no pueda tener un rey.

Ella se quedó silenciosa durante un instante, antes de posar la mano sobre su brazo.

—Tú siempre adorarás aquel país —le dijo suavemente.

Él asintió. Había tenido una sensación agridulce cuando había escrito la carta de renuncia. Sus deberes hacia Alexander Pavlovich le habían proporcionado una razón para levantarse por las mañanas durante sus días más oscuros, y nunca olvidaría lo que le debía a su emperador.

—Y al pueblo ruso. Pero soy tan inglés como ruso, y ya no quiero seguir jugando esos juegos tan peligrosos. No, cuando por fin tengo algo por lo que vivir —dijo. De repente, tiró de las riendas y detuvo el vehículo—. Ya hemos llegado.

Brianna frunció el ceño y observó una casa pequeña pero muy bien mantenida.

—¿No es demasiado temprano para visitas?

—En absoluto. No hay nadie en casa.

Ambos bajaron del coche y Brianna estudió la fachada blanca de la casa, que tenía pilares decorados con guirnaldas y una ventana justo encima de la puerta recién pintada.

—Si no hay nadie en casa, ¿para qué hemos venido?
—Para que yo pueda darte una sorpresa.
Ella frunció nuevamente el ceño.
—Edmond, estás siendo muy molesto.
—Y tú te estás entreteniendo. Vamos.

La tomó por el brazo y juntos pasaron por la puerta de hierro forjado y subieron los escalones hacia la entrada. Cuando estuvieron ante la puerta, Edmond sacó una llave de su bolsillo.

—Toma. Creo que tú deberías hacer los honores.

Ella parpadeó mientras miraba la llave que él tenía en la palma de la mano.

—¿Qué quieres decir?
—He pensado mucho en cuál podría ser el regalo de bodas perfecto, *ma souris*.
—Por Dios, Edmond, ya me has dado más de lo que una mujer podría desear.

Él se encogió de hombros.

—Eso son regalitos que cualquier hombre rico podría comprar. Este regalo tenía que ser algo especial. Algo que te demostrara que esto no es un ataque de culpabilidad, ni nada pasajero. Algo que te convenza de que todo lo que yo deseo es tu felicidad.

Brianna lo miró con los ojos abiertos de par en par.

—¿Y está en la casa? —susurró.

Al darse cuenta de que ella estaba demasiado confusa como para seguir sus instrucciones, Edmond abrió la puerta de la casa y la empujó suavemente hacia el vestíbulo de mármol, en el que había dos sillas y una mesilla de cerezo en la que descansaba un jarrón de rosas.

—Es la casa.
—Tú... ¿me has comprado una casa?

Edmond sonrió.

—Bueno, tengo que reconocer que espero que quieras vivir conmigo en Huntley House, o, si lo prefieres, podemos comprar nuestra propia vivienda en la ciudad. Pero desde la primera noche en que nos conocimos, tu mayor deseo ha sido poseer tu propia casa, ¿no es así?

—Sí, pero...

Él dejó la llave sobre una mesilla y le tomó las manos temblorosas con una expresión grave.

—Lo entiendo, *ma souris*. Entiendo lo que significa de verdad esta casa.

—¿De veras?

—Seguridad. El hecho de saber que nunca tendrás que depender de los caprichos y las debilidades de otro. Que siempre tendrás un lugar al que ir, en el que sentirte segura.

De repente, a ella se le derramaron las lágrimas por las mejillas.

—Sí.

Edmond, incapaz de verla llorar, le tomó la cara entre las manos y le secó las lágrimas con los pulgares.

—Así que ya ves, incluso aunque te cases conmigo, siempre tendrás tu propio hogar, tu propio refugio, si piensas que estoy siendo insoportable o que...

Ella sonrió temblorosamente.

—¿O?

Él inclinó la cabeza para besarla con ternura.

—O decidimos variar el lugar de nuestras relaciones —susurró contra su boca.

Durante un instante, Brianna se derritió contra su cuerpo, hasta que se apartó con un jadeo.

—Edmond... los vecinos —protestó con una mirada hacia la puerta.

Edmond aceptó que no era el mejor de los momentos y dio un paso atrás.

—Entonces, vamos a ver la casa, *ma souris*, antes de que escandalicemos a los buenos ciudadanos de Londres.

Juntos subieron la escalera y recorrieron las habitaciones, completamente amuebladas. Edmond sonreía ante el entusiasmo de Brianna. Parecía una niña en la mañana de Navidad mientras inspeccionaba sus dominios y pasaba los dedos con reverencia por los muebles sencillos de estilo inglés, como si fueran tesoros inestimables.

Cuando llegaron a la habitación principal, Edmond se detuvo y se volvió a mirarla.

—¿Y bien?

—Es perfecta —dijo Brianna con un suspiro, y con las mejillas sonrosadas de alegría—. ¿De veras la has comprado?

—Les he hecho una oferta a los propietarios, pero no podía firmar los documentos de compraventa hasta que estuviera seguro de que te parecía bien —Edmond tiró de su mano para que ella se acercara a su cuerpo—. ¿Qué piensas?

Con una sonrisa de picardía, Brianna le acarició la mejilla.

—¿Tengo que casarme para conseguirla?

Él respiró profundamente y miró la amplia cama que había unos pasos más allá. Dios Santo, estaba dispuesto a regalarle a aquella mujer una docena de casas con tal de que le permitiera tenderla en aquel colchón y acabar con su tormento.

—¿Hará que aceptes mi proposición? —le preguntó él.

—No.

Edmond se sintió como si le hubieran dado un puñetazo en el estómago. Se echó hacia atrás y la miró con abatimiento.

—Brianna...

Ella apretó los dedos contra sus labios para acallar sus palabras. Después se sacó del bolsillo del vestido la cajita.

Sin dejar de sonreír, la abrió y extrajo el anillo que él le había enviado aquella mañana. A Edmond se le detuvo el corazón mientras ella dejaba a un lado la caja y se ponía el anillo.

—Sólo hay una cosa que me haría aceptar su oferta, lord Edmond Summerville —le dijo, tirando de su mano para llevarlo hacia la cama—. Y no puede comprarla con su enorme fortuna.

Con un gruñido, Edmond la abrazó y la tumbó sobre la cama.

Más tarde, le daría una lección por haber estado a punto de provocarle una muerte prematura, pero por el momento... ah, por el momento pensaba disfrutar con la mujer que le había dado algo que nunca hubiera creído posible.

Un futuro.

www.ingramcontent.com/pod-product-compliance
Lightning Source LLC
LaVergne TN
LVHW030337070526
838199LV00067B/6322